Kinsman Pond
Shelter

Lonesome
Lake Hut

THE KINSMANS

WHI

VERMONT
NEW HAMPSHIRE

Velvet Rocks
Shelter

MAHOOSUC RANGE

PRESIDENTIAL RANGE

GORHAM

Mt Washington

Carter Notch Hut

th
in.

Zealand Falls Hut

Lakes of the Clouds Hut

Pinkham Notch Visitor Center

Mt. uyot

Mizpah Spring Hut

MOUNTAINS

토비의 여정

애팔래치아 트레일을 따라서

구조물	
산	
마을	

N
W   E
S

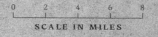

트레일

THE TRAIL

트레일

메이카 하시모토 지음

김진희 옮김

북레시피

내게 산을 사랑하는 법을 가르쳐준 아버지
토시오 하시모토에게 이 책을 바친다.

■ 차례

트레일 · 9

1

숲에서 홀로 있다 보면 소소한 일에 눈뜨게 된다. 그러니까 소소한데 좋은 일 말이다. 산골짜기에서 흘러나오는 한 줌의 시냇물로 얼굴을 시원하게 적시는 일, 바람에 일렁이는 나뭇잎 사이로 햇볕이 쨍쨍 내리쬐는 일, 내 눈에만 보이던 사슴 한 마리가 화들짝 놀라 뛰어가는 일이 그렇다.

하지만, 소소한데 안 좋은 일도 있다. 주로 모기가 그렇다. 계속 발이 조금씩 아픈 일, 하이킹으로 긴 하루를 마친 후 날카로운 돌멩이가 느껴지는 텐트 위에 눕는 일, 손 하나 까닥할 수 없을 정도로 피곤이 몰려오는 일, 어깨에 야구공만 한 멍이 든 채로 잠에서 깨는 일도 마찬가지다.

하지만 이런 일들은 정말로 소소한 것이다.

언제든지 큰 문제로 번질 수 있는 소소한 일도 있다. 나는 이런 일을 '철칙 목록'이라고 부른다. 그렇게 난 트레일에 나선 후 한두 시간마다 (1) 체온 유지하기 (2) 수분 섭취하기 (3) 끼니 챙겨 먹기 (4) 햇볕 쬐기의 네 항목 중 이행한 항목에 체크 표시(✔)를 한다.

이런 일은 조금만 안 지켜도 나중에 큰 문제가 생길 수 있다. 그래서 난 추우면 재킷을 입고, 목이 마르면 몇 모금이라도 물을 꼭 마시고, 배에서 꼬르륵 소리가 나면 스니커즈 바를 급히 입에 문다. 그리고 텐트는 무슨 일이 있어도 어두워지기 전에 치려고 노력한다.

이 목록은 단순하지만 나름 터득하느라 비싼 레슨비를 치렀다. 이 중 하나라도 상당 기간 어기는 날엔 미처 깨닫기도 전에 탈수 두통이 찾아온다. 아울러 아스피린을 물고 고개를 젖히면 이도 덜덜 떨려온다. 게다가 칠흑 같은 밤, 이런 몸 상태로 저녁을 차리면 배에선 좀비라도 깨울 만큼 커다란 꼬르륵 소리가 진동을 해댄다.

해가 지자 숲은, 정말 좀비라도 튀어나올 듯한 분위기다.

하지만 좀비 따위를 무서워할 나이는 지났다.

그러니까 그런 존재들 말이다.

다행히 지금까진 이 철칙 목록을 무척 잘 지켜오고 있다. 우선 벌써 저녁이라 자그마한 개울가에 텐트를 쳤다. 게다가

6월 말인데도 가벼운 양털모자와 두 벌의 방수 재킷까지 껴입은 상태다. 난 물을 들이켠 후 저녁을 차리기 위해 휴대용 식기 세트를 풀었다. 그릇, 컵, 포크가 눈에 들어왔다. 프라이팬 겸용의 뚜껑 달린 약 1리터짜리 냄비도 보인다.

다음으론 스토브를 꺼냈다. 이 스토브는 엠에스알(MSR. 미국의 등산 장비 회사-역주)의 포켓로켓 스토브로, 주먹만 한 크기에 쏙 접히는 게 꽤나 근사한 캠핑 장비다. 우선 연료통 위로 스토브의 상단부를 고정한 다음 위쪽의 삼발이 모양 냄비 받침대를 펼쳤다. 그러고는 빠르게 손목을 비틀자 가스가 들어왔다. 이때 성냥을 획 그어 불을 붙이자 잠시 후 선명한 파란 불꽃이 피어올랐다. 이제 남은 물병의 물은 냄비에 모두 쏟아붓고 냄비는 스토브 위에 올려놓았다.

그렇게 물이 끓을 무렵 이제는 배낭을 뒤져 밤에 먹을 만한 끼니를 찾아보았다. 때마침 비닐 파우치 안에 든 스파게티 한 봉지와 인스턴트 토마토소스가 눈에 띄었다. 사실 이건 할머니 집에서 먹던 것과는 비교도 안 될 만큼 형편없는 음식이었다. 하지만 지금은 배가 너무 고파 그런 것 따위는 신경 쓰이지도 않는다. 보글보글 거품이 일자 물속에 스파게티 면을 넣었다. 끓는 물 속에서 기다랗고 굵은 면발이 풀어지자 입안 가득 침이 고인다.

트레일에 나선 지 며칠밖에 되지 않았는데, 아무리 초코바를 한 끼로 친들 끼니라곤 고작 하루나 이틀 치가 전부인 상태다. 아무래도 예상보다 더 많은 양을 먹은 듯하다. 먹을 걸 다시 채우려면 진짜 도로에 있는 주유소나 식료품점을 찾아봐야 할 것 같다.

진짜 도로, 이게 내가 이 길을 부르는 명칭이다. 목적지까지 매끄럽게 쭉 뻗은 길, 자갈과 타르 위에 노란 차선이 눈에 띄는 아스팔트 길 말이다. 가끔 소소하고 안 좋은 일이 날 괴롭힐 때면, 가령 텐트 안에 누워 있는데 길 잃은 모기 한 마리가 끝도 없이 윙윙거린다거나, 시퍼렇게 멍든 어깨를 배낭끈이 찍어 누를 때면, 이 도로로 가고 싶은 마음이 굴뚝같다. 이 도로로 가면 순식간에 집에 도착할 것 같았기 때문이다. 일단 도로에 나서기만 하면 그다음엔 그냥 그 도로를 따라 마을로 가서 인근 경찰서에 들르면 끝이다. 아마 그렇게 몇 시간 후면 집에 도착할 것이다.

하지만 진짜 도로로 간다는 건 곧 포기를 뜻한다. 고로 난 그럴 수 없다. 적어도 아직은 그럴 수 없다. 내 마음 깊은 곳에 아직 뒤틀린, 미완성의 무언가가 자리 잡고 있는 한 그럴 수 없다. 이 마음은 적어도 645킬로미터의 황무지를 지나 애팔래치아 트레일Appalachian Trail(미국 동부를 종단하는 총 3,502킬로미터의 장거리 트레일-역주)의 끝자락인 마운트 카타딘Mount Katahdin 정상에 서기까지, 약 60센티미터 너비의 길을 따라 끝없이 한 걸음 한 걸음 하이킹을 한 후에야 비로소 벗어날 수 있을 듯하다.

끓고 있는 냄비 위로 웅크리고 앉아 막 배낭에 담긴 마지막 음식 덩이를 세고 있는데 어디선가 소리가 들려왔다. 어둠 속에서 뭔가가 으르렁거리는 소리였다.

순간 가슴이 철렁 내려앉았다.

곰이다!

작은 일에 정신이 팔려 있느라 정작 큰일을 보지 못했다. 곰이 나타난 건 큰일이었다. 게다가 안 좋은 일이었다.

지금 난 혼자인 데다 몸에 호신용 스위스 군용 칼만 지녔을 뿐이다. 그런데 지난밤 먹은 치즈 부스러기가 여전히 잔뜩 묻어 있는 이 5센티미터짜리 칼로는 어림도 없을 게 뻔했다. 어쨌든 난 뒷주머니에서 이 칼을 슬쩍 꺼냈다. 그러고는 앞쪽으로 겨눈 뒤 캄캄한 허공에 대고 마구 휘둘러댔다.

으르렁거리는 소리가 점점 크게 들려왔다. 녀석은 지금 내 야영지에서 15미터가량 떨어진, 숨 막힐 정도로 뒤엉킨 수풀에서 엉금엉금 기어 나오고 있다. 짙어가는 어둠 속이라 녀석이 언제 공격할진 전혀 알 수 없었다.

검은 곰을 보면 절대 도망가선 안 된다는 글을 어디선가 읽은 적이 있다. 도망가면 곰이 먹잇감으로 여기기 때문이다. 오히려 이럴 땐 움츠러들지 말고 차라리 시끄러운 소리를 내야 한다. 그렇게 천천히 일어선 나는 녀석을 향해 냅다 소리를 지르려고 입을 뗐다.

아, 하지만 웬걸, 입에선 찍소리도 나오지 않는다.

또 어디선가 읽었는데 동물들은 상대방의 두려움을 보거나 감지할 수 있다고 한다. 이건 참 안타까운 사실이었다. 벌써 온몸이 벌벌 떨려오고 식은땀까지 줄줄 흐르고 있었기 때문이다. 움츠러들면 안 돼. 나는 다시 한번 혼잣말로 중얼거렸다. 용기를 내야 해. 하지만 이내 얼이 빠져버린 나는 간절한 기도만 읊조릴 뿐이었다. 제발 살려주세요, 제발요!

잔뜩 곤두선 털, 날카로운 이빨, 으르렁거리는 입. 총포라도 쏘아 올린 듯 타다닥거리는 소리와 함께 녀석이 수풀에서 돌진해오는 순간 나도 모르게 비명이 터져 나왔다. 맙소사, 녀석은 개였다! 텁수룩한 얼굴에 축 늘어진 귀, 악에 받친 듯 매섭게 째려보는 눈빛을 지닌 개 말이다. 칠흑같이 새까만 녀석의 푹 꺼진 가슴은 온통 진흙투성이라 원래가 갈색인지, 흰색인지 구분도 잘 안 갔다. 게다가 꼬리는 누가 반으로 부러뜨리려다 말기라도 한 듯 끝이 굽어 있었다. 보아하니 녀석은 잡종이 분명했다. 꾀죄죄하고 못생긴 데다, 꽤 오래 굶주린 듯 갈비뼈가 다 드러날 정도로 말라비틀어진 몰골을 보건대 그랬다.

녀석이 내게 달려들자 다시 심장이 방망이질 치기 시작했다. 녀석이 내 요리 쪽으로 슬금슬금 접근해오자 나는 뒤로 폴짝 물러섰다. 그때 녀석의 재빠른 뒷발질과 함께 내 저녁거리가 든 냄비가 와장창 뒤엎어졌다.

"저리 가!" 하고 외쳐봤지만 이미 때는 늦었다. 냄비 안에서 보글보글 끓던 스파게티와 녹말 물은 이미 땅바닥에 쏟아진 지 오래였다. 녀석의 동작은 노련하고 부드러웠다. 분명 오늘이 처음은 아닌 듯하다. 게다가 녀석은 날 본 게 틀림없었다. 감은 지 오래된 검은색 머리와 겁에 질린 갈색 눈의, 주머니에 잔돈이 가득 들었음에도 몸무게가 채 45킬로그램이 안 나가는 깡마른 아이 말이다. 아마 나처럼 쉬운 목표물은 녀석에게 상대도 안 될 듯하다. 아니나 다를까 녀석은 그 뜨거운 스파게티 면을 한 입 가득 낚아챈 뒤 다시 덤불로 가져가 공략했다.

개가 저리도 뜨거운 음식물을 입에 물고 있는 건 정말이지 처음 보았다. 순간 내 안에 남아 있던 두려움이 봄눈 녹듯 사라졌다. 녀석은 그냥 배가 고파 미칠 지경이었던 거다. 문득 녀석이 겁먹은 하이커들이 남긴 부스러기를 뒤지며 이곳에 얼마나 오래 있었을지 궁금해진다.

나는 흙바닥에 남아 있는 스파게티를 물끄러미 쳐다보았다. 그건 내 저녁 식사였다. 배가 마치 화가 나기라도 한 듯 꼬르륵거렸다. '그냥 쏟아진 면을 주워 담아 여러 번 헹궈볼까. 토마토소스를 끼얹으면 감쪽같이 안에 섞인 모래 따윈 티도 안 날 거야.'

하지만 막상 그러자니 한숨이 나왔다. 아무래도 그건 무리이지 싶다. 나는 휴대용 식기 세트에서 포크를 꺼내 진흙 투성이가 된 스파게티를 냄비에 퍼 담았다. 그러고는 야영지 가장자리로 살금살금 걸어가 내버리고 말았다. 지금은 그 개가 똑똑히 보인다. 녀석은 6미터가량 떨어진 무성한 수풀 뒤에서 불안한 눈빛으로 날 지켜보고 있었다.

난 천천히 뒷걸음질을 쳤다. 내가 천막에 다다를 때까지 녀석은 꼼짝도 하지 않았다. 하지만 이내 느릿느릿 앞쪽으로 나와 남은 저녁 식사거리를 허겁지겁 해치우기 시작했다.

"그래, 맛있게 먹어라." 녀석을 향해 말했다. 여전히 속상하긴 했지만, 적어도 녀석은 내 요리에 대해 고마워하는 눈치다.

난 배낭을 뒤적여 땅콩버터 젤리 샌드위치를 꺼냈다. 젤리 샌드위치는 원래 내일 점심 끼니용이었지만 아무래도 오늘 밤에 먹어야 할 듯했다. 녀석이 내 파스타를 먹느라 분주한 틈을 타 나는 남은 음식을 치운 뒤 텐트 안으로 들어갔다. 거기서 그렇게 진정한 어둠이 깔리기 전 마지막 몇 분 동안 차가운 샌드위치 맛을 음미했다. 내일은 무슨 일이 있어도 먹을 걸 더 구해놔야겠다.

2

주변이 온통 캄캄한 가운데 텐트 안에 있다 보니 온갖 생각이 끊이질 않는다. 그나마 음식이나 물 걱정을 하거나, 욕심부리지 않고 한 걸음 한 걸음 걷고 있을 땐 이런 잡생각을 물리치기 쉬웠다. 하지만 이처럼 고요한 밤엔 내가 여기 있는 이유에 관해 떠올리지 않을 수 없었다. 그건 바로 내 절친 루카스 때문이다. 애초에 애팔래치아 트레일로 하이킹을 떠나려던 건 루카스의 생각이었다.

루카스는 2학년 때부터 내 절친이었다. 그러니까 부모님의 이혼 절차가 마무리되기를 기다리면서 내가 보스턴 교외의 부모님 집에서 버몬트주 노리치의 할머니 집으로 이사했을 때부터 우리는 줄곧 절친이었다. 당시 난 비 내리는 밤에 부모님과 함께 91번 고속도로 I-91(미국 북동부 지역의 주간州間 고속도로-역주)을 타고 달리는 중이었다. 그런데 갑자기 무스 (유럽에서 엘크라고 불리는 북미산 큰 사슴-역주) 한 마리가 가드레일을 넘어 도로로 뛰어들었다. 순간 아빠는 급브레이크를 밟았고, 차는 사정없이 빙그르르 돌았다.

그때 뒷좌석에 있던 내 눈앞으로 고속도로에 늘어서 있던 가문비나무의 작은 바늘 모양 잎과 무스의 검은 털이 소용돌이치는 광경이 펼쳐졌다. 그렇게 털과 바늘 모양 잎으로 뒤범벅이 된 우리는 그야말로 통제 불능의 상태였다. 바로 그때였다. 녀석의 육중한 몸이 순식간에 헐크 주먹 같은 세찬 강도로 뒷문을 때려 부수더니 마치 몇 배속 영화처럼 곧장 내 쪽으로 돌파해왔다.

다음 순간 유리창이 와장창 깨지는 소리가 들렸다. 그런데 그 와중에도 난 '아, 자동차 유리는 삐죽삐죽한 삼각형이 아니라 반짝이는 정육면체로 깨지는구나!'라는 뜬금없는 생각을 했던 기억이 떠오른다.

다음 두어 시간에 대한 기억은 흐릿했다. 번쩍이는 불빛을 뿜어대며 울리던 사이렌 소리와 경찰 무전기의 딸깍거리는 소리에 대한 기억이 전부였다. 코에는 튜브를 끼고 팔에는 깁스를 한 채 병원에서 깨어난 내게 할머니가 옆에서 "곧 괜찮아질 거야."라고 말해주기 전까진 정말로 또렷한 게 아무것도 없었다.

다행히도 부모님은 이 충돌사고로 다치지 않았다. 부모님은 내가 괜찮은지 확인할 수 있을 때까지만 버몬트에 머물다가 채 일주일도 되지 않아 떠났다. 외아들을 거의 잃을 뻔한 사실마저도 이혼의 슬픔에서 벗어나기엔 역부족이었던 모양이다.

그렇게 병원에서 사흘째 되던 어느 저녁, 내 또래의 한 소년이 보였다. 그 아이는 간호사들과 농담을 하며 병실로 들어오더니 내 옆 침대에 톡 올라앉았다. 나처럼 팔에 깁스를 한 상태였지만, 그 애의 깁스는 손과 손가락까지 죽 뻗어 있었다. 하지만 그 아인 그다지 신경 쓰지 않는 눈치였다. 그 아이는 내가 자신의 팔을 쳐다보고 있는 걸 알아차리고는 깁스의 단단한 석고 부위를 가볍게 두드렸다. "나무에서 굴러떨어졌어. 죽은 나뭇가지는 절대 믿어선 안 돼." 그러고는 내 쪽으로 고개를 까딱하며 물었다. "넌 어쩌다가 깁스를 하게 된 거야?"

"교통사고."

잠시 소년이 조용해졌다. 그러더니 침대 옆으로 두 다리를 획 돌려 쏜살같이 내 쪽으로 다가왔다. 맙소사, 그 아이는 맨발이었다. 타일에 닿은 그 애의 발가락이 오그라드는 걸 보고 나도 모르게 몸서리를 쳤다. '대체 어떤 아이길래 신발도 없이 병원 바닥을 활보하고 다니는 거지? 발이 굉장히 시려울 텐데.' 소년의 깊고 푸른 눈은 놀라움으로 가득 차 있었다. "아, 네가 그 아이구나."

"그 아이?" 내가 물었다.

"무스 아이. 노리치는 작은 마을이야. 너희 할머니와 우리 부모님은 친구 사이거든. 너와 네 가족에 대해선 어젯밤 저녁 식사를 하다가 듣게 됐어." 소년은 성한 손으로 내 침대 옆 난간을 움켜쥐었다.

난 팔이 부러진 이 쾌활한 주근깨 소년을 가만히 쳐다보았다. 그때 내가 할 수 있는 거라곤 잔뜩 기어들어가는 목소리로 "응." 하고 답하면서 베개에 머리를 묻는 것뿐이었다. 당시엔 막 사고를 당한 터라 안 아픈 데가 없었기 때문이다. 게다가 난 부모한테까지 버림받은 몸 아니던가. 난 아무 말도 하고 싶지 않았다.

잠시 후 그 아이가 침대 난간에서 손을 떼고 자기 침대로 돌아가는 소리가 들렸다. 그러고는 다시 말을 걸지 않았다. 다음 날 아침에 보니 그 아이는 이미 떠나고 없었다. 친구를 사귈 기회가 날아갔단 생각도 들었지만 그땐 정말 신경 쓸 여력이 없었다.

그런데 퇴원하기 전날, 할머니가 내게 평범한 하얀색 봉투를 건네며 말했다. "이웃집 아들 루카스가 보내온 거란다."

봉투 속엔 평범한 하얀색 종이에 서툰 글씨로 쓴 메모가 들어 있었다. *토비! 네가 퇴원한다고 들었어. 토요일 정오에 들를게.*

그렇게 그 주 토요일, 난 할머니의 집 현관에서 그 아이를 만났다. 그 아이는 DC 코믹스(마블 코믹스와 함께 미국 만화의 양대 산맥을 이루는 만화 출판사-역주) 만화책을 잔뜩 가지고 있었다. 서로 많은 이야기를 나누진 않았지만 차가운 봄비가 풀밭으로 스며들 무렵, 우리는 현관의 벤치용 그네에 앉아 배트맨과 슈퍼맨, 플래시의 모험 속으로 빠져들었다.

일주일 후 등교 첫날, 버스에 올라탄 나는 긴 버스 통로를 따라 두려운 마음으로 낯선 얼굴들을 지나쳐 빈자리를 찾고 있었다. 그때 누군가 뒤쪽에서 멀쩡해진 팔로 마구 손을 흔드는 게 보였다. 아니나 다를까, 루카스였다. 결국 우리는 노리치 초등학교로 매일 함께 등교하는 사이가 됐고, 가을이 끝날 무렵엔 자전거도 타고 공도 주거니 받거니 하면서 팔이 다 나은 걸 확인했다.

그로부터 3년 동안, 루카스와 난 둘도 없는 단짝으로 지냈다. 물론 노리치에 정착한 뒤 다른 아이들과도 가까워지면서 때때로 그들과 쉬는 시간에 킥볼도 하고, 술래잡기도 했다. 하지만 대부분 시간은 루카스와 보냈다.

그렇게 그 첫해 뒷마당을 들쑤시고 다니며 끝없는 오후를 보냈다면, 5학년 땐 동네 강이며 나무, 산에서 모험을 즐겼다. 우리는 바위와 부러진 나뭇가지들로 요새를 짓기도 하고 막대기로 칼싸움을 하기도 했다. 올챙이의 꼬리가 점점 짧아지며 우렁차게 울어대는 황소개구리로 탈바꿈하는 기묘한 장면도 지켜보았다.

물론 가끔은 노리치에 있는 완벽한 규격의 야구장에서 야구 방망이를 휘두르거나, 시내에서 열리는 수영장 파티에도 가곤 했다. 하지만 뭐니 뭐니 해도 우리가 가장 손꼽아 고대했던 건 우리 집 뒤뜰에서 하는 캠핑이었다. 중학교 교사이자 보이스카우트 리더였던 루카스의 아빠는 우리에게 숲에서 생존하는 법에 관한 모든 걸 가르쳐줬고, 휴가 중이던 여름 동안엔 밤새도록 그 이야기를 들려주었다.

여기 누워 그때 생각을 하고 있자니 마치 지금 그곳에 있는 느낌이 든다. 그러니까 난 지금 할머니 집 뒤쪽의 숲속 텐트에 있는 거다. 내 옆엔 루카스도 있다. 루카스의 아빠는 우리 바로 옆의 다른 텐트에 있다. 그렇게 정말로 두 사람이 내 옆에 있다는 느낌으로 마침내 난 잠이 들었다.

3

언제부턴지 빗방울이 텐트 위로 후두두 떨어지고 있다. 그
래도 내 짙은 갈색 침낭 안은 포근하고 아늑하기만 하다. 그
래서 곧 일어나야 한다는 걸 알면서도, 후드 티를 머리 위로
쭉 끌어당긴 채 안쪽으로 더 깊숙이 파고들었다.

할머니는 늘 잠자리만큼 따뜻한 건 없다고 말했다. 지금
이 순간, 난 이 말에 전적으로 동감한다. 또 기적 같은 사실도
하나 발견했다. 바로 어제 먹은 눅눅한 땅콩버터 젤리 샌드위
치가 밤새 편안히 잠들기에 충분한 에너지와 열로 바뀌었다
는 사실!

어둠 속에서 몸을 웅크리고 있던 나는 몇 분 더 침낭 속 따
뜻한 공기를 들이마셨다. 흔히 하이커들에게서 나는 냄새,

그러니까 땀 냄새와 흙냄새, 지난밤 침낭 속에 갇힌 방귀 냄새 따위엔 아랑곳하지 않았다. 뭐, 좋은 냄새는 아니지만, 냄새란 게 다 그렇지 않은가.

어느새 배에서 꼬르륵 소리가 났다. '끼니 챙겨 먹기'라는 내 세 번째 철칙 목록도 떠올랐다. 아무래도 이제 그만 일어날 때가 된 것 같다. 침낭에서 나와 눈곱을 뗐다. 등산화는 텐트 안 차양 공간, 곧 소지품을 말리거나 덮어두는 베스티블 아래에 있었다. 나는 텐트 입구 지퍼를 열어 머리를 빼꼼히 내밀고서 그 지저분한 개가 아직도 서성이는지 주변을 훑어보았다.

다행히 녀석은 없었다. 나는 손을 뻗어 등산화를 안으로 끌어당겼다. 그 위에 걸쳐놓은 양말은 먼지로 뻣뻣해졌지만 그다지 축축하진 않았다. 바로 양말에 발을 집어넣는데 살갗이 쓸리는 고통이 밀려왔다. 순간 꺅하고 비명을 질렀다. 발가락 마디 두 개에 물집이 잡힌 탓이었다. 진물이 잔뜩 든 물집은 팽팽하고 붉은 빛이 돌았다.

얼른 배낭의 윗주머니를 뒤져 구급상자에서 스위스 군용 칼과 반창고를 꺼냈다. 그러고는 칼에서 작은 칼날 하나를 펼쳤다. 곧바로 물집을 터뜨리려고 몸을 숙이는데 어디선가 불쑥 목소리가 들려왔다.

토우, 그거 소독해야지.

루카스의 목소리였다. 다시금 머릿속에서 그 목소리가 들려왔다.

루카스를 떠올리자 갑자기 죄책감이 한바탕 밀려오며 물집 같은 고통 따윈 생각나지도 않는다. 마음을 다잡으려고 고개를 저어봤지만, 다시 집중해서 구급상자로 손을 뻗기까진 좀 더 시간이 걸렸다.

"고마워, 루카스." 소독용 알코올 솜을 뜯으며 나는 조용히 속삭였다.

칼날을 알코올 솜으로 닦아낸 뒤 재빨리 물집 위로 칼날을 댔다. 물집을 터뜨리자 맑은 고름이 스며 나왔다. 그렇게 둥근 모양의 물집에서 진물이 다 빠져나갈 때까지 짜낸 다음 반창고로 단단히 붙였다.

발은 잘 치료했으니 이제 옷을 입을 차례다. 땀으로 얼룩진 티셔츠는 머리부터, 그리고 얇은 긴 소매 셔츠는 팔부터 집어넣었다.

다음으론 비옷을 입을 차례다. "항상 껴입으렴." 내가 처음 캠핑을 시작했을 때 루카스의 아빠가 해준 말이다. "옷을 껴입으면 체온을 조절할 수 있단다. 트레일에 나설 때 일반적으로 가장 신경 써야 할 일 중 하나가 저체온증이야. 그런데 저체온증은 너무 많이 입어도 올 수 있고, 너무 적게 입어도 올 수 있지. 옷을 얇게 입으면 몸이 곧 식어버려서 그렇고.

그렇다고 너무 많이 껴입으면 금방 옷이 땀에 흠뻑 젖을 텐데 이때 바람이라도 불면 급격히 체온이 떨어져 전부 소용없어지거든."

나는 가벼운 등산용 바지를 집어 든 후 다리를 집어넣었다. 등산용 바지는 루카스와 둘이서 캠핑 여행을 하다가 비를 맞은 뒤로 루카스에게서 얻은 또 다른 교훈이었다. 당시 난 비에 젖은 청바지가 온기를 빨아먹는 거머리마냥 다리에 착 달라붙어서 말도 못 하게 곤혹스러운 상황이었다.

"면직물은 위험해." 루카스가 아빠의 충고를 떠올리며 해준 말이었다. 루카스는 옷이 젖으면 무거워져 체온을 유지할 수 없다고 했다. 그 여행 이후 루카스는 내게 자신의 오래된 나일론 등산 바지를 한 벌 선사했다. 덕분에 나는 더 이상 젖은 청바지를 말리느라 오래 기다릴 필요가 없었다.

그날 아침 내 머릿속엔 온통 루카스 생각뿐이었다.

4

지난여름, 루카스와 나는 버킷리스트를 만들었다.

그날은 방학 후 맞은 첫 주말이었고, 토요일 아침이면 늘 그렇듯 우리 두 사람은 주방에서 걸신들린 사람처럼 허겁지겁 아침 식사를 해치우는 중이었다. 할머니는 마을로 볼일을 보러 가기 전에 늘 우리가 먹을 팬케이크를 두둑이 쌓아두곤 했다.

"저기," 루카스가 팬케이크 한 장을 입에 가득 쑤셔 넣으며 말했다. "종이에다 좀 적자."

"어?" 시럽을 붓기 전 팬케이크 다섯 장에 버터를 듬뿍 바르며 내가 물었다.

루카스가 주스를 크게 한 모금 들이켰다. "좀 적어보자고.

올여름 우리가 하고 싶은 근사한 일들 전부 말이야."

나는 겹겹이 쌓인 팬케이크를 자른 뒤 그중 큰 덩어리를 입에 넣었다. "가장 먼저 '단번에 팬케이크 스무 장 먹어 치우기'는 어때?" 내가 웅얼거리듯 말했다.

"그건 원래 매주 토요일에 하고 있잖아." 루카스가 내 아이디어를 단칼에 잘랐다. 그러더니 싱크대 서랍에서 펜과 종이를 가져왔다. "뭔가 새로운 게 필요해. 낚시는 어때?"

"좋지!" 버킷리스트를 적고 있다는 사실만으로도 난 벌써부터 신이 났다. 낚시는 쉬웠다. 게다가 안전했다.

아침 식사가 끝날 때쯤 우리는 아래와 같은 버킷리스트를 만들었다.

#1 : 낚시하러 가기

#2 : 벌레 먹기

#3 : 영화관에서 하루 종일 보내기

#4 : 나무 위에 집짓기

#5 : 블루베리 따기

#6 : 뗏목 만들어 타기

#7 : 침니 힐(버지니아주 버지니아비치의 지역-역주)의 페가 체험하기

#8 : 앞바퀴 들고 자전거 타는 법 배우기

나는 끈적끈적한 시럽 접시를 마지막 팬케이크 조각으로 싹싹 닦아 먹은 후 식탁을 치우기 위해 일어났다. 그러고는 싱크대 근처에 서 있는데 루카스가 불쑥 물었다.

"버킷리스트에 '돌산에서 로프 스윙(보통 호수 근처의 커다란 나뭇가지에 줄을 맨 뒤 그 줄을 잡고 그네를 타듯 솟아올랐다가 호수로 뛰어드는 레포츠 활동-역주)하기'를 넣는 건 어때?"

순간 내 손가락에서 접시가 미끄러지며 유리 파편이 사방으로 튀었다.

나는 루카스의 흥분된 어조가 마음에 걸렸다. 그건 루카스가 위험한 일을 하고 싶어 할 때마다 튀어나오는 어조였다. 루카스는 용감한 아이였고, 어딜 가든 모험을 좋는 친구였다. 나는 루카스를 따랐지만, 왠지 절반은 늘 망치곤 했다. 뭔가 가져오는 걸 잊는다거나 해야 할 걸 자꾸 깜박했던 것이다. 그러면서 이런 멍텅구리 같은 실수를 만회하느라 늘 루카스에게 의지하곤 했다. 차 사고 이후, 이상하게 내가 가는 곳마다 불운이 따라온다는 느낌을 떨칠 수가 없었다. 그만큼 난 부모님조차 원치 않는 지지리도 운 없는 아이였다.

"글쎄." 로프 스윙을 하며 6미터 상공에 매달려 있는 내 모습을 그려보았다. 매년 여름 우리는 우리보다 나이 많은 형들이 도약할 때마다 비명을 지르며 지켜보곤 했다. 하지만 그걸 직접 해볼 생각은 전혀 하지 못했다.

"올가을이면 우리도 중학교에 들어가잖아. 너무 겁내지 마. 재미있을 거야."

문득 루카스처럼 용감해지고 싶은 욕망이 내 두려움을 밀어냈다. "좋아." 마침내 나는 그렇게 말했다.

내가 깨진 접시 조각들을 쓰레받기에 담아 쓰레기통에 넣을 때 루카스가 버킷리스트에 로프 스윙을 적어 넣었다.

#9 : 돌산에서 로프 스윙하기

"그래도 열 개까지는 만들려면 하나 더 있어야 돼. 열 번째는 좀 큰 거로 가자, 토우."

'토우Toe'는 지난여름 고질라만 한 벌 한 마리가 내 엄지발가락을 쐈을 때 루카스가 붙여준 별명이다. 그러니까 내 본명인 토비Toby보다 한 음절 모자라는 별명이다. 루카스는 정말 중요한 얘기를 할 때만 이 별명을 썼다.

나는 쓰레받기를 치우고 주방을 가로질러 루카스에게 다가가 루카스의 어깨 너머로 버킷리스트를 보았다. 그때 문득 이런 생각이 떠올랐다. "우리…… 하이킹 좋아하잖아?"

루카스가 당장이라도 뭔가를 적을 듯 펜을 쥔 채 고개를 끄덕였다. "음."

"우리가 오를 수 있는 가장 높은 산으로 하이킹을 떠나는 건 어때?"

루카스의 얼굴에 서서히 함박웃음이 번졌다. "더 좋은 생각이 있어. 애팔래치아 트레일 전체를 하이킹하는 건 어때?"

루카스의 의자 등받이에 걸치고 있던 내 손이 툭 떨어졌다. 뭔가 부서질 만한 걸 들고 있지 않아 천만다행이었다. "그걸 다? 전체 길이가 한 3,200킬로미터 정도 되지 않아?"

"찾아볼게." 루카스가 핸드폰을 꺼내 톡톡 두드리기 시작했다. "정확히 말해 3,525킬로미터야." 그러고는 여전히 고개를 숙인 채로 핸드폰을 들여다보며 말했다. "아 그건 너무 멀다." 핸드폰 위로 몸을 구부리고 있던 루카스의 엄지손가락이 소용돌이치듯 재빨리 핸드폰 자판을 두들겼다. "잠깐만, 나한테 좋은 생각이 있어." 루카스가 핸드폰을 흔들어 보이며 말했다. "여기 봐."

나는 핸드폰을 들여다보았다. 각 장소 이름 옆에 킬로미터가 작게 표시된 화면이 보였다.

"그 트레일에 있는 각 쉘터(통나무로 만든 개방형 쉼터-역주) 간 거리를 알려주는 웹사이트를 하나 찾았어. 너희 집 뒤뜰에서 겨우 1.6킬로미터밖에 안 떨어진 쉘터 알지?"

나는 고개를 끄덕였다. 벨벳 락스 쉘터Velvet Rocks Shelter는 우리 집 마당에서 쉽게 걸어갈 수 있는 곳이었다. 할머니와 나는 가끔 그곳으로 소풍을 가기도 했다.

"음, 메인주의 산책로 끝자락 벨벳 락스 쉘터에서 출발하면 마운트 카타딘까지의 거리는 불과 710킬로미터밖에 안돼. 거기서 시작해 하루 약 16킬로미터씩 하이킹을 하면, 한 달 반 안에 트레일을 끝낼 수 있어. 문제없어. 이 정도면 개학 전에 하이킹을 끝낼 수 있겠어!" 루카스가 흥분한 채 혼자 고개를 끄덕이고 있었다. "아빠가 함께 가주실 수 있는지 물어볼게. 그렇지 않아도 한동안 좀 긴 하이킹을 해보자고 말씀하셨거든." 그러고는 펜을 집어 들어 이렇게 추가했다.

#10 : 애팔래치아 트레일에서 하이킹하기(벨벳 락스 쉘터→마운트 카타딘)

이것으로 마침내 버킷리스트는 완성됐다.

5

떠오르는 기억들을 마음 저편으로 밀어둔 채, 난 오늘도 텐트 덮개의 지퍼를 열며 하루를 맞는다.

"아아." 안도의 한숨이 절로 나온다. 아침에 소변을 보는 일은 트레일에서 가장 큰 즐거움 중 하나다. 보통 밤에는 소변을 참곤 한다. 밤 동안 침낭으로 그러모아진 온기를 떠나고 싶지도 않은 데다, 벌레들이나 좀비들도 안으로 들이고 싶지 않기 때문이다. 그래서 날이 밝으면, 소변을 보고 싶은 충동은 가히 압도적이다.

내가 처음 루카스와 루카스의 아빠하고 캠핑을 나섰을 때 새롭게 알게 된 사실이 하나 있었다. 그건 이른 새벽 나무에다 소변을 보는 기분이 그야말로 최고라는 것이었다.

그렇게 소변을 본 뒤 난 하늘을 살폈다. 어느덧 비구름이 납빛으로 변하고 있었다. 얼른 배낭을 싸서 움직여야 할 상황이었다. 더 큰 비가 오는 동안 체온을 유지하려면 음식도 섭취해야 했다.

음식을 가지러 높은 단풍나무 쪽으로 걸어갔다. 약 5미터 높이의 나뭇가지에는 울룩불룩한 자루 하나가 매달려 있었다. 보통 모든 야생동물의 접근을 막기 위해 음식물을 넣어 매달아두곤 했는데 사람들은 유독 이 자루를 곰 가방(베어 백 bear bag)이라고 불렀다. 아마도 '다람쥐 가방'이나 '쥐 가방'은 그다지 보호용이라는 어감이 들지 않아서였나 보다.

곰 가방을 묶은 로프의 나머지 끝은 단풍나무의 두꺼운 몸통에 감겨 있었다. 로프를 풀자 가방이 가볍게 쿵 하고 떨어졌다. 나는 가방 입구의 나일론 끈을 풀어 음식물을 꺼냈다. 음식이 얼마 안 남은 걸 알고 있으면서도 여전히 안을 들여다보기가 겁났다. 아니나 다를까, 먹을 거라곤 스니커즈 바 세 개, 베이글 한 개, 체더치즈 1/4조각, 그리고 엠앤엠즈 초콜릿이 가득 든 작은 지퍼락이 전부였다.

나는 세 개 남은 스니커즈 중 하나를 꺼내 포장지를 뜯었다. 애초에 할머니라면 허락도 안 했을 테고 나중엔 달갑지 않은 치과도 가야 할 테지만, 현재로선 초콜릿과 땅콩, 캐러멜이 내 완벽한 아침 메뉴다.

스니커즈를 게 눈 감추듯 먹어 치운 뒤 배낭에 소지품을 넣고 텐트를 걷기 시작했다. 우선 텐트의 비덮개에 고인 물방울을 털어낸 뒤 텐트 천을 반으로 접고 알루미늄 텐트 폴들을 한쪽 끝에 놓았다. 텐트 천은 반대쪽 끝까지 굴린 뒤 텐트 가방에 모두 욱여넣었다. 다음으로 배낭 바닥 쪽에 달린 두 개의 얇은 끈으로 텐트를 배낭에 고정한 뒤 모든 짐을 어깨에 짊어졌다.

이제 마지막으로 할 일은 방향을 잡는 것이었다. 나는 엉덩이 쪽 주머니의 지퍼를 열어 지도로 가득 찬 지퍼락을 꺼냈다. 그리고 현재 내 위치와 앞으로 가야 할 위치를 보여주는 지도를 하나 펼쳐 들었다. 다음 쉘터는 여기서 13킬로미터 거리에 있다.

지도에서 벨벳 락스 쉘터 지점을 쳐다보고 싶은 충동이 일었지만 이내 떨쳐버렸다. 그러니까 표시는 안 해놨지만, 할머니가 사는 곳에서 서쪽으로 1.6킬로미터 떨어진 내 출발 지점 말이다.

할머니와 벨벳 락스 쉘터는 내 뒤쪽에 있다. 하지만 지금 내가 집중해야 할 곳은 앞쪽이다.

다시 지도를 접어 지퍼락에 넣은 뒤 엉덩이 쪽 주머니에 모두 쑤셔 넣었다. 그런데 지퍼를 올리는 순간, 지퍼락이 지퍼에 불쑥 껴버렸다. 더 세게 당기자 지퍼 날에 더 꽉 물릴 뿐이다. 아무래도 이건 나중에 신경 써야 할 듯하다. 지금은 그냥 얼른 출발하고 싶다.

나는 트레일을 따라 걷기 시작했다. 겨우 몇 발자국 떼었을 뿐인데 벌써 배낭끈에 어깨가 쓸리기 시작한다. 마치 두 줄의 불길이 가슴팍을 타고 급속히 내려오는 느낌이랄까. 집에서 메봤을 땐 너무 편했었다. 물론 그땐 13킬로그램의 캠핑 장비와 캠핑 음식을 채우기 전이었다. 지금은 잦은 마찰로 두껍고 단단한 굳은살까지 박이기 시작했지만, 여전히 배낭을 멘 자리는 자세를 바꿀 때마다 쓰라려온다.

나는 입술을 깨물고 애써 고통을 떨쳐내보려 했다. 정신을 집중해 가로 5센티미터, 세로 15센티미터의 화이트 블레이즈(애팔래치아 트레일 곳곳의 나무나 바위 등에 표시한 손바닥만 한 크기의 길 안내용 흰색 페인트 마크-역주)를 쳐다보았다. 이 표지판들은 날 메인주까지 인도해줄 자그마한 북극성이었다. 나는 하이킹의 리듬 속으로 빠져들어가 그런 작은 고통 따윈 잊고, 숲을 걷고 있는 나 자신에게 몰두하기 시작했다. 화이트 블레이즈의 흰색 페인트칠은 마주할 때마다 위안이 들었다. 왠지 루카스와의 약속에 한층 더 가까워진 것 같아서였다.

기분이 날아갈 것 같았다. 그때 꽤 익숙해 보이는 지점이 하나 나타났다. 강을 건너는 지점이었다. 보통 트레일은 나무 천지라 강이 더 기억에 남는 법이다. 미간이 찡그려졌다.

여긴 이미 와봤던 곳이 아닌가!

나는 강가에 선 채 엉덩이 쪽 주머니의 지퍼를 잡아당겼다. 아차, 여전히 지퍼는 꼼짝도 안 했다. 순간 짜증이 나서 더 세게 서서히 잡아당겨 억지로 열어보았다. 나도 모르게 끙 소리가 새어 나왔다. 그렇게 빠져나온 지퍼락의 가장자리엔 떡하니 구멍이 나 있었다. 아무래도 내 방수 지도 가방의 운명도 이것으로 끝인가 싶다.

지퍼락에서 내가 필요한 지도를 꺼냈다. 지도를 확인해보니 역시 괜한 걱정이 아니었다. 강을 건넌답시고 몇 킬로미터나 가는 게 아니었다. 줄곧 트레일을 따라왔건만, 완전 엉뚱한 방향으로 가고 있었다. 멍텅구리처럼, 말 그대로 캠프장을 나온 뒤 줄곧 왔던 방향으로 되돌아가고 있었던 것이다.

그럼 그렇지. 늘 그렇듯, 내가 다 망쳐버렸다. 지도를 망가진 지퍼락에 다시 쑤셔 넣은 뒤 혹시나 하는 마음에 주머니의 지퍼를 다시 한번 억지로 올려보았다. 있는 힘껏 당겨보지만 이번엔 진짜로 꼼짝 안 한다. 정말 환장할 노릇이다.

나는 엉덩이 쪽 망가진 주머니에서 다시 지퍼락을 꺼낸 후 배낭을 벗었다. 그러고는 무릎을 꿇고 배낭 위쪽의 수납 공간을 열어보았다. 이미 꽉 찬 상태라 지도까지 넣기에는 비좁아 보인다. 그래도 어떻게든 욱여넣어보려고 휴대용 정수 물병을 꺼내 잠깐 내려놓았다. 그런데 바로 그때 정수 물병이 강물 속으로 또르르 굴러갔다.

"안 돼!" 손에 든 모든 걸 내려놓고 정수 물병을 움켜잡아 보았지만 이내 놓쳐버렸다. 재빨리 강물을 따라 내려가 대여섯 번 팔도 휘저어봤지만, 갑자기 불어닥친 바람에 빠르고 깊은 물살로 쓸려간 정수 물병은 완전히 사라져버렸다.

나는 이를 악물고 겨우 배낭이 있던 자리로 되돌아왔다. 하지만 이번엔 돌풍이 지퍼락을 휘감아 물살로 던져버렸다. 눈 깜짝할 사이에 망가진 내 지퍼락은 안에 든 지도 뭉치와 함께 물속으로 가라앉고 말았다.

그럼 그렇지. 지지리도 운 없는 녀석. 아무래도 이제부턴 올바른 방향으로 가고 있는지 잘 살피며 트레일에 나서야 할 듯싶다.

전날 밤 텐트를 쳤던 곳으로 돌아가려면 제법 시간이 걸릴 것 같다. 나는 지친 몸을 이끌고 그곳으로 터덜터덜 걸어갔다. 걸어가는 동안 흙덩이와 돌부리가 발에 치이기도 했다. 정말이지 실수하는 내 모습이 싫었다. 하지만 어쩐 일인지 난 가는 곳마다 실수를 몰고 다니는 듯하다.

평평한 민둥 봉우리까지 계속 터벅터벅 걸어가는데 언제부턴가 굵직한 빗방울이 떨어지기 시작했다. 어깨에 눌린 배낭 무게에 난 털썩 주저앉고 말았다. 어깨끈 아래 멍든 곳이 욱신욱신 아파왔기 때문이다. 봉우리 꼭대기에 이르자 이제 아무것도 보이지 않는다. 오직 차가운 안개와 구름, 그리고 알파벳을 전부 다 대문자로 써놓은 트레일 표시만 보일 뿐이었다. 〈이 트레일은 매우 험난하오니 경험이 없는 사람은 다른 트레일을 이용하시기 바랍니다. 특히 폭포 주변에선 위험에 처하지 않도록 각별히 주의하십시오.〉

"딱 내 얘기네." 난 혼자 중얼거렸다. "내 앞엔 그냥 위험만 도사리고 있을 뿐이군."

하지만 아무튼 계속해서 걸어갔다.

그렇게 아래로 길게 뻗은 트레일을 걷고 있자니 빗방울이 점점 거세지며 싸늘해지기 시작했다. 내 철칙 목록의 첫 번째 항목인 '체온 유지하기'에 관심을 둬야 할 때였다.

나는 팔 벌려 뛰기를 한 차례 한 뒤 멈춰 섰다. 그러고는 다시 한번 팔을 들었다 내리고, 다리를 벌렸다 오므렸다. 몇 분 후 심장이 방망이질하는 게 갈비뼈를 통해 전해졌다. 다시 비옷 속으로 손을 넣자 손이 따뜻해졌다.

산봉우리에서 계속 내려가다 보니 울퉁불퉁한 나무로 이루어진 울창한 숲이 나왔다. 나뭇가지엔 이끼가 수염처럼 매달려 있었다. 문어처럼 꼬인 뿌리에 지나갈 때마다 발이 걸렸다.

이곳은 꽤 고요했다. 지저귀는 새소리도 들리지 않는다. 양치류와 이끼가 무성하게 자라고 있고, 초록빛 여름 잎사귀에 하염없이 빗물이 떨어지고 있는데도 한없이 고요하기만 했다. 어떤 끔찍한 존재로부터 동물이란 동물은 다 도망쳐버린 듯, 마치 한낱 버려진 정글을 보는 느낌이랄까.

바람이 한바탕 불어와 나무들 사이로 휘몰아쳤다. 빗방울 소리가 시시각각 달라지더니 전에는 북소리 같던 것이 이제는 가차 없는 분노로 두들겨대는 망치 소리 같다.

이 비는 더 이상 아침의 이슬비가 아니었다. 이제 이 비는 폭풍이었다. 나는 속도를 냈다. 보통 트레일엔 몇 킬로미터마다 쉘터가 등장한다. 비스듬한 지붕에 열린 입구 쪽을 빼면 삼면이 튼튼한 통나무로 된 쉼터 말이다. 아무래도 바로 다음 쉘터에서 비가 끝나기를 기다려야 할 듯하다.

어느새 세찬 바람까지 울부짖기 시작한다. 바람에 못 이겨 나뭇가지들이 갈라지고, 나뭇잎들이 머리 위를 빙빙 돌며 미친 듯이 날아다닌다. 이제 구름은 비와 함께 먹구름으로 변해 있었다. 머리 위로는 귀청이 떨어질 듯한 엄청난 천둥소리가 으르렁거렸다. 눈엔 안 보여도 수목한계선 위쪽 어딘가에선 번개가 번쩍이며 내리치는 폭발음도 들려왔다.

지금까진 철칙 목록을 지키는 데만 급급한 나머지 더 큰 그림을 위해 잠시 멈춰 설 줄 몰랐다. 문득 내가 천애의 외톨이란 사실이 떠올랐다. 험준한 지형과 험악한 날씨로 인해 미끄러운 바위 위, 조금만 헛디뎌도 바로 넘어질 수 있는 상황에서 말이다. 그러니까 발 한 번만 잘못 디뎌도 얼마든지 발목이 삐거나, 다리가 부러질 수 있단 소리다.

더군다나 하이킹의 첫 번째 규칙도 어긴 상태였다. 난 아무에게도 내가 있는 곳을 말해주지 않았다. 할머니에게조차 말이다. 그러니 행여 다치거나 길을 잃어도, 날 찾으러 올 사람은 아무도 없었다.

그렇게 난 이 숲속에서 그냥 목숨을 잃을 수도 있었다.

혈관으로 냉기가 스며들었다. 내 뼈로 스며든 건 냉기뿐만이 아니었다. 두려움도 함께 엄습했다. 루카스도 없이 대체 난 여기서 뭘 하고 있는 걸까? 루카스도 없이 트레일에서 살아남을 수 있다고 생각하다니, 정말 어리석었다.

루카스는 우리 두 사람으로 구성된 팀의 리더로서 언제나 뭘 해야 할지 잘 알고 있었다. 나는 그런 리더 목자의 말을 기꺼이 따르는 양이었다. 그런데 지금 난 폭풍이 몰아치고, 비가 억수같이 쏟아지는 곳에서 식량도 거의 바닥난 상태로 혼자 부들부들 떨고 있다.

멍텅구리, 멍텅구리, 멍텅구리.

두려움에 심장이 두방망이질했다. 나도 모르게 달음박질을 치기 시작했다. 등산화를 신고 물웅덩이를 철벅철벅 건너다 보니 여기저기 튄 흙탕물이 종아리를 적셨다. 그 와중에 추위에 무감각해진 손이 얼세라 배낭끈도 쥐었다 폈다 했다.

어느새 젖은 머리카락은 이마에 찰싹 달라붙어 있었다.

트레일이 끝없이 펼쳐지는 동안 난 계속 비틀거리며 나아 갔다. 그러고는 딱 한 번 멈춰 서서 옷가지들을 모두 꺼내 주 워 입고는 베이글과 남은 엠앤엠즈 초콜릿을 게 눈 감추듯 먹 어 치웠다. 하지만 이런 모든 예방책에도 여전히 몸은 오싹 했고, 한기는 더욱 심해졌다. 결국 오슬오슬 떨리는 증상은 온몸에 퍼졌고, 몸은 갈수록 걷잡을 수 없는 상태가 됐다.

어느새 내 철칙 목록은 무용지물이 돼버렸다. 더는 체온을 유지할 수가 없었다. 끼니를 챙겨 먹을 수도 없었다. 해가 없 어 햇볕을 쬘 수도 없었다. 더군다나 계속 춥고 축축한 습기 속에 있다 보니 수분을 섭취해야 한다는 사실마저 까맣게 잊 은 상태였다.

언제부턴지 난 시간 개념도 잃어버렸다. 그런 상태에서 이 가 딱딱 부딪칠 정도로 오들오들 떨다 보니 머리까지 핑핑 돌 았다. 여전히 비는 그칠 줄을 몰랐고, 재킷 사이론 거센 바람 까지 불어닥쳤다. 몸의 감각을 마비시킬 정도의 얼얼한 추위 가 몸속으로 파고들었다. 입고 있는 옷은 이미 하나같이 젖 은 상태였다. 손가락과 발가락으로 감각을 느껴보려는 노력 도 이미 포기한 지 오래였다.

한술 더 떠 엉겁결에 오크나무의 뒤엉킨 뿌리에 걸려 벌렁 나자빠지기까지 했다. 팔로 간신히 버텨보려 했지만 딱딱한

바닥에 엎어지고 말았다. 얼굴이 바위에서 겨우 몇 센티미터 밖에 떨어지지 않은 상태로 말이다.

하지만 그마저도 배낭에 짓눌려 마침내 뺨이 차가운 돌과 맞닿았다.

몸을 가눌 수 없는 피곤이 몰려왔다. 이제 겨우 시작인데 벌써 다 포기하고 싶은 심정이다. 나는 그대로 젖은 땅에 드러누웠다. 그리고 가만히 속삭였다. "미안해, 루카스." 눈을 감은 채 슬픔에서 벗어나려고 애를 써봤다. 난 이미 절친을 실망시킨 몸이었다.

바로 그때 누군가가 내 어깨에 손을 얹었다. 고개를 돌려 보니 이슬비 속에서 한 얼굴이 시야에 들어왔다.

"애야, 정신 차려, 괜찮니?"

난 너무 지쳐 고개를 가로저을 힘조차 없었다. 그런데 어느 틈엔가 나는 이미 배낭 및 다른 짐과 함께 어디론가 실려 가는 중이었다. 기절하기 직전 눈앞에 어떤 광경이 펼쳐졌다. 트레일 앞쪽에 낡은 양철 지붕으로 덮인 한 무더기의 통나무가 있는 광경.

바로 쉘터였다.

6

눈을 떠보니 비는 멈춘 상태였다. 늦은 오후 듬성듬성 낀 구름 사이로 새어 나온 햇빛이 쉘터로 흐릿하게 스며들었다. 주변에서 중얼거리는 소리가 들려왔다. 두 명의 십 대 소년이 스토브의 깜박이는 파란 불꽃 주위에 옹기종기 앉아 있었다. 스토브 위에 얹은 냄비에선 물이 끓고 있었다.

한 명은 머리에 두른 짙은 청색의 반다나(목이나 머리에 두르는 화려한 색상의 스카프-역주) 아래로 검은색 곱슬머리가 툭 삐져 나와 있었다. 소년의 뺨에는 왼쪽 콧구멍까지 5센티미터가량의 상처가 죽 나 있었다. 소년이 기다란 금속 보온병에 뜨거운 물을 붓기 위해 냄비를 들어 올리자, 꼭 다문 소년의 입이 가는 선모양이 됐다.

다른 한 명은 눈 색깔과 어울리는 밝은 파란색 야구 모자를 쓰고 있었다. 모자엔 동그라미와 선 위주의 간단한 스케치로 카누를 젓는 사람이 그려져 있었고, 그 앞면엔 '인생은 아름다워'라는 문구가 수놓아져 있었다. 소년은 스토브를 끈 뒤 재킷에 손을 넣어 스위스 미스 핫초콜릿을 몇 봉지 꺼냈다.

두 사람 다 최첨단 장비인 아크테릭스의 하드쉘(고어텍스 등 방풍, 방수 소재의 겉옷을 총칭하는 용어-역주), 파타고니아의 바지, 아웃도어 리서치의 장갑과 각반을 장착한 상태였다. 게다가 똑같이 캠핑용품으로 가득 찬 오스프리 신상 배낭에 블랙 다이아몬드의 트레킹 폴을 기대놓았다. 둘의 유일한 차이점이라면, 반다나를 두른 소년은 온통 검은색 차림인 반면, 야구 모자를 쓴 소년은 온통 파란색 차림이라는 것이었다.

둘의 나이가 나보다 훨씬 많아 보이진 않았다. 하지만 확신에 찬 모습과 값비싼 장비들을 볼 때, 경험은 나보다 훨씬 많아 보인다. 마치 루카스나 나 같은 애들은 두 사람이 돌산 암벽을 능숙하게 타는 모습을 그저 넋 놓고 바라보고만 있어야 할 것 같은 느낌이랄까.

내 몸은 아직 젖어 있었지만, 놀랍게도 얼진 않았다. 흠뻑 젖은 비옷은 내 머리맡에 놓여 있었다. 아래를 보니 은빛의 섬광 같은 것이 눈에 띄었다. 나는 부리토(토르티야에 다진 고기와 콩을 넣고 둘둘 말아 구운 후 소스를 발라서 먹는 멕시코 음식-역주)처럼 웅급 담요에 싸여 있었다. 보통 응급 담요는 체온의 90퍼센트를 보존해주는 얇은 알루미늄 포일 같은 마일라라는 시트로 만들어진다. 담요 위로는 생소한 침낭이 겹겹이 쌓여 있었다. 내가 일어나 앉자, 담요가 마치 크리스마스 포장지처럼 쭈글쭈글해졌다.

"깨어났네." 야구 모자를 쓴 소년이 들고 있던 컵에 뜨거운 물을 부었다. 그러고는 내 쪽으로 와서 무릎을 꿇고 스위스미스 핫초콜릿 한 봉지를 뜯었다. 확 올라오는 분말 초콜릿 냄새에 정신이 아찔해졌다.

야구 모자 소년이 핫초콜릿을 컵에 부은 뒤 파란색 플라스틱 포크로 이리저리 휘저었다. "자, 마셔봐." 소년이 말했다.

컵을 들어 올리자 뜨거운 김이 얼굴을 감쌌다. 첫 모금에 혀가 델까 봐 흠칫했지만 찬물이 섞여 온기는 적당했다. 핫초콜릿 위로 마시멜로가 하늘에 뜬 작은 구름처럼 둥둥 떠 있다. 와, 이건 여태 먹어본 중 최고로 맛있는걸!

나는 핫초콜릿을 최대한 오래 홀짝여보려고 노력했다. 하지만 핫초콜릿이 바닥을 드러내기까진 30초밖에 걸리지 않았다. "고마워." 야구 모자를 쓴 소년에게 말했다. 마시멜로가 녹으며 묻어난 컵 가장자리 하얀 솜털 같은 부분까지 핥아먹는 내 모습을 보고서 소년의 파란색 눈이 반짝였다. "핫초콜릿엔 진짜 마시멜로가 제격이라니까."

"컵 이리 줘봐." 소년이 컵을 돌려받으며 말했다. "한 잔 더 갖다줄게. 그건 그렇고 난 덴버야." 소년이 난로 옆에 딱 버티고 선 반다나를 두른 소년에게 고개를 까닥였다. "그리고 쟤는 숀이야."

"난 토-토니야."

숀이 코웃음을 쳤다. "토토니?"

"내 말은, 토니라고." 그렇게 말한 건, 만약 두 소년이 내 본명을 알게 되는 날엔 트레일이란 목표는 그날로 끝장날 것 같아서였다. 비록 할머니에게 걱정하지 말라고 하고 왔지만, 난 할머니가 지금쯤 뉴햄프셔주의 곳곳에 내 얼굴이 들어간 실종자 포스터로 도배를 하고도 남을 분이란 걸 잘 알았다.

덴버는 내게 핫초콜릿 한 컵을 더 건넸다. 그래도 이번엔 최대한 오랫동안 홀짝일 수 있었다.

"뭐 좀 먹을래? 음식은 충분해." 덴버가 배낭의 윗주머니 지퍼를 열어 햄치즈샌드위치를 꺼냈다. 난 고맙게 받아먹었다.

숀이 쉘터 안 건너편에서 날 빤히 쳐다보며 말했다. "아까 너 상태가 말이 아니었어. 대체 하이킹은 왜 혼자서 하고 있니? 보아하니 제 몸 하나도 잘 건사하지 못하는구먼."

숀이 날 평가하고 있는 게 느껴졌다. 비에 흠뻑 젖어 저체온증으로 쓰러지기 직전에 간신히 쉘터로 피신이나 하는 아이. 홀로 준비도 안 돼 있어 매번 도움만 구하다 결국 트레일을 포기할 아이. 씰룩거리는 숀의 눈꺼풀에서 짜증이 느껴진다. 이미 난 숀에게 짐 같은 존재였다.

나는 재빨리 대답했다. "난 보이스카우트에서 상급 야생 생존 배지(제한된 자원으로 야생 생존법에 대한 지식을 성공적으로 보여준 보이스 스카우트에게 수여되는 배지-역주)를 받으려고 해. 근데 그러려면 일주일을 숲에서 혼자 보내야 하거든." 제발 숀과 덴버가 한 번도 보이스카우트를 해본 일이 없기를 바랐다. 배지를 받는 데 그런 요건 따윈 없었기 때문이다.

"음, 그렇담 배지를 따기엔 실력이 형편없네." 숀이 어깨를 으쓱하며 보온병을 홀짝거렸다.

나는 마지못해 침낭과 응급 담요를 밀어냈다. 몸에서 발산된 열로 젖은 옷에서 김이 훅 피어올랐다. 몸이 떨려왔다. "초콜릿과 샌드위치 고마워." 덴버에게 말했다.

"지금 가려고?" 덴버가 침낭을 가져다가 압축 가방에 밀어 넣기 시작했다.

"응. 다음 쉘터로 가보려고." 목에서 약간 쉰 목소리가 나왔다. "밤에 거처할 곳이 있으면 좋잖아."

덴버가 고개를 끄덕였다. "킨스맨 판드 쉘터Kinsman Pond Shelter로 가는 거지? 우리도 거기로 가려고 하거든. 지도를 보니 여기서 6.4킬로미터 정도 거리네."

"원래는 거기서 3킬로미터 더 가면 있는 론섬 레이크 헛

Lonesome Lake Hut으로 가려고 했어." 숀이 말했다. "그런데 너 때문에 더뎌졌지."

"걱정할 거 없어." 덴버가 숀을 흘긋 쳐다보며 말했다. "서두르지 않아도 돼."

"저기, 더는 부담 주고 싶지 않아." 나는 손을 뻗어 비옷을 집은 후 조심조심 비옷 속으로 미끄러져 들어갔다. 비록 흠뻑 젖긴 했어도 바람은 잘 막아줄 듯했다.

"숀과 나는 곧 배낭을 쌀 거야. 원하면 기다렸다가 함께 하이킹해도 좋고." 덴버가 숀이 보내는 눈살을 무시하며 말했다.

실은 나도 이 소년들을 따라가고 싶었다. 이들과 나누는 대화와 빵빵한 배낭을 생각하면 안전한 느낌도 들었다. 하지만 숀이 날 쏘아보는 게, 더는 귀찮게 굴어선 안 될 듯싶다.

나는 어느 정도 절충하기로 마음먹었다. "아무래도 너희가 나보다 훨씬 빠를 테니 난 지금 출발할게. 너희가 날 따라잡을 때마다 트레일에서 보자."

덴버가 고개를 끄덕였다. "그거 괜찮은 생각이네."

"뭐, 그러든지 말든지." 숀이 말했다.

나는 배낭을 메고 밖으로 나가며 이번엔 절대 헤매지 않겠노라고 다짐했다. 이제 트레일은 완만한 벌목 길로 접어들었다. 난 왼쪽으로 돌아 새로 내린 빗물과 새까만 웅덩이에서 불어난 물이 폭포처럼 쏟아지는 곳을 지나갔다. 엉덩이 높이의 반들반들한 바위 위로 드리워진 이끼가 보인다. 나무뿌리가 어둡고 자그마한 동굴을 형성한 모습도 보였다. 이 동굴은 우중충하고 으스스하게 느껴진다. 마치 성난 유령들이나 드나들 법한 동굴이라고 할까.

덴버와 숀이 날 뒤따라온다는 게 다행으로 여겨졌다.

개울가의 트레일을 따라가는데 얼핏얼핏 지저분하게 엉겨 붙은 털 뭉치들이 몰려다니는 게 보인다. 아마도 여우인 듯싶다. 이어 갈비뼈가 다 드러나 보이는 낯익은 녀석도 눈에 띄었다. 바로 어제 내 저녁 식사를 훔쳐먹은 그 녀석이었다.

녀석은 지금 트레일에서 적어도 9미터 떨어진 관목 사이로 천천히 달리고 있다. 나와는 적정 거리를 유지한 상태다. 이제 더는 녀석이 차버릴 스파게티도 없다. 하지만 녀석은 내가 전에 관대했다는 걸 알고 있다.

나는 남은 음식을 떠올려보았다. 스니커즈 두 개와 치즈 1/4조각이 전부였다.

아무래도 이제부턴 신중하게 처신해야 할 것 같다. 이번에도 먹을 걸 내어준다면 녀석의 기대치만 올려놓는 꼴이 되지 싶다. 녀석은 언제라도 날 공격해올 수 있었다. 더군다나 녀석을 만날 때부터 부족했던 식량이 이젠 거의 바닥난 상태다.

론섬 레이크 헛이 킨스맨 판드 쉘터에서 약 3킬로미터 거리에 있다고 한 숀의 말이 떠올랐다. 여기서부턴 어림잡아 8킬로미터가 좀 넘는 거리다.

론섬 레이크 헛 같은 오두막은 쉘터와는 다르다. 보통 오두막은 일종의 숲속 사치품으로 여름철에는 빵과 담요와 음식을 구비해놓는다. 이런 오두막 중 여덟 곳은 화이트산맥의 가장 험난한 지역에 띄엄띄엄 자리하고 있으며, 대학생들이 운영하고 있다. 루카스와 나도 나이가 들면 이런 오두막에서 일해보자고 이야기하곤 했다.

이제 론섬 레이크 헛에 가면 음식을 좀 장만할 수 있을 것이다. 돌돌 말아 지퍼락에 넣어둔 243달러는 지금 내 배낭 위쪽 수납 공간의 안주머니에 고이 보관되어 있다. 지난 몇 년 동안 잔디를 깎고 나뭇잎을 갈퀴로 긁어모으는 등 잡다한 일을 해가며 번 돈이었다. 부디 이 돈으로 마운트 카타딘까지 충분히 갈 수 있었으면 좋겠다.

남은 스니커즈 두 개면 족히 8킬로미터는 더 갈 수 있다. 그래, 그러자. 그렇게 마음먹고 남은 치즈 덩이를 바스러뜨렸다. 녀석은 지금 내 앞쪽으로 종종걸음을 치고 있다. 내가 어떻게 할지 몰라 망설이는 눈치다. 하지만 이번에는 날 재촉하지 않을 모양이다.

치즈를 던져주자 녀석이 입으로 덥석 받아 단숨에 삼켜버린다. "미안해, 그게 내가 가진 전부야." 녀석은 왠지 내 말을 이해하는 눈치다. 내가 길을 따라 내려가자 바로 따라왔지만 구걸하진 않았다.

"토니!" 뒤돌아보니 숀과 덴버가 올라오고 있었다. 선두에는 숀이 보였다. 날 따라오고 있는 그 말라깽이 녀석을 발견하고 숀이 말했다. "네 개야?"

"아니, 그냥 뭐 좀 먹이고 있었어."

"왜?"

난 숀에게 버럭 호통치고 싶은 충동을 억눌렀다. "녀석이 꽤 배가 고픈 모양이야."

"하지만 그건 너도 마찬가지잖아. 아까 쉘터에서도 덴버의 샌드위치를 단 세 입에 먹어 치웠잖아. 자기 먹을 것도 충분치 않은 마당에 웬 여유람."

숀 말이 맞았다. 인정하고 싶진 않지만, 맞는 말이었다. 난 지금도 습관대로 하고 있었다. 툭하면 일을 망치고, 잘못된 결정만 내리고, 내게 더 필요한 음식을 개한테 주는 그런 습관 말이다! 게다가 지금 녀석은 더 달라며 날 뚫어져라 쳐다보고 있는데 더는 줄 것도 없다. 녀석이 날 믿은 건 실수였다.

"숀. 애한테 왜 다그치고 그래." 덴버가 배낭에 달린 힙 벨트 주머니의 지퍼를 열어 그래놀라 바를 하나 꺼냈다. 그러고는 포장지를 뜯어 녀석에게 던져준다. 녀석은 단지 한 입만 물었을 뿐인데 그래놀라 바는 순식간에 사라졌다.

그래놀라를 삼킨 녀석이 재빨리 트레일 바깥으로 되돌아

갔다. 녀석의 눈은 여전히 우리를 주시하고 있었다. 다만 이 번에는 경계와 더불어 기대가 섞인 눈빛이다. 비록 녀석에게 더 나눠줄 음식은 없었지만, 앞으로 몇 킬로미터는 내게 동행이 생길 듯한 예감이 들었다.

숀이 배낭을 멨다. 숀은 성미가 급한 게 틀림없었다. "자, 가야지."

나는 숀과 덴버 사이에 나란히 서서 안도의 한숨을 내쉬었다. 이제 전에 왔던 장소로 돌아온 상태였다. 누군가를 뒤따라서 말이다. 그러니까, 이젠 도와줄 사람들이 생겼다는 얘기다. 물론 혼자 해내야 한다는 건 안다. 하지만 지금으로선 동행이 생겨 참 좋다.

7

손이 부드럽고 노련한 걸음걸이로 서서히 나아갔다. 나는 손의 걷는 리듬에 푹 빠져들었다. 하지만 힘겹게 따라붙는 게 티 날세라 쌕쌕거리는 호흡은 애써 감췄다.

이제 트레일은 바닥에 긴 풀 같은 잡초가 자라 있는 진흙투성이 연못가로 이어졌다. "물 상태는 어때?" 덴버가 물었다.

나는 물병 두 개를 꺼내 흔들어보았다. 몇 방울 남은 물이 찰랑거렸다. "내 거는 거의 텅 볐어."

"여기서 가득 채워야 해. 쉘터에 도착할 때까진 달리 방도가 없거든." 손이 말했다.

나는 연못가에 무릎을 꿇은 채 두 물병의 뚜껑을 열었다. 그러고는 못 깊숙이 물병을 담가두려는데 손이 불쑥 물었다.

"토니, 물은 어떻게 정화할 거야? 정수 물통이나 요오드는 없어?"

나는 고개를 가로저었다. "오늘 아침 강을 건널 때 정수 물병을 잃어버렸어. 그래서 새로 구할 때까진 그냥 강물과 개울물을 바로 마시려고."

"물을 정화하는 건 장난삼아 하는 일이 아니야." 숀이 못마땅하다는 듯 팔짱을 꼈다. "지아르디아(동물의 장에 기생하다 배설물로 물을 오염시켜 감염증을 일으키는 편모충류 원생동물-역주)에 대해 들어본 적 없어?"

숀이 대답도 듣지 않고 바로 말했다. "그게 뭐냐면 말이지, 네가 작은 연못에 왔다고 쳐. 거기서 미지근한 물을 한입 가득 마신다고 해보자고. 넌 이 물이 해로울 게 없다고 여기겠지. 하지만 그 물속엔 동물의 배설물이 있어. 이를테면 무스 똥, 사슴 똥, 비버 똥, 다람쥐 똥, 부엉이 똥 같은 배설물 말이야. 그런데 이런 똥엔 작고 동그란 모양의 지아르디아 낭종이 부화하기만을 손꼽아 기다리고 있지."

숀의 언성이 좀 더 높아졌다. "이번 한 번쯤은 괜찮겠지라는 생각에 넌 이 낭종들을 마셔버린다고. 하지만 그 후 네 위에서 나오는 위산 때문에 이 낭종들은 네 위장 벽에 붙어 꿈틀대는 기생충으로 부화하지."

"그다음 이 기생충은 수십억 마리가 될 때까지 자라고 증식하며 네 몸에 착 달라붙어 널 파먹어 들어가. 그러고서 다시 동그란 낭종을 형성하지. 그러면 넌 너무 피곤해진 나머지 침대에서 몇 주 동안 일어나지도 못한 채 설사와 극심한 경련에 시달리며 마치 동화에서나 나올 법한 최악의 복통을 겪게 되지."

"숀, 이 자세한 걸 다 알 필요는 없어." 덴버의 목소리엔 일종의 경고가 담겨 있었다.

"아냐, 괜찮아. 지아르디아가 무섭다는 건 나도 알아." 애써 목소리를 가다듬어봤지만 여전히 내게선 떨린 음성이 나왔다. 나는 호통에 익숙지 않았다. 그래서 숀이 호통을 칠 때면 약간 겁이 났다.

숀이 배낭을 땅바닥에 탁탁 털더니 3리터짜리 카멜백 물방광(물팩이 가방에 수납되어 있어 더 많은 양의 물을 등에 진 채 입으로 이어지는 취수관을 통해 편하게 마실 수 있도록 한 물통-역주)을 꺼냈다.

방광이란 말이 징그럽게 들렸지만, 새지 않는 한 물병보다 훨씬 나았다. 물병의 경우 물을 한 모금 마시고 싶을 때마다 멈춰 서서 배낭에서 물병을 꺼내야 했다. 하지만 물 방광의 경우 배낭을 뚫고 올라와 어깨끈 앞부분에 부착된 물 호스가 있어 목이 마를 때마다 걸음을 늦추는 일 없이 이 호스의 바이트 밸브만 입에 물면 그만이었다.

숀이 배낭 옆 주머니에서 나일론 끈으로 졸라맨 작은 검은색 가방을 꺼냈다. 그러고는 가방에서 작은 소화기같이 생긴 정수 물통을 꺼내 안에 든 물을 싹 비웠다. 물통의 꼭대기엔 물을 퍼 올리는 손잡이가 달려 있었고, 옆쪽 한 귀퉁이엔 튜브 두 개가 튀어나와 있었다. 숀은 이 튜브 중 하나를 연못에, 다른 하나를 물 방광의 뚜껑을 열어 안에 넣었다. "덴버, 내가 펌프질을 하는 동안 튜브 좀 잡고 있을래?"

숀이 정수 물통에 더러운 연못물을 넣는 동안 덴버가 와서 튜브를 잘 고정했다. 정수 물통의 여과기를 통과한 맑고 깨끗한 물이 두 번째 튜브를 통해 물 방광으로 흘러 들어갔다. 숀의 물 방광이 가득 차자 덴버는 자신의 물 방광에 튜브를 옮겨 넣었다. 그러고는 같은 방식으로 내 물병도 채워주었다.

내 물병이 가득 차자 숀은 다시 검은색 가방에 자신의 정수 물통을 집어넣었다. "이제 그만 가자." 숀이 퉁명스럽게 말했다.

떠나기 전 덴버가 배낭을 뒤지더니 요오드 알약들이 든 병하나를 꺼냈다. "이 알약들을 어떻게 사용하는지 아니?"

나는 고개를 가로저었다. 루카스와 캠핑을 갈 땐 항상 정수 물병을 썼기 때문이었다.

내게 알약들을 건네주며 덴버가 말했다. "물병 하나에 두 알씩 넣고 뚜껑을 닫아. 하지만 끝까지 닫진 마. 5분 후면 뚜껑 아래에 몇 가닥의 갈색 실 같은 게 생길 거야. 그걸 흔들어

풀어준 다음 다시 병뚜껑을 닫아."

"이렇게나 많이는 필요 없어." 내가 막 병뚜껑을 열고 몇 알만 가져가려고 하자 덴버가 고개를 가로저었다. "다 넣어 둬, 토니. 우리한텐 보조용이거든. 우리보단 네가 더 필요해 보여."

"다른 정수 물통을 구할 방법도 좀 찾아봐." 이미 트레일을 따라 걷기 시작한 숀이 말했다. "안 그러면 결국 병원 신세나 지게 될 테니."

우리는 연못을 떠나 녹지 사이로 난 진흙투성이의 구불구불한 트레일을 따라 나아갔다. 자그마한 진짜 도로를 건너자 가파른 오르막이 시작됐다. 막 오르막길을 오르려는데 덴버가 물었다. "토니, 여기선 얼마나 있을 거니?"

나는 태평한 척 애쓰며 말했다. "아, 그냥 며칠 정도."

"먹을 건 충분하고?" 덴버가 걱정스러운 듯 물었다.

"스니커즈 바 두 개랑 치즈도 좀 있어. 잠깐, 아니다. 치즈는 없다. 스니커즈만 있어."

숀이 코웃음을 쳤다. "뭐라고? 먹을 게 적다는 건 눈치챘지만, 넌 멍청한 거니, 아님 용감한 거니? 그러면서 개한테 먹이를 준 거야? 이런 애송이 같은 녀석!"

아, 그 순간 난 결심했다. 이제부터 숀과는 거리를 둬야겠다고 말이다.

덴버가 내 옆에 멈춰 서며 말했다. "토니, 그것만으론 부족해. 먹을 게 더 필요할 거야."

"알아. 하지만 지금으로선 그게 전부야." 덴버에게 내가 그렇게 생각도 없는 멍텅구리가 아니란 걸 보여주고 싶었다. 나름의 계획이 있어 쫄쫄 굶을 일 따윈 없으리란 걸 보여주고 싶었다. "그렇지만 일단 론섬 레이크 오두막에 가면 배낭을 좀 채울 수 있을 거야."

덴버가 배낭의 힙 벨트에 달린 주머니를 열더니 집에서 만든 고프(gorp. 캠핑 시에 체력 보강을 위해 먹는 견과류와 말린 과일 등의 간식을 지칭하는 것으로 그래놀라Granola, 귀리Oatmeal, 건포도 Raisin, 땅콩Peanuts의 첫 글자를 딴 단어-역주)가 잔뜩 담긴 지퍼락을 꺼냈다. 고프는 '양질의 건포도와 땅콩'을 말한다. 덴버가 내민 고프 혼합물엔 색색이 번쩍거리는 엠앤엠즈 초콜릿도 보였다.

덴버는 괜찮은 사람 같았지만, 순간 왠지 모를 불안감이 엄습했다. 나는 혼자 트레일에 나서기로 마음먹었고, 누구에게도 신세 지고 싶지 않았다. 아무래도 이들과 더는 엮여선 안 될 것 같다.

그런데 덴버는 그런 건 신경도 안 쓰는 듯 태연하게 내 손에 지퍼락을 건넸다.

나는 지퍼락을 열고 땅콩, 건포도, 엠앤엠즈를 한 움큼 집어 입에 털어 넣었다. 입안에서 오물오물 씹는데 마치 지방과 설탕이 조각조각 부서지는 느낌이었다. 곧 음식이 들어올 거라는 행복에 겨워 배가 꼬르륵거렸다.

"배고팠구나?" 덴버의 얼굴에 미소가 번졌다. 그 말에 괜히 심통이 났다. 이런 선심이나 쓰면서 쉽게 친해지려는 건가. 무슨 애 취급하는 것도 아니고! 하지만 난 덴버의 말에 악의 따윈 없다는 걸 알았다.

"응." 지퍼락에 든 고프를 다 먹어 치우지 않으려고 애쓰며 내가 웅얼거렸다.

"다 먹어도 돼. 손과 내가 먹을 음식은 많아."

나는 또 한 줌의 달콤한 공짜 음식을 목구멍으로 넘기며 마음에 일었던 심통도 꿀꺽 삼켜버렸다. "근데 어디까지 갈 생각이야?"

"우선은 킨스맨 판드 쉘터로 간 뒤, 프란코니아 릿지Franconia Ridge — 리버티Liberty, 라파예트Lafayette, 리틀 헤이스택Little Haystack — 에 들를 거야. 이어서 프레지덴셜 레인지Presidential Range를 거쳐 마운트 워싱턴Mount Washington에 갈 거고. 그다음엔 핑크햄 노치Pinkham Notch로 가볼 생각이야. 일단 손의 차를 방문자 센터에 주차해놨거든. 아마 나흘 여정이면 될 듯한데 지금 캠핑 음식은 대엿새는 때울 만큼 충분한 상태야."

덴버가 말한 지명들이 어딘가 귀에 익었다. 특히, 마운트 워싱턴이 그랬다. 이 산은 북동쪽에서 가장 높은 봉우리를 지녔으며, 최악의 기후로 악명이 높았다. 애팔래치아 트레일이 바로 이 산 위를 지나갔다.

"그러는 넌? 숲에 있는 일주일 동안 어디까지 갈 계획인데?" 덴버가 물었다.

문득 당혹감이 밀려왔다. 보이스카우트 배지에 관해 떠들어댄 거짓말이 떠올랐기 때문이다. "아직은 몰라." 내가 조심스럽게 답했다. 지금 마운트 카타딘까지 가려는 내 계획을 말하고 싶진 않았다. "마운트 워싱턴을 좀 지나지 않을까 싶어. 한번 봐야지 뭐."

덴버는 더 이상 추궁하지 않았다. 우리는 편안한 침묵 속에서 트레일을 걸었다. 어느 순간 바람에 바스락거리는 단풍잎 소리가 귓가에 들려왔다. 그때 덴버가 물었다. "근데 하이킹은 어쩌다 하게 된 거야?"

나는 그 질문에 바로 답하지 않았다. 확실히 나보다 훨씬더 잘 준비된 두 사람과 보조를 맞추며 걷는 데 집중하면서 그 질문은 잠시 묻어두기로 한다.

어쨌든 곧 답하게 될 테지만.

8

우리는 버킷리스트의 모든 항목을 거의 이행했다. 거의 하나도 빠짐없이. 이행한 항목에는 체크 표시(✔)를 한 채 하이킹 계획도 세워나갔다. 우선 우리는 뉴햄프셔의 화이트 마운틴White Mountains과 메인주의 100마일 윌더니스100Mile Wilderness(애팔래치아 트레일의 전 구간 중 가장 멀고 접근하기 힘든 구간으로 여겨지는 최북단 구간-역주)에서 하는 하이킹에 관해 읽었다. 그러고는 침낭, 슬리핑 패드, 텐트, 등산화, 양말과 같은 필수품 목록을 만들었다.

우리는 한 벼룩시장에서 물병과 엠에스알 조리 스토브를 샀고, 또 다른 벼룩시장에서 스위스 군용 칼과 정수 물병, 헤드램프를 샀다. 길이 잘 든 배낭은 루카스 아빠의 캠핑용품 보관실에 있었다. 또 우리가 머물 텐트는 루카스에게 있었다. 그건 루카스가 여덟 살 때 아빠한테서 받은 국방색 스탠스포트 텐트였다.

파스타와 소스, 라이스 앤 빈(콩밥), 땅콩버터, 토르티야, 라면과 같은 간단한 캠핑용 식사거리도 계획했다. 그리고 트레일 지도를 구해 삐걱거리는 나무 위 집에서 손전등을 비춰가며 꼼꼼히 살펴보기도 했다. 그때 나무집 주변을 휙휙 날아다니던 수많은 반딧불이는 마치 우리의 희망찬 앞날을 예견하듯 황금빛 섬광을 깜박이고 있었다.

마침내 우리의 계획이 실제로 실행이 된 건 7월 초의 어느 금요일 밤이었다. 내 방문을 두드린 루카스가 다음 날 아침 깜짝 놀랄 준비나 하라며 말했다. "보스턴에 갈 건데 일찍 도착해야 해."

"트레일에 가려는 거지?" 내가 물었다.

"곧 알게 될 거야." 루카스가 묘한 미소를 지어 보이며 말했다. "새벽 3시로 알람을 맞춰놓고 가급적 돈을 많이 가져와. 장담하는데 분명 그만한 가치가 있을 거야."

알람을 맞춰놓긴 했지만 별 소용은 없었다. 너무 흥분된 나머지 새벽 2시까지 밤을 꼴딱 새운 것이다. 나는 바로 침대에서 일어나 20달러 지폐 세 장을 청바지 뒷주머니에 찔러 넣은 뒤 새벽 2시 47분에 루카스의 집 현관문을 두드렸다.

거기서 우리는 루카스의 엄마가 운전하는 스바루 레거시를 타고 길가에 싸구려 잡화점 건물이 보이는 시내를 지나, 창문에 '필요한 건 뭐든 다 팝니다!'라고 적힌 댄앤위츠 제너럴 스토어(미국 버몬트주 노리치의 기념품 및 특산품 상점-역주)를 통과했다. 이어 붉은 벽돌로 된 시청 건물과 딘킨스 씨(Mr. Dinkins. 1990년 흑인으로는 처음 뉴욕시장에 취임했던 인물-역주)가 36년간 일했다는 작은 우체국도 지나갔다.

그다음 우리는 5번 국도를 타고 1.6킬로미터를 간 뒤 급커브 경사로를 돌아 남쪽 방향 I-91번 고속도로로 옮겨 탔다. 그때 난 고속도로에서 차창 밖으로 들리는 웅웅대는 차 소리를 자장가 삼아 결국 잠이 들었다. 그렇게 계기판의 디지털 시계가 새벽 5시 27분으로 바뀌고 차가 랜드마크 센터의 주차장에 멈출 때까지도, 난 여전히 꿈을 꾸고 있었다.

루카스가 날 쿡 찌르며 먼저 차에서 뛰어내렸다. 그러고는 졸린 눈을 한 손님들이 죽 줄 서 있는 한 교외 대형 할인 매장의 이중 유리문을 가리켰다. 유리문에는 '오늘은 레이 아웃렛(미국의 캠핑용품, 아웃도어 용품 전문점-역주)의 스크래치 앤 덴트 세일 날입니다'라고 적혀 있었다.

갑자기 정신이 말똥말똥해졌다. 레이 아웃렛의 스크래치 앤 덴트 세일 날은 야외 활동 마니아들에겐 크리스마스와 같은 날이었다. 말 그대로 이날은 조금이라도 긁히거나 파인 흔적이 있는 반품 제품들을 1년에 두세 번 엄청난 할인가로 제공하는 날이었다. 때때로 잘못된 사이즈나 색상으로 반품되는 제품들도 있었는데 이 경우 정가의 절반이나 그 이하로 멀쩡한 캠핑 장비를 구매할 수 있었다.

루카스와 나는 줄 맨 끝 쪽으로 얼른 달려갔다. 루카스의 엄마는 우리가 줄 서 있는 동안 먹을 머핀과 핫초콜릿이 담긴 보온병을 들고 천천히 뒤따라왔다. 마침내 8시에 아웃렛 문이 열리자, 우리는 토끼마냥 부리나케 캠핑용품 코너로 달려갔다. 거기서 난 베이스 레이어(이동 중에 땀을 흡수하여 외부로 배출시킴으로써 상쾌한 상태를 유지해주는 기능성 의류-역주)와 가벼운 단터프 하이킹 양말을 산 뒤 구급상자를 보고 있었다. 그때 루카스가 내 팔을 툭툭 쳤다. "토, 이것 좀 봐!"

바로 그거였다. 고어텍스 방수 소재 몸통에 5센티미터 두께의 고무 밑창이 달린 담갈색의 아솔로 등산화! 고급 가죽과 한 땀 한 땀 정교한 바느질로 탄생한 그 완벽한 등산화 한 켤레가 신발 끈을 달랑달랑 매단 채 루카스의 손에 들려 있었다.

나는 아웃렛 한가운데 앉아 그 등산화를 신어보았다. 처음 신었을 땐 뻣뻣했지만 막상 걸어보니 꼭 들어맞는 게 이미 내 신발 같았다.

하지만 등산화의 가격표를 내려다보곤 가슴이 철렁 내려

앉았다. 엄청난 할인가인데도 여전히 나로선 버거운 금액이었다.

나는 등산화를 벗어서 루카스에게 다시 건넸다. "등산화는 진짜 끝내주는데 살 형편이 안 돼. 그래도 신경 써줘서 고마워." 나는 그 등산화에 꽂혀 조금 전 나도 모르게 바닥에 내팽개쳤던 물건들을 다시 집어 들었다. "이것들만 사려고. 그럼 계산하고 차에서 만나자."

다음 날 할머니와 산책을 하고 집으로 돌아오는데 현관 앞에 스카치테이프로 둘둘 감긴 울퉁불퉁한 갈색 종이 꾸러미 하나가 놓여 있었다. 포장을 뜯자 놀랍게도 아솔로 등산화가 툭 떨어졌다. 등산화 한 짝엔 쪽지도 끼워져 있었다. 쪽지를 펴자 한 줄로 휘갈겨 쓴 루카스의 글씨체가 눈에 들어왔다.

아무 말 마. 고마워하지도 말고.

난 루카스의 말대로 했다.

9

참 루카스다운 처사였다. 그 후 난 루카스와 그 버킷리스트 때문에 결국 하이킹에 나서게 됐다. 그리고 지금도 이 진흙투성이 아솔로 등산화를 신고 트레일을 걷고 있다.

"토니, 정신 차려⋯⋯."

순간 그 기억을 떨쳐버렸다. 덴버가 트레일에 나선 이유를 물은 지도 벌써 몇 분이 지났다. 분명 입을 꾹 다문 내 모습이 이상해 보였을 터다. 어쨌든 그건 간단한 질문이었다.

"철이 들고 싶어서." 나는 내가 말할 수 있는 최고의 반쪽짜리 진실을 말했다.

"철이 들고 싶어서?" 내 앞에서 숀이 고개를 가로저었다. "대체 그게 뭔 소리야?"

"난…… 항상 주변에 도와주는 사람이 필요했어. 늘 사람들 뒤꽁무니만 졸졸 쫓아다니는 아이였거든. 그래서 이번 트레일에선 어른스러워지는 법을 배우고 싶어. 그러니까 나 자신에게 의지하고, 혼자 있는 법을 배우고 싶어." 마지막 말이 나도 모르게 툭 튀어나왔다.

새 한 마리가 덤불에서 파닥거렸다. 아마도 메추라기인 듯하다. 메추라기는 연갈색 몸으로 힘껏 공중으로 솟아오른 뒤 나무 속으로 사라져버렸다.

숀은 더 이상 대꾸하지 않았다. 그렇게 우리는 이후 한 시간을 저마다의 생각에 잠겨 침묵 가운데 걸었다. 우리는 비로 인해 번들거리는 진흙투성이 트레일을 지나 사우스 킨스맨South Kinsman의 정상까지 가파른 오르막길을 올라갔다. 이어 힘겹게 바위를 기어오른 뒤 다시 노스 킨스맨North Kinsman 트레일의 정상까지 올라갔다. 그리고 우리 세 사람의 배에서 일제히 꼬르륵 소리가 난 지 한 시간이나 지나 킨스맨 판드 쉘터에 도착했다.

지금 쉘터에는 아무도 없다. 우리는 배낭을 구석에 내팽개친 뒤 쉘터를 점령했다. 아마도 론섬 레이크 오두막까지 몇 킬로미터를 더 가면 더 많은 음식을 구할 수 있을 테지만, 그 마음은 빨리 접었다. 가뜩이나 오늘 아침 저체온증의 공포까지 체험한 마당에 또 일을 망칠 순 없었기 때문이다. 더군다나 이미 날도 어두운데 굳이 날 구해준 두 사람의 보호를 떠나고 싶진 않았다.

손과 덴버가 요리 장비를 꺼내 저녁을 만들었다. 서머 소시지(여름에도 냉장 보관이 필요 없어 붙은 이름으로, 보통 돼지 살코기를 발효한 후 고온에서 훈연한 반건조 소시지-역주)의 도톰한 조각들 사이로 떠 있는 재스민 라이스(타이, 캄보디아, 베트남 등에서 재배되는 길쭉한 모양의 향기 나는 쌀-역주)와 통통한 강낭콩이 그 위에 잔뜩 얹힌 케이준 시즈닝(정제염, 파프리카, 흑후추, 오레가노 등 다양한 재료를 혼합한 향신료-역주)과 함께 부글부글 끓고 있었다. 익어가는 스튜 냄새에 침이 꼴깍 넘어갔다.

하지만 난, 같이 먹자는 덴버의 제안을 거절했다. 그 대신 두 개 남은 스니커즈 중 한 개를 입에 넣고 억지로 천천히 씹었다. 한 입을 베어 물 때마다 스무 번씩 세어가며 가급적 오래 씹었다. 난 손에게 입증해 보이고 싶었다. 내가 책임감을 갖고 개에게 먹이를 주리란 걸. 그리고 트레일을 완수하는 데 있어 어떤 행운이나 남들이 베푸는 관대함에도 의지하지 않으리란 걸.

역시 스니커즈 하나론 양이 차지 않았다. 허기짐을 참지 못하고 나는 마지막 스니커즈도 낚아채 포장지를 뜯었다. 아차 싶어 가까스로 멈춰봤지만, 이미 반이나 먹어 치운 뒤였다. 나는 입을 꼭 다문 채 스니커즈의 나머지 반쪽을 배낭 윗

주머니에 쑤셔 넣었다. 이로써 식량은 떨어지지 않았다. 그러므로 절박하진 않다. 아직은.

우리는 저녁 식사 후 만장일치로 쉘터에 머물기로 했다. 이곳에는 텐트를 칠 평평한 땅도 없는 데다 비 온 뒤라 땅도 눅눅해진 상태였기 때문이다. 우리는 쉘터의 마른 나무 바닥에 슬리핑 패드를 깐 뒤 그 위로 침낭을 부풀렸다. 그리고 밤이 되자, 각자 온기 가득한 침낭 속으로 들어가 몸을 누였다.

다들 그렇게 침낭 속에서 시원한 여름 밤공기를 마시는데 문득 숀이나 덴버가 코를 골진 않을지 궁금해진다. 그때 숀이 두 팔을 베개 삼아 눕더니 머리 위 지붕보를 쳐다보았다.

"이봐, 토니." 숀이 말했다. "네가 한 말을 한번 생각해봤어. 혼자 있는 법을 배우고 싶다고 했지?" 숀이 목을 긁적인다. "그렇다면 그냥 모든 사람에 대한 기대를 버려."

난 혼란스러웠다. "그게 무슨 말이야?"

숀이 한쪽 손을 펴더니 엄지손가락으로 슬쩍 뺨을 만진다. 그러자 뺨 위로 짙게 그어진 길쭉한 흉터에 달빛이 비쳤다. "모든 사람에게 '엿 먹어!'라고 말할 수 있다면, 그리고 모든 사람이 서로 관심도 없고, 서로 돌보지도 않는 걸 느낄 수 있다면, 넌 이미 혼자 있는 법을 배운 거야. 넌 혼자야. 너 자신 말곤 아무도 믿지 마. 너 자신 말곤 아무도 돌보지 마. 그럼 살아남아."

"그렇지만 가족은?" 할머니가 떠올랐다. 루카스와의 그 일이 있고 난 뒤 할머니는 나를 꼭 안아줬다. 그야말로 뼈가 으스러질 정도로 세게. "가족도 안 믿어? 가족도 돌봐주지 않아?"

"응." 숀이 말했다.

짧은 한마디였지만, 그 안에 잔뜩 서려 있는 독기로 나는 그 말이 사실이란 걸 알았다. "형제나 남매는 있어?"

"외아들."

"나도." 내가 따라 말했다.

"그게 뭐? 그렇다고 우리가 친구라도 될 줄 알아?" 숀이 자세를 바꾸자 숀의 검은색 눈동자가 나와 마주쳤다. "어쨌든, 형제자매가 있다고 덜 외롭진 않아. 덴버만 봐도 그래. 덴버의 친형 해리는 진짜 물건이거든."

"숀, 그 얘기는 그만하자." 덴버의 목소리에서 처음으로 분노가 느껴졌다. 그리고 다른 감정도 느껴졌다. 슬픔이랄까, 아님 두려움이랄까.

"알았어. 이제 그만 자야겠다." 숀이 이렇게 말하고는 등을 돌렸다.

"그렇지만……."

"닥쳐, 토니." 숀이 으르렁거렸다.

이곳은 조용했다. 숀의 호흡이 고르고 깊어질 무렵, 나는 달빛이 비치는 거미줄을 응시했다. 왠지 숀의 말뜻을 알 것 같았다. 그건 아무도 믿지 않는단 뜻이었다.

그렇지만 난 그런 식의 혼자는 원치 않았다. 아무리 자신을 믿고 의지할 수 있기를 바란다 해도, 나는 다른 사람들 또한 믿을 수 있기를 바랐다. 혼자라는 건 외로운 것과는 다르기 때문이다.

막 잠이 들 무렵, 덴버의 침낭에서 바스락거리는 소리가 났다. "토니, 아직 안 자니?"

"응."

"음, 숀이 좀 모난 데가 있어. 하지만 숀은 좋은 애야."

숀과 덴버는 참 서로 다르다는 생각이 들었다. 냉담한 숀과 다정한 덴버를 보고 있노라면 마치 밤과 낮을 보는 느낌이다. 두 사람이 왜 함께하는지 이해가 안 갔다. "숀하고는 어떻게 친구가 됐어?" 내가 물었다.

덴버는 침묵했다. 아무래도 대답을 듣긴 어려울 듯했다. 그런데 내가 막 다시 눈을 감으려던 찰나에 덴버가 목을 가다듬고는 불쑥 말을 꺼냈다. "내가 열두 살 때였는데, 아빠가 현관에서 '정원 놈(흔히 외국 정원에서 보이는 도기제 장식으로 뾰족모자에 흰 턱수염을 기른 키 작은 노인 모양의 장식물-역주)'을 훔치는 깡마른 아이 하나를 잡았어. 그때 아빠는 경찰을 부르지 않고 그아이를 집으로 데려와 엄마한테 여분의 저녁 식사를 만들어달라고 했지."

"그날 밤 집에 와보니 숀이 주방에서 엄청난 양의 음식을 게 눈 감추듯 먹어 치우고 있었어. 내가 숀을 보며 처음 든 생각은 이거였지. '야, 이 아이는 정말 말라깽이네.' 그때 숀의 셔츠 사이로 갈비뼈가 보였거든. 나중에 알고 보니 숀은 그날 밤까지 무려 일주일 내내 끼니다운 끼니를 먹어본 적이 없었더라고."

"어쨌든, 저녁 식사 후 아빠는 숀에게 끼니때면 언제든 들르라고 말했지. 그날 이후로 숀은 우리 집 단골손님이 됐어."

"처음엔 숀을 어떻게 받아들여야 할지 몰랐어. 숀은 정말 말이 없었거든. 게다가 우리 집 물건엔 손도 안 댔지. 괜히 망가뜨렸다가 질 나쁜 동네 출신이 뻔하지, 하는 말이나 듣지 않을까 두려웠었나 봐."

"숀을 초대하기 시작했을 때, 아빠는 나와 형 해리를 앉혀놓고 말했지. 비록 숀이 도둑질을 하긴 했지만 우리는 숀을 믿어야 한다고. 신뢰가 신뢰를 낳는 법이라고 말이야."

"나는 대부분은 아빠의 말을 들었어. 하지만 친구로서의 숀은 아직 확신이 안 섰지. 그러던 어느 날, 숀이 우리 집 쪽으로 오는 게 보였어. 그때 숀은 낡아 빠진 스케이트보드를 타고 있었지. 페인트도 닳아 없어지고, 바퀴부터 축까지 다 해진 스케이트보드였지. 하지만 숀은 그런 보드 위에서 마치 공원을 거닐듯 자연스럽게 공중 두 바퀴 돌기와 고공 점프를 하고 있었어. 나는 손에게 한 수 가르쳐달라고 했지. 결국 우리는 방과 후 거의 매일 동네 스케이트보드장에서 만났어. 그렇게 더 많은 시간을 함께 보내면서 더는 손을 의심하지 않게 됐지."

"하지만 해리는 달랐어. 형은 손을 전혀 달가워하지 않았어. 부모님이 외출한 상태에서 손이 와 있을 때면 영락없이 손의 월마트표 청바지와 집에서 대충 자른 듯한 들쑥날쑥한 헤어스타일을 놀려대곤 했지. 그뿐만이 아니었어. 해리는 우리가 크리스마스나 생일 때 받은 엑스박스나 플레이스테이션 같은 새 장난감을 늘 손이 훔쳐 가려 한다고 주장했지."

"게다가 해리는 손의 셔츠에 대해서도 그냥 넘어가는 법이 없었어. 손은 여름에도 늘 긴소매 셔츠를 입고 있었거든. 정말 싸구려 셔츠들이었지. 원 달러 스토어 같은 데서 천 원이면 세 벌 하는 그런 싸구려 셔츠 말이야. 해리는 손에게 왜 남들처럼 반소매 티셔츠를 입지 않느냐고 캐물었지. 하지만 손은 대답하지 않았어."

"나도 그 이유를 몰랐어. 어느 8월의 푹푹 찌는 여름날이 오기 전까진 말이지. 이유를 알게 된 건 손을 만난 지 1년쯤 지난 후였어. 여느 때처럼 해리와 나는 뒤뜰 수영장에서 야단법석을 떨며 놀고 있었지. 그런데 손은 우리와 함께 있긴 해도 수영하는 건 마다했어. 물을 무서워한다는 이유에서였지."

"그러다 해리와 내가 수영장 안에서 레슬링 시합을 하게 됐어. 나보다 늘 힘이 센 형은 특히 관객이 있을 때면 그걸 입증하고 싶어 안달을 했지. 그날도 해리는 날 물속으로 끌고 들어가더니 겨우 반쯤만 숨을 들이쉬도록 잠시 고개를 물 밖으로 내밀게 해주고는 다시 물속으로 홱 잡아끄는 거야. 날 물속으로 끌어내릴 때마다 해리는 내가 물속에 잠겨 있는 시간을 점점 늘려갔고, 급기야 난 더는 물 밖으로 나갈 수 없는 지경에 이르렀지."

"나중에 손이 말해주길, 그때 내 눈이 퉁퉁 붓고 입이 벌어지더니 물을 연거푸 마시더래. 그래서 해리에게 날 놓아달라고 고래고래 소리를 질렀대. 그런데도 해리는 날 끌어올리기는커녕 직접 날 구하려 들지 않는다며 손을 쪼다라고 불러댔다더군. 당시 난 아무것도 들을 수 없었어. 거의 빠져 죽을 지경이었던 터라 정신이 나갔었거든."

"마침내 손은 물속에 뛰어들었지. 운동화를 신은 채로 말이야. 손은 정말로 수영을 할 줄 몰랐어. 하지만 발로 차고 입으로 물어뜯을 수는 있었지. 그게 바로 손이 한 일이었어. 결국 해리는 팔에 상처가 남았지. 그때 손이 문 이빨 자국 말이야."

"그제야 해리가 날 놔주더군. 난 수면 위로 올라간 뒤 물 밖으로 몸을 빼냈어. 하지만 물을 너무나도 많이 삼켜 제대로 숨을 쉬려면 거의 수영장 물의 반은 내뱉어야 할 판이었지.

해리와 숀은 수영장의 얕은 곳에서 팔다리를 마구 흔들어가며 옥신각신하고 있었어. 그때 해리는 숀에게 싸움도 참 더럽게 한다고 소리치고 있었고, 숀은 해리에게 불량배에다 겁쟁이라고 되받아치고 있었지."

"마침내 해리도 수영장 바깥으로 몸을 질질 끌며 나왔어. 그러고는 숀과 내게 심한 욕을 내뱉은 후 피가 나는 팔을 치료하기 위해 안으로 들어갔지."

"잠시 후 숀과 나도 안으로 들어갔어. 나는 숀을 내 방으로 데리고 간 뒤 마른 옷을 몇 벌 건네줬어. 그러고서 나도 옷을 갈아입으려고 화장실에 들어갔지. 그런데 문득 숀이 몸을 말릴 수건이 없다는 생각이 들었어. 그래서 침실 선반에서 수건 한 장을 꺼내 들고 내 방 침실 문을 열었지."

"그때 숀은 옷을 갈아입는 중이었어. 셔츠가 벗겨진 채로 날 등진 상태였지. 그런데 숀의 등과 팔이 온통 멍과 부은 자국으로 뒤덮여 있는 거야. 그건 스케이트보드를 타다 넘어져서 생길 만한 상처가 아니었어."

"숀은 이미 문 열리는 소리를 들었고, 내가 등 뒤에 있다는 걸 알고 있었어."

"'아무한테도 말하지 마.' 숀이 말했지."

"'말 안 할게, 하지만 네가 직접 말해줘.' 난 그렇게 얘기했어."

"내가 수건을 건네자 숀이 몸에 수건을 둘렀어. 그러고는 분노로 부들부들 떨기 시작했지. 우리는 침실 바닥에 앉았고, 숀은 자신의 아빠에 관해 말해줬어. 그간 자기 집에서 일어난 온갖 이야기를 말이야. 술, 마약, 폭력에 관한…… 그리고 만약 이 사실을 발설하는 날엔 큰일 날 줄 알라고 으름장을 놓았다더군."

"순간 난 어떻게 해야 할지 몰랐어. 하지만 문제를 해결해 줄 사람을 알고 있었지. 그날 밤 저녁 식사 후에 나는 아빠와 숀을 거실로 데려갔어. 그러고는 숀이 직접 그 사실을 말하도록 했지. 아빠는 그날 밤 아동보호국에 전화를 했고, 그 일주일 후부터 숀은 우리와 함께 살게 됐어. 그리고 몇 달 뒤 난 숀에게 수영하는 법을 가르쳐주었지."

한밤중에 아비새(기괴한 울음소리로 유명한 북미산 큰 새-역주)가 큰 소리로 울부짖었다. 참 쓸쓸하고 애절한 울음소리였다. 잠시 후 덴버가 코를 골기 시작했다.

나는 얼굴을 침낭 아래로 밀어 넣은 채 눈을 감았다. 아직도 숀이 그다지 좋지는 않다. 하지만 더는 숀의 심술궂은 모습에 신경이 쓰이지도 않았다.

10

배가 고파 잠에서 깼다. 지금 내 배는 울새알 크기만큼 쪼그라든 상태다. 그래서 다시 부풀도록 뭐라도 배를 채울 남은 음식을 찾고 있었다.

회색의 새벽빛 속에서 물병을 열어 한 모금, 또 한 모금 삼키며 부디 이 물이 꼬르륵거리는 배를 잠재우길 바랐다. 그러고는 마지막 스니커즈의 남은 반쪽 포장지를 뜯었다. 이번엔 한 입을 베어 물 때 쉰까지 셌다.

"잘 잤어, 토니?" 쉘터 구석에서 우묵한 그릇에 뜨거운 물을 붓고 있던 덴버가 물었다. 진하고 풍부한 흑설탕과 계피를 잔뜩 넣은 오트밀 냄새가 코를 훅 찔러왔다.

아무래도 즉시 떠나야 할 듯싶다. 안 그랬다간 덴버의 아침 식사를 덮칠 것만 같다. "잘 잤어?" 다 먹은 스니커즈 포장지를 텅텅 빈 곰 가방에 구겨 넣은 뒤 다른 소지품과 함께 전부 배낭에 쑤셔 넣으며 내가 말했다. "트레일에 좀 일찍 나서려고."

"좋은 생각이네." 덴버는 오트밀 한 숟가락을 떠서 입에 물고는 입김을 호호 불어가며 먹는 중이었다. 이젠 덴버의 얼굴을 쳐다보지도 못할 지경이다. "하지만 론섬 레이크 오두막에 도착하면 우리를 기다려줘. 그다음 트레일은 꽤나 험난해서 너 혼자는 무리야."

숀이 땅콩버터를 바른 베이글을 입에 가득 넣은 채 올려다보며 말했다. "덴버! 이 아이를 여행 내내 끌고 다닐 셈이야?"

"숀, 진정해." 덴버가 친구를 노려봤다.

"좋아. 토니가 우리와 보조를 맞춰서 잘 따라온다면, 함께 지내. 하지만 그러지 못하면, 토니와는 따로 가는 거야." 숀이 베이글을 한 입 더 물고는 내게서 등을 돌렸다.

난 행여 배고픈 게 티라도 날까 봐 애써 숀이 다가오지 못하게 했다. "그럼 나 먼저 일어날게." 그러고는 최대한 무심한 척 말하고 밖으로 나왔다.

론섬 레이크 오두막. 론섬 레이크 오두막. 론섬 레이크 오두막. 굶주린 배가 꼬르륵거리는 박자에 맞춰 먹고 싶은 게 떠오를 때마다 난 이 오두막 이름을 외쳐댔다. 이미 주변 숲

따위는 안중에도 없었다. 지금 내가 원하는 건 오직 먹는 것 뿐이었다.

난 할머니가 만들어주시던 맛있는 음식들을 떠올려보기 시작했다. 팬에서 갓 구워내 딸기와 생크림을 듬뿍 바르고 허쉬 초콜릿 시럽을 뿌린 따끈따끈한 와플. 폭넓은 면발에 부드러운 리코타 치즈와 풍부한 토마토소스를 층층이 얹고 모차렐라를 거품이 일도록 녹여 얹은 라자냐. 닭고기를 길게 잘라 속은 연하고 겉은 바삭바삭 구운 뒤 곱게 으깬 매쉬드 포테이토와 함께 내놓은 치킨. 체더치즈 한 조각에 넉넉한 우유 한 컵을 곁들인 따뜻한 애플파이.

할머니. 할머니를 생각하니 죄책감이 밀려오면서 트레일로 떠나오기 전날 밤 할머니에게 쓴 편지가 떠올랐다. 그날 난 구부정한 자세로 종이 위에 한 자 한 자 무척이나 고심하며 글을 써 내려갔다. 펜대를 너무 꽉 무는 바람에 다 쓰기도 전에 플라스틱 껍질이 으스러지기도 했다.

할머니께,

할머니는 늘 제 곁에 있어주셨죠. 엄마 아빠가 저를 병원에 두고 떠났을 때도 할머니는 남아서 제 손을 잡아주며 지켜주셨죠. 루카스와의 그 일이 있고 난 뒤, 제가 세상으로부터 영원히 숨고 싶을 때도

할머니는 제가 매일 아침 잘 일어나고, 이도 잘 닦고, 아침도 꼭 챙겨 먹고 가도록 보살펴주셨죠. 할머니는 정말 멋진 분이고, 전 할머니를 사랑해요.

하지만 전 떠나야 해요. 아마 할머니는 제가 어디로 가는지 아실 테지만 제발 절 찾으러 오지 마세요. 당분간은 꼭 저 혼자 있어야 하거든요.

그래도 걱정하진 마세요. 개학하기 전엔 꼭 돌아올 테니까요, 약속해요.

하지만 그 전에 꼭 해야 할 일이 있어요.

할머니의 사랑하는 손자,
토비 드림

다음 날 아침 할머니가 볼일을 보러 나가고 몇 시간가량 집에 없는 틈을 타 나는 이 쪽지를 주방 식탁에 올려놓았다. 그러고는 그길로 배낭을 챙겨 트레일로 향했다.

난 지금 내 발을 빤히 내려다보는 중이다. 겨우 한 발 한 발 내딛고 있는 내 발 말이다. 그렇게 음식과 할머니를 번갈아 떠올려가며 행여나 쓰러지지 않으려고 안간힘을 썼다. 그 바람에 레이크 오두막에서 새어 나온 희미한 은색 불빛이 나무 사이로 깜박일 때까지도 난 거의 아무것도 알아채지 못했다.

고개를 들자 곁눈으로 뭔가 조금씩 움직이는 게 보였다. 네 다리, 익숙한 목덜미, 새 둥지처럼 들쭉날쭉 꾀죄죄한 털.

바로 그 개였다. 녀석은 확신이 없었던지 잽싸게 앞으로 두 걸음 나아왔다가 바로 깡충 뒷걸음쳤다.

나는 가던 길을 멈춰 섰다. 위협적으로 보일세라 배낭을 내려놓은 뒤 천천히 녀석의 몸과 수평이 되도록 무릎을 구부렸다. 이어서 입술을 모아 서툴지만 부드럽게 휘파람 소리를 냈다. 그러고는 손을 뻗어 손바닥을 펼쳤다. "이리 와봐."

녀석이 코를 벌름거렸다. 어딘가 수상쩍어하는 모습이었다. 지금껏 녀석이 받은 유일한 친절이 음식이었다면, 지금 내민 이 빈손은 분명 녀석에게 나쁜 의미일 터였다.

나는 손을 뻗은 채로 말했다. "난 널 해치지 않아. 근데 지금 내겐 남은 음식이 없어."

그렇게 난 녀석에게 이야기하고 있었다. 그런데 그게 어색하기는커녕 좋게 느껴졌다. 내친김에 녀석에게 손도 좀 더 내밀어봤다.

길고 긴 몇 초가 지나갔다. 허벅지가 화끈거리고 무릎도 후들거리기 시작했다. 하지만 내민 손만큼은 아직 견고했다.

마침내 녀석이 다가왔다. 녀석의 젖은 코가 내 손가락을 스쳐 가는가 싶더니 이내 손바닥을 핥았다. 한번 핥은 이후 쉴 새 없이 핥아대는 통에 분명 손바닥에 남아 있던 음식 얼록도 발견했을 터다. 하지만 그 부분을 냉큼 물진 않았다.

격렬한 기쁨이 몰려오면서 심장이 콩닥콩닥 뛰었다. 난생처음으로 누군가 날 필요로 하는 느낌이 들었다. 일전에 녀석은 내 스파게티 저녁과 치즈 한 덩어리를 먹어 치우더니, 이젠 내게 도움을 청하고 있다. 난 손을 뻗어 녀석의 머리를 쓰다듬었다.

그런데 그때였다. 녀석이 즉시 쪼그리고 앉더니 이내 입술을 아치형으로 오므려 낮게 으르렁거렸다. 그 사이로 녀석의 누런 이빨과 볼 안쪽의 검붉은 속살이 드러났다. 잔뜩 털을 곤두세우고 있는 꼴이 아무래도 내가 자기를 쓰다듬는 게 싫은 눈치였다.

마음이 씁쓸해졌다. 녀석은 아직 날 믿지 못했다.

그런데 여전히 녀석이 으르렁대는 가운데 문득 일어나 돌아보니 그 이유를 알 만도 했다.

그건 바로 15미터 떨어진 트레일의 부드러운 진흙에 움푹파인 발굽 자국을 낸 주인공, 무스 때문이었다.

녀석이 얼마나 덩치가 큰 놈인지 알아채는 데는 단 몇 초도 걸리지 않았다. 어깨에 힘을 빡 주고 서 있는 무스의 덩치는 다 자란 성난 황소마저 녀석의 가슴팍에도 못 미칠 정도였다. 녀석은 지금 고개를 숙인 채 앞발로 흙을 파며 당장이라도 달려들 기세다.

내가 도망가려고 막 몸을 돌리는데, 그때 덤불에서 새끼 무스 한 마리가 얇은 다리로 트레일 쪽을 향해 비틀거리며 나왔다. 아뿔싸. 난 그 개와 사귀는 데 열중하느라 엄마 무스와 아기 무스 사이에 끼어든 줄도 모르고 있었다.

내가 지금 새끼 무스를 향해 달려간다면 엄마 무스는 이 행동을 바로 공격으로 간주할 것이다. 그렇다고 엄마 무스 쪽으로 달려간다면 저토록 매서운 눈빛의 짐승, 곧 자기 새끼에게 해를 가할 놈은 누구든 밟아버릴 기세로 덤벼드는 그 짐승한테 돌진하는 꼴이 된다.

엄마 무스는 코를 킁킁거리며 길고 좁은 귀를 뒤로 누인 채 고개를 숙였다. 다행히도 엄마 무스에게 뿔은 없다. 하지만 날 포도처럼 으깨는 데 뿔은 필요 없어 보인다.

만반의 태세를 갖추고 있는 무스! 맙소사, 큰일이다. 불행이 코앞에 닥쳤다.

마침내 엄마 무스가 날 향해 질주하기 시작했다. 나는 냅다 소리를 지르며 피했다. 그런데 그 순간 장면이 바뀌면서 어느새 난 자동차 뒷좌석에 타고 있고, 그때 또 다른 무스의 몸통이 내 옆 창문 쪽으로 쏜살같이 돌진해오는 게 보인다. 동시에 난 루카스 쪽으로 잔뜩 몸이 쏠리고 말았다. 이어 유리 창문이 산산조각 나고 앵앵 사이렌 소리가 들려온다. 그러다 어느 순간 눈을 떠보니 루카스와 난 병원에 있고 둘 다

하얗고 반들반들한 깁스를 두른 상태다. 불현듯 다시 정신이 돌아왔다. 이제 몸을 움직여야 했다. 그건 알고 있었다. 하지만 마치 바닥에 들러붙은 등산화처럼 꼼짝할 수가 없다.

그때였다. 지저분한 털이 어렴풋이 보이더니 그 개가 내 뒤쪽에서 불쑥 돌진해왔다. 녀석은 겁에 질려 떨고 있는 내 몸 앞쪽으로 몸을 내리꽂은 뒤 이내 낮은 목소리로 세 번 컹컹 짖었다.

이미 질주를 시작한 엄마 무스는 우르릉 쾅쾅 소리를 내며 내 쪽으로 돌진해왔다. 그때 엄마 무스가 가까이 온 틈을 타 개가 뛰어오르더니 놈의 넓은 가슴을 힘껏 물어뜯었다. 개를 피해 몸을 돌리던 엄마 무스가 트레일 밖 덤불에 쿵 하고 부딪혔다. 하지만 충돌에는 아랑곳하지도 않은 채 같은 속도로 새끼 무스를 향해 돌진했다. 순간 내 옆을 스쳐 지나가던 엄마 무스의 옆구리에 난 짧고 굵은 털이 보였다. 무릎 주위로 검게 말라붙은 딱지하며, 목에 비스듬히 난 혹과 불룩 튀어나온 힘찬 턱 근육도 보였다. 덩달아 습지와 산의 거친 체취도 느껴졌다.

엄마 무스는 날 지나쳐 새끼 무스 곁으로 다가갔고, 이제 둘은 트레일을 따라 함께 호수 쪽으로 내달렸다.

무스들이 사라진 후 개가 재빨리 내게로 다가왔다. 내가 손을 내밀자 녀석이 내 손바닥에 머리를 들이밀고는 마구 비벼댔다.

 "잘했어." 말은 그렇게 했지만, 그 한마디론 충분치 않아 보였다. 녀석은 내 생명의 은인이었다. 그런데 그에 걸맞은 이름이 없다는 건 말이 안 된다. 난 개의 귀 뒤쪽을 긁적이며 녀석의 얼굴을 찬찬히 들여다보았다. "음, 이제부터 네 이름은 무스야. 앞으론 내가 잘 돌봐줄게. 일단 론섬 레이크 오두막에 도착하면, 넌 네 일생 최대의 잔칫상을 받게 될 거야."

11

몇 분 후 드디어 론섬 레이크 오두막이 시야에 들어왔다. 오두막의 양옆은 오랫동안 비바람에 씻긴 지붕널이 덮고 있었다. 금속 재질의 초록색 지붕엔 툭 튀어나온 양철 굴뚝과 태양 전지판도 보였다. 아래로 호수와 나무들이 내려다보이는, 오두막을 죽 둘러싼 목제 덱(베란다처럼 내부 공간과 외부를 연결하는 열린 공간-역주)도 눈에 띄었다. 군침이 절로 도는 팬케이크 냄새도 어디선가 솔솔 풍겨왔다.

나는 무스의 턱 밑을 긁어주며 녀석에게 바깥에 있으라고 말한 뒤 오두막 계단을 올라갔다. '민첩하게 행동하자. 할머니가 실종자 신고를 냈을지도 모르는 판국에, 괜한 장시간 노출로 누군가의 눈에 띨 빌미를 남길 필요가 없다.'

트레일을 떠나온 지 채 일주일도 안 된 지금, 막상 다시 실내로 들어가려니 딴 세상에 온 느낌이다. 마치 문명의 손길을 받아들이는 느낌이랄까. 오두막 안은 따뜻하고 아늑했다. 아마도 길게 난 창문이 볕도 잘 들게 하고, 바람도 잘 막아줬나 보다.

가장 먼저 날 맞아준 건 긴 나무 테이블이었다. 각 테이블 밑엔 벤치들이 가지런히 놓여 있었다. 칠판을 보니 오두막 직원들의 이름과 함께 저녁 메뉴가 적혀 있다. 아나다마빵(밀가루와 옥수숫가루, 당밀을 넣어 만든 빵-역주), 스플릿피 수프(쪼갠 완두를 물에 불린 뒤 끓여 만든 수프-역주), 비프 팁스(보통 등심이나 안심에서 잘라낸 부드러운 고기 조각으로 만든 일종의 스튜 요리-역주), 쿠스쿠스(으깬 밀로 만든 북아프리카 음식-역주), 채소 찜, 깜짝 디저트가 바로 오늘의 저녁 메뉴였다.

주방과 식사 공간의 중간 지점에는 싱크대 세 개에 상단이 스테인리스 스틸로 된 목재 카운터가 있고, 이 식사 공간의 중간 지점에는 상품 판매대가 있었다.

상품 판매대 밑 무릎 높이의 유리 진열장에는 여분용 양말, 헤드램프, AA 건전지 등이 진열되어 있고, 위쪽 빨랫줄에는 판매용 애팔래치아 마운틴 클럽 티셔츠가 걸려 있었다.

카운터 뒤쪽으론 각종 식재료를 빼곡히 쟁여둔 주방이 보였다. 주방 안 목재선반의 각 플라스틱 향신료 용기엔 커민,

계피, 카레 가루, 월계수 잎, 로즈메리, 타임, 세이지, 파슬리, 바질, 양파, 마늘 가루가 가득 담겨 있었다. 창유리 난간엔 당밀, 기름, 바비큐 소스가 담긴 4리터짜리 통들도 눈에 띈다. 스테인리스 스틸로 만든 테이블 아래엔 바퀴 달린 하얀색 플라스틱 쓰레기통도 여럿 보였다. 각 쓰레기통 뚜껑에는 밀가루와 귀리의 잔여물이 조금씩 남아 있었다. 또 주방 천장엔 금속 갈고리에 매달려 있는 19리터짜리 들통들도 보였다.

주방에선 뻣뻣한 갈색 머리에 텁수룩한 수염의 한 남자가 화구 여섯 개짜리 스토브 앞에서 커다란 수프 냄비에 잘게 다진 양파 더미를 넣고 있었다. 남자는 연두색 티셔츠, 그러니까 앞쪽에 하얀색 윤곽선으로 그려진 가문비나무가 있는 티셔츠 차림이다. 하의는 페인트와 흙으로 얼룩진 칼하트 작업용 바지에 두꺼운 털양말과 밝은 오렌지색 크록스 신발을 신은 상태였다.

만약 루카스와 루카스의 아빠가 여기 있었다면, 벌써부터 두 사람은 이 남자와 수다 삼매경에 빠졌을 것이다. 이를테면, 저녁 메뉴는 뭔지, 오두막에서 일하는 건 어떤지, 가장 좋아하는 색깔은 뭔지 등을 물어보면서 말이다. 물론 난 뒤에서 루카스를 독차지할 때까지 대화가 끝나기만을 기다리고 있었을 것이다.

하지만 지금 두 사람은 여기 없고, 내가 오두막에서 먹을 거라도 좀 구할라치면 이 남자와 대화를 터야 하는 상황이다. 그런데 어디서 먹을 걸 사야 할지 막 물어보려는 찰나 상품 판매대가 눈에 들어왔다. 거기엔 클리프 바, 루나 바, 파워 바, 카인드 바 등의 각종 에너지 바가 마치 보물 상자 속의 보물처럼 뚜껑이 열린 채 각 상자에 담겨 있었다. 달콤한 향기가 풍겨 나오는 주방 쪽으로는 살살 녹는 초콜릿 칩 땅콩 크런치, 초콜릿 아몬드 퍼지, 초콜릿 코코넛 쿠키, 다크 초콜릿 체리 캐슈, 피넛버터 청크 초콜릿 쿠키도 눈에 띄었다.

그리고 거기엔 스니커즈 바도 보였다. 내 사랑 스니커즈 바 말이다.

나는 쓰린 배를 움켜쥔 채 구부정한 자세로 카운터로 다가갔다. 마치 긴 동면을 깨고 나온 굶주린 곰처럼. 난 천천히 배낭을 내려놓았다. 스낵들에 가까워지자 몸서리가 쳐졌다. 이걸 어쩐다! 이러다간 흥분한 나머지 눈 깜빡할 사이에 에너지 바는 물론 포장지까지 집어삼킬 판이었다. 나는 배낭 위쪽 수납 공간의 지퍼를 열어 지퍼락에서 20달러를 꺼냈다.

돌돌 말린 20달러를 펴고 있는데 주방에 있던 남자가 날 쳐다본다. "안녕, 뭘 줄까?"

나는 남자에게 20달러를 건네며 가장 가까운 상자로 손을 뻗었다. 그러자 남자가 초콜릿 아몬드 퍼지 클리프 바를 건네주었다. 포장지를 뜯는데 손이 떨려왔다. 클리프 바를 한

입 베어 물자 포장지 안쪽의 알루미늄 포일이 햇빛을 받아 반짝거렸다.

클리프 바의 설탕과 초콜릿이 입안 가득 퍼졌다. 한 입을 다 씹기도 전에 포장지를 마저 뜯어 두툼한 덩어리를 게 눈 감추듯 먹어 치웠다. 식사는 단 10초 만에 끝났지만 행복에 젖어 현기증이 날 지경이었다.

남자는 내게서 받은 20달러를 손에 쥔 것도 잊은 눈치였다. "마지막으로 식사를 한 게 대체 언제니?" 남자가 물었다.

"오늘 아침에 스니커즈 반절을 먹긴 했죠." 난 조그맣게 중얼거렸다. 음식이 떨어졌단 말은 차마 하고 싶지 않았기 때문이다.

남자가 내게 받은 20달러를 카운터에 내려놓더니 싱크대 쪽으로 걸어가 밑에서 접시 선반을 끌어당겼다. 그러고는 선반에서 접시 하나, 은제 주방 홀더에서 포크와 나이프를 꺼내 내게 건네며 말했다. "그럼 아침 식사를 해야겠구나." 이어 남자는 긴 식당 테이블에 뚜껑이 덮인 채 놓여 있는 프라이팬을 가리켰다. "팬케이크는 저쪽이야. 마음껏 가져다 먹으렴."

애초에 난 캠핑 음식을 좀 구한 뒤 나갈 참이었다. 그런데 더 먹고 가라니, 거절하기엔 너무 솔깃한 말이었다. 나는 프라이팬 쪽으로 다가가 뚜껑을 슬쩍 열어봤다. 딱 내 손바닥만 한 크기의 폭신폭신한 팬케이크가 어림잡아 스무 장은 돼 보였다. "고맙습니다. 아저-아저-씨." 말이 더듬더듬 나왔다.

남자가 씩 웃었다. "난 앤디라고 해."

나는 긴 의자를 당겨 팬 옆으로 바짝 다가앉았다. 그러고는 팬케이크 여섯 장을 단번에 포크로 찍은 뒤 전부 입안에 욱여넣었다. 지금 내게 칼 따위는 필요 없었다.

앤디가 메이플 시럽 한 병을 들고 왔다. 보통 오두막에선 메이플 시럽을 많이들 찾기 때문에 대개 가짜 메이플 시럽을 내놓는다. 하지만 이건 그런 시럽이 아니었다. 메인주에서 만든 진짜 메이플 시럽이었다. 아마도 직원이 개인적으로 꿍쳐둔 물품인 듯했다. 남자의 손에는 버터도 통째로 하나 들려 있었다.

"이거랑 같이 먹으렴." 앤디가 시럽과 버터를 테이블에 놓으며 말했다. "달걀프라이도 해다 줄게." 남자는 주방으로 돌아가 갈고리처럼 생긴 걸이에서 주철 프라이팬을 하나 빼냈다. 잠시 후 달걀프라이의 지글거리는 소리가 들려왔다. "고기도 좀 먹을래?" 앤디가 큰 소리로 말했다.

"음-네." 내가 주춤거리며 대답했다.

앤디가 내 앞에 두 번째 접시를 내려놓을 무렵, 난 이미 열두 장의 팬케이크를 먹어 치운 상태였다. 두 번째 접시엔 여섯 개의 줄줄이 소시지를 얹은 달걀프라이 세 장 그리고 크림치즈와 아보카도가 든 구운 참깨 베이글이 담겨 있었다. "이건 가히 '하이커의 기쁨'이라고 불릴 만한 메뉴지." 앤디가 말했다.

"고맙습니다……."

"어서 먹어." 남자가 말했다.

나는 소시지를 제외하고 달걀프라이와 아보카도 베이글 절반을 걸신들린 듯 먹어 치웠다. 그러고는 접시를 들고 밖으로 나갔다. 내 몫으로 좀 더 남겨두고 싶은 충동을 가까스로 억누르면서 무스에게 줄줄이 소시지를 한 개씩 던져줬다. 이어서 남은 베이글의 절반도 던져줬다. 무스는 이 모든 걸 단 몇 입 만에 삼켜버렸다.

아, 잘 먹었다. 배가 부르니 이젠 좀 살 것 같다.

12

　다시 안으로 들어가 보니 앤디가 주방에서 수프 냄비에 토마토 퓨레 캔을 붓고 있었다. 나를 본 앤디가 카운터로 다가왔다. 나는 앤디에게 음식을 다 먹고 지저분해진 접시를 건네주었다. 아침 식사는 비싸 보이지만 그만한 가치는 충분했다. "얼마예요?"

　"클리프 바 값 2달러만 내렴. 나머진 공짜야." 앤디는 내가 건넨 20달러에서 18달러를 거스름돈으로 내줬다.

　"아니에요." 나는 신세 지지 않을 맘으로 거기서 다시 10달러를 건넸다. 하지만 앤디가 손사래를 치는 바람에 얼른 그 돈을 카운터 위의 팁 통에 넣었다.

　앤디가 체념한 듯 한숨을 쉬고는 앞 창문 쪽으로 고개를 기울인다. "네 친구가 소시지를 아주 맛있게 먹은 것 같네."

얼핏 앤디는 어른 없이 혼자 오두막에 들른 길 잃은 아이라고 험담이나 늘어놓을 사람 같진 않았다. 아무래도 앤디에게 좀 더 마음을 열어야지 싶다. "그냥 여력이 되는 대로 주고 있어요. 주인이 없는 건지 킨스맨 판드 쉘터에서부터 절 따라왔거든요."

"녀석에게 남은 팬케이크도 먹이렴. 지난주에 하이커 한 명이 남겨둔 개 사료도 좀 있으니 그것도 가져가고."

앤디가 선반에서 밀키 본(미국의 대표적인 개 비스킷 브랜드-역주) 상자를 꺼내 건넸다. 앤디의 친절함에 이내 경계심이 봄눈 녹듯 사라졌다. 어제 난 거칠게 퍼붓는 빗속에서 거의 트레일을 포기할 뻔했다. 하지만 뜻밖에도 그 후 너무나도 많은 일이 척척 진행되고 있다. 지금껏 난 이렇게 많은 일을 제대로 처리해본 적이 없었다. 단 한 번도.

순간 눈가에 눈물이 고였다. 하지만 행여 앤디가 볼세라 얼른 돌아서서 눈물을 닦았다. 내가 돌아서자 앤디가 가만히 나를 쳐다보았다. 궁금한 게 있는 표정이다. "그런데 하이킹은 어디까지 할 생각이니?"

나는 앤디에게 솔직하게 말하기로 했다. 부디 나중에 이곳에 들른 손과 덴버가 자신들이 내게 들은 이야기와 내가 앤디와 나눈 이야기를 비교해보지 않기를! "곧장 화이트 마운틴을 거쳐 마운트 카타딘으로 갈 계획이에요."

"그건 너무 먼데. 동행은 있고?"

하마터면 나 혼자란 사실을 실토할 뻔했다. 하지만 이내 그 말이 얼마나 이상하게 들릴지에 생각이 미쳤다. 어린아이 혼자서 수백 킬로미터나 하이킹을 한다고? "지금 전 아빠와 하이킹을 하고 있어요. 그런데 아빠가 너무 느려서 여기 오시려면 적어도 한 시간은 더 지나야 할 것 같아요." 나는 침을 꿀꺽 삼켰다. 거짓말을 하려니 목에 뭔가가 걸린 듯했다. 덩달아 얼굴도 후끈 달아올랐다. 제발 이런 내 몸의 변화를 앤디가 알아채지 못하기를!

"너와 네 아빠가 하이킹을 완수할 것 같니?" 앤디가 물었다.

"저는, 아니 우리는 그래야 해요."

"왜?"

버킷리스트가 떠올랐다. 작은 불꽃을 살릴 때면 늘 불 주변으로 동그랗게 두 손을 오므리던 루카스의 모습도 떠올랐다. 내가 루카스에게 한 약속도 떠올랐다. 난 앤디의 눈을 똑바로 바라보며 말했다. "그냥 그래야만 해요." 이 말을 하는 동안 내 목소리는 강철처럼 단호했다.

오두막 안이 잠시 적막해진다.

아무래도 앤디가 내게 더 많은 질문을 던질 모양이다. 더 많은 거짓말을 해야 할 듯한 그런 질문 말이다. 하지만 그 대신 앤디는 팔짱을 끼며 말했다. "잠깐 기다려봐." 그러고는 '직원 전용'이라고 쓰인 간판을 지나 복도로 사라졌다. 다시 돌아왔을 때 앤디는 엄지손가락과 집게손가락 사이로 유리구슬을 쥐고 있었다. 중앙을 휘감고 있는 푸른색의 가는 띠 문양을 제외하면 잡티 하나 없이 완벽하게 투명한 유리구슬이었다.

"이건 내 증조할아버지가 가지고 계시던 거야." 앤디가 공중으로 유리구슬을 가볍게 던졌다. 그러자 햇빛을 받아 윙크라도 하듯 반짝이던 유리구슬이 이내 앤디의 손안에 자취를 감췄다. "증조할아버지는 제2차 세계대전 당시 전투기 조종사셨어. 그런데 전쟁에 나가시기 전 다섯 살 난 아들이 이 유리구슬을 건네줬지. 이 구슬을 쥐고 있으면 안전할 거라면서 말이야."

"당시 나치의 포병대로부터 살아남은 조종사는 얼마 없었어. 하지만 증조할아버지는 살아남으셨어. 그 유리구슬을 제복에 꿰매놓은 특별한 주머니에 넣어두셨거든. 전쟁이 끝날 무렵 증조할아버지는 이 행운의 구슬을 아들에게 돌려주셨고, 그 아들은 딸에게 물려주었고, 그 딸은 다시 아들에게 물려주었지." 앤디가 유리구슬을 자신의 가슴팍에 대고 툭툭 쳤다. "그 아들이 바로 나야." 그러고는 내게 구슬을 내밀었다. "너한테 줄게. 가뜩이나 갈 길도 먼데 유리구슬이라도 있으면 든든할 거 아냐."

"아니에요." 앤디의 갑작스러운 친절에 이 말부터 불쑥 튀어나왔다. 난 이런 친절을 받을 자격이 없다. 나 자신도 날 못 믿는 마당에 남이 날 이렇게 믿어주다니……

그러자 앤디가 팔짱을 끼며 말했다. "가지라는 게 아냐. 카터 노치 헛Carter Notch Hut에 도착하면, 이 구슬을 직원들에게 건네주렴. 그러면 직원들이 내게 돌려줄 거야. 그래도 지금은 도움이 좀 필요할 테니 적어도 카터 노치 헛에 갈 때까지만 구슬을 지녀보렴."

나는 곰곰이 생각해보았다. 그동안 난 줄곧 일을 망쳐오기만 했다. 매 순간 불행이 따라붙는 상황에서 뭔가 균형을 잡아줄 행운의 물건을 지닌다고 손해 볼 건 없어 보인다.

나는 손을 내밀었다. 앤디가 내 손바닥에 유리구슬을 떨어뜨렸다. 작은 크기치곤 꽤나 무거운 구슬이었다. 곧이어 앞쪽 카운터로 간 앤디가 박스에서 클리프 바와 파워 바를 꺼내기 시작했다. "배낭 좀 열어봐. 갈 길이 멀 테니 먹을 게 좀 필요할 거야."

30분 후, 앤디가 챙겨주는 물품을 거저 받기도 하고 사기도 하면서 내 배낭은 5킬로그램 더 무거워졌고, 지퍼락엔 191달러가 남았다. 지금 배낭은 애니즈 마카로니 앤 치즈 몇 박스, 인스턴트 오트밀 열두 박스, 게토레이 믹스, 1킬로그램짜리 치즈 한 덩이, 땅콩버터 한 병, 두툼한 서머 소시지 세 개, 그리고 에너지 바 약 스무 개로 가득 찬 상태다. 이 정도면 며칠간 무스와 내가 지내기에 충분할 듯하다.

정수 물통도 사고 싶었지만, 진열장에 있는 건 무려 백 달러나 됐다. 내게 그럴 여력은 없었다. 그러니 앞으론 오두막을 들를 때마다 물병에 물을 가득 채워야겠다. 게다가 덴버가 준 요오드 알약도 있으니 이제 메인주까지 가는 대부분 트레일은 버틸 수 있을 것 같다.

무엇보다도 이제 내 배낭 위쪽 수납 공간의 샌드위치용 지퍼락엔 돈과 함께 여기서 구한, 광택 나는 글로시페이퍼가 있었다. 화이트 마운틴의 모든 트레일과 윤곽선이 상세히 그려진 정사각형의 종이 말이다. 다시 내게 지도가 생긴 것이다.

13

바깥에서 무스에게 비스킷을 한 움큼 먹이고 있는데 숀과 덴버가 트레일을 내려오는 게 보였다. 나는 가볍게 눈인사를 했다. 두 사람이 점심을 먹으러 안으로 들어가고 무스와 나는 호수로 향했다. 그렇게 하이킹족을 피해 도착한 곳은 인적 없는 호숫가였다. 무스가 갈대밭을 쿵쿵거리며 돌아다녔고, 나는 잔잔한 물 위에서 물수제비를 떴다.

매끄럽고 평평한 돌이 바닥날 무렵, 바위투성이 호숫가에 앉아 물가에서 이렇게 평화롭던 날이 과연 언제였는지 떠올려본다. 그날은 바로 루카스와 내가 본격적으로 버킷리스트의 항목을 이행하기 시작한 날이었다.

그러니까 그 운명의 팬케이크 아침 식사 이후 겨우 일주일이 지난 뒤였다. 당시 루카스의 아빠는 가족 카누를 스바루 차 꼭대기에 묶고 우리를 위니페소키호(미국 뉴햄프셔주에서 가장 큰 호수-역주)로 데려갔다. 거기서 우리는 꿈틀거리는 송어 네 마리를 잡았고, 루카스의 아빠는 캠프장 내 테이블에서 생선의 비늘과 내장을 제거했다. 우리는 그 찌꺼기를 새들에게 던져준 뒤 생선에 빵가루를 입혔고, 루카스의 아빠는 탁탁 타는 모닥불에서 생선을 바삭바삭한 황금빛으로 튀겨냈다.

그날 밤, 우리는 갓 잡은 물고기로 만찬을 즐기면서 배가 꺼질 때까지 호숫가에 앉아 밤하늘에 반짝이는 별들을 바라보고 있었다. 바로 그때였다. 루카스가 버킷리스트를 꺼내 들더니 *#1 : 낚시하러 가기* 항목에 선을 죽 그었다. 그러고는 "하나는 끝났고, 이제 아홉이 남았군." 하고 말했다. 흥분에 젖은 우리는 와하는 함성을 내지르며 기름진 손으로 하이파이브를 했다.

"이런!" 목덜미 옆에 뭔가 따끔한 게 느껴지며 불현듯 정신을 차렸다. 목을 찰싹 때린 뒤 손을 떼어보니 손바닥은 짜부라진 모기와 핏자국으로 온통 얼룩진 상태다. 목이 벌써부터 근질근질해왔다.

아래를 내려다보니 한 무리의 파리떼가 내 바지 위를 기어다니고 있었다. 거기다 모기 한 마리가 무릎에 달라붙어 내 속건 바지(배낭여행 시에 말 그대로 청바지나 다른 면바지에 비해 비교적 빨리 건조되도록 고안된 바지-역주)를 찔러대고 있었다.

곤충에게 물어뜯기는 건 소소하고 나쁜 일 중에서도 최악에 속한다. 나는 파리떼를 쫓기 위해 바지를 툭툭 쳤다. 그러자 이번엔 파리들이 얼굴 쪽에서 빙빙 돌았다. 그때 실수로 파리 한 마리를 흡입해버렸다. 파리는 다시 내뱉기도 전에 이내 코를 뚫고 목구멍으로 넘어갔다. 나는 파리의 그 많은 징그러운 눈을 떠올리지 않으려고 안간힘을 썼다(참고로, 파리는 수천 개의 홑눈이 겹겹이 모인 겹눈 구조의 곤충-역주). 아마도 호수는 나랑 좀 안 맞는 듯하다.

그만 자리에서 일어섰다. 무스가 긴 꼬리를 바위에 치며 나를 기다리고 있었다. 난 몸을 숙여 무스의 귀 뒤를 긁어주었다. "이봐, 친구."

무스가 내 손가락들 사이로 머리를 들이밀고는 냄새나는 분홍색 혀로 내 손목을 핥았다. 장담컨대 그때 녀석의 입은 마치 웃는 모양처럼 동그랗게 말렸다.

나는 한 번 더 무스의 귀 뒤를 긁어준 뒤 오두막으로 돌아갔다. 오두막에 들어서자 숀과 덴버가 작은 은색 싱크대에서 물 방광을 다시 채우고 있었다. 지금 앤디는 보이지 않는다.

"토니!" 덴버가 날 맞이했다. "지금 떠나려고?"

나는 고개를 끄덕였다. "물병만 채우면 될 것 같아." 그러면서 직원실로 통하는 복도를 초조하게 확인했다. 혹시라도 앤디가 이 모습을 보는 날엔, 아빠와 하이킹을 왔다는 내 말에 의구심을 품을 터였다.

나는 서둘러 물병을 채워 배낭 옆 주머니에 넣었다. 그렇게 배낭을 어깨에 메다가 하마터면 몸이 확 쏠려 넘어질 뻔했다. 배낭은 오늘 아침보다 훨씬 무거워진 상태다. "가자." 앤디가 다시 나타나기 전에 얼른 오두막을 벗어나야겠다는 생각에 조바심이 났다.

숀이 바로 밖으로 나갔다. 하지만 덴버는 내가 배낭의 가슴 벨트와 힙 벨트를 단단히 고정할 때까지 기다려줬다. 나는 휘청거리며 덴버보다 먼저 오두막을 나섰다. 우리는 숀과 만나 다시 트레일에 올랐다.

덴버와 숀이 성큼성큼 트레일을 나서는데 난 그제야 문득 알아차렸다. 이제 보니 전에 내가 두 사람을 따라잡을 수 있었던 건 배낭 무게가 지금의 절반이었기 때문이다.

트레일이 내리막길에 이를 무렵 난 휘청거리며 덴버와 숀의 뒤를 따라갔다. 어깨끈이 꽉 조이면서 전보다 피부는 더 쓸렸다. 마치 한 걸음 한 걸음 내디딜 때마다 깊은 물살을 헤쳐나가는 느낌이었다. 그래도 오르막길이 아니라 내리막길이라는 데 묵묵히 감사를 표했다. 하지만 아무리 아래서 중력이 끌어당긴들 우리의 격차는 점점 더 벌어졌다. 그나마 덴버는 이따금 뒤를 힐끔거리며 몇 초간 기다려주기라도 했다. 하지만 숀은 단 한 번도 멈추거나 뒤돌아보지 않았다. 아예 날 따돌리기로 작정한 모양이다.

몇 킬로미터를 가자 트레일은 사방에서 웽웽 소리가 진동하는 고속도로에 이르렀다. 앞서가던 덴버가 숀에게 뭐라고 소리치는 게 보이더니 마침내 숀이 멈췄다. 숀은 내가 따라잡을 때까지 돌아서서 날 째려봤다.

"너 때문에 늦어지잖아." 숀의 말은 날카로웠다. "가필드 리지 쉘터Garfield Ridge Shelter까지는 14.5킬로미터 넘게 남았는데 벌써 정오야. 아무래도 어두워지기 전에 텐트를 쳐야겠어. 하지만 진드기 같은 넌 좀 빠져줘야겠어."

"그쯤 해둬, 숀." 덴버가 말했다.

무스가 으르렁거렸다. 난 무스의 머리에 손을 얹어 무스를 진정시켰다. 숀의 말로 속이 쓰리긴 했지만, 뭐 영 틀린 말도 아니었다. 사실 두 사람을 따라다니는 건 누워서 떡 먹기였다. 하지만 난 따라다니기나 하려고 트레일에 나선 게 아니다. "먼저들 가. 나중에 쉘터에서 봐."

"진심이야?" 덴버가 물었다.

"암, 그렇고말고, 토니는 진심이야." 숀이 말했다. "어서 가기나 하자고." 숀이 등을 돌려 재빨리 걷기 시작했다.

덴버가 날 쳐다봤다. 난 고개를 끄덕였다. "가봐. 난 잠깐 멈춰서 무스 좀 먹일 거거든."

덴버가 아쉬운 듯 한숨을 내쉬며 서둘러 친구의 뒤를 따라갔다.

배낭을 내려놓고 가방 속을 뒤지는데 무스가 징징거렸다. 그러다 사료를 던져주자 잽싸게 받아먹는다. 녀석이 사료를 허겁지겁 해치우는 동안 나는 클리프 바를 게 눈 감추듯 먹어치웠다. 식사를 마친 우리는 다시 길을 나섰다.

고속도로를 지나면서 트레일이 점점 가팔라졌다. 나는 느릿느릿 걷고 있지만 멈추지는 않았다. 걷기, 심호흡하기, 걷기, 심호흡하기! 수목한계선을 지나 바위로 뒤덮인 트레일을 올라가며 난 거듭 이 구호를 외쳐댔다.

비록 걷는 속도는 달팽이 같지만, 나는 손과 덴버를 따라잡으려던 과거보다 지금이 더 발전한 느낌이다. 무리하게 손과 덴버를 따라갔다면, 아마 한 시간도 못 되어 녹초가 됐을 거다. 그러면 또 한 시간을 쉬어야 했을 테고, 기분도 덩달아 처졌을 거다. 하지만 이제 난 나만의 속도로 걷고 있다. 비록 빠르진 않지만 이게 바로 내게 딱 맞는 속도인 듯하다.

바람이 거세졌다. 나는 윈드브레이커를 껴입은 다음 후드티를 목 언저리까지 단단히 조였다. 하늘은 선명한 파란색을 띠고 있었다. 사방이 산으로 둘러싸여선지 한여름의 초록 단풍잎, 상층고원 위로 흩어진 가문비나무와 소나무, 내 양쪽에 자리한 계곡은 물론, 저 멀리 캐나다까지 쭉 뻗은 굽이진 산의 행렬이 한눈에 쏙 들어왔다.

나는 뺨으로 세찬 바람을 맞으며 산들을 바라보았다. 그러고는 지그시 눈을 감았다. 배도 부르겠다, 발끝을 졸졸 따라다니는 개도 있겠다, 이제 트레일을 따라가는 게 점점 마음이 편해졌다.

무스와 나는 마치 리듬을 타듯 발맞추어 걸었다. 신이 난 무스가 9미터 정도를 껑충껑충 앞질러 가더니 내가 계속해서 뒤를 따라오고 있는지 확인하려고 되돌아왔다. 무스는 내게 다다르자 꼬리를 흔들며 침을 흘리고는 다시 돌아서서 껑충껑충 앞으로 뛰어갔다. 녀석은 나보다 훨씬 에너지가 넘쳤지만, 결코 내 시야에서 벗어나진 않았다. 아무래도 날 놓칠까 봐 두려워하는 눈치다. 날 따라다니면 떡고물이 생긴다는 걸 알았기 때문이리라. 하지만 난 어떻든 상관없었다.

낙타 등의 혹처럼 생긴 산봉우리를 따라 우리는 계속해서 올라갔다. 프랑코니아 리지Franconia Ridge는 리버티Liberty 산, 리틀 헤이스택Little Haystack 산, 링컨Lincoln 산, 그리고 이 중 가장 큰 규모로 높이가 무려 1.6킬로미터에 이르는 라파예트Lafayette 산과 같이 알파벳 L자로 시작하는 많은 산으로 이루어져 있었다.

리버티 산의 꼭대기에서 무스와 나는 에너지 바 몇 개를 즐겁게 먹어 치웠다. 산등성이에 선 많은 사람이 지나쳐갔지만, 굳이 말을 걸진 않았다. 행여 혼자 트레킹에 나선 걸 의심 사게 될까 봐 난 가급적 눈에 안 띄려고 애쓰는 중이었다.

리틀 헤이스택에 도착할 무렵, 난 속도를 늦추기 시작했다. 무스는 이제 9미터가 아니라 6미터 정도 앞서 있다. 그러다가 링컨 산에 이르자 더 이상 녀석은 날 앞지르지 않았다. 또 한 번의 간식을 먹은 후 다시 나아갈 무렵, 이제 녀석은 숨을 헐떡이며 내 옆에 딱 붙어 있다.

오후가 저녁이 되면서 한 시간에 한두 명은 보이던 행렬이 완전히 끊겼다. 이윽고 라파예트 산 정상에 이르자 해가 졌다. 사라져가는 황혼빛 속에서 나는 지도를 꺼내 가필드 리지 쉘터로 가는 트레일의 경로를 살펴보았다. 그런데 순간 가슴이 철렁 내려앉았다. 아직도 가야 할 길이 6.4킬로미터나 더 남았던 것이다.

바위로 뒤덮인 이곳 봉우리의 날씨는 쌀쌀했다. 휘몰아치는 바람에 무스가 오들오들 떨어댔다. 무스를 내려다보니 풀이 죽은 듯 처진 머리에 혀도 축 늘어진 상태다. 지금 녀석은 지칠 대로 지친 눈치다.

아무래도 이제 결정을 내려야 할 듯싶다. 여기서 그린리프 헛Greenleaf Hut까지는 겨우 1.6킬로미터 거리다. 사실 난 이쯤에서 트레일을 멈추고 그 오두막으로 갈 수도 있었다. 그곳은 따뜻하고 안전했다.

하지만 난 덴버와 숀에게 가필드 리지 쉘터에서 만나자고 했고, 어떻게든 그 약속을 지킬 생각이었다. 나는 무스에게 따라오라고 말한 뒤 짙어가는 어둠 속에서 다시 함께 출발했다.

14

날씨가 많이 쌀쌀해졌다. 일찍이 바람은 한낮의 햇볕으로 시원하고 쾌적했다. 하지만 지금은 갈수록 매서워져 시시각각 내 몸의 열을 앗아가고 있다. 그 와중에 눈이 마를세라 난 자꾸만 눈을 찡그렸다. 해가 없는 산은 마치 내게 등을 진 느낌이었다.

해가 진 후 쉘터도 없이 이렇게 산중에 갇히기는 이번이 처음이었다. 사실 난 아늑한 침대에서도 어두운 건 질색이었다. 그런데 지금 난 아무런 보호 장치도 없이 어떤 생명체로부터라도 공격당할 수 있는 상태에 놓여 있었다.

30분 후엔 어둑어둑한 황혼마저 사라졌다. 주변으로 슬금슬금 어둠이 깔렸다. 이런 어둠 속에 내가 가진 거라곤 별빛이 전부였다. 달은 아직 뜨지 않았다. 트레일도 거의 보이지 않았다. 그래서 낮이라면 쉽게 발견했을, 툭 튀어나온 돌부리에 끝도 없이 걸려 넘어졌다.

멀리서 코요테가 울부짖었다. 소리만 들을 땐 족히 수십 마리는 되는 듯했다. 공포가 스멀스멀 밀려왔다. 녀석들은 순식간에 날 에워싸 내 배낭을 찢고 음식을 모조리 먹어 치운 다음 내 팔까지 디저트 삼아 갉아 먹을 놈들이었다. 이내 거칠고 얕은 호흡이 새어 나왔다. 어디선가 쉭 부는 바람 소리, 산 밑으로 와르르 굴러떨어지는 낙석 소리에 심장이 방망이질 쳤다. 분명 아래엔 좀비들도 여기저기 돌아다닐 듯했다.

하지만 무스가 낑낑거리자 내가 겁을 집어먹어선 안 되겠단 생각이 들었다. 난 무스의 떨리는 머리에 손을 얹고 목소리를 차분히 가라앉히며 말했다. "내가 여기 있잖아, 친구." 우리 둘 다 떨고 있어선 안 될 노릇이었다. 둘 중 하나는 용감해져야 했다.

"그래, 좀비들이 이렇게 높이 올라올 순 없지." 수목한계선 아래로 내려가면서 혼자 중얼거렸다. 우거진 나무로 바람은 차단이 됐지만, 한 치 앞도 보이지 않는다. 짙은 어둠이 터벅터벅 걸어가는 날 사방에서 압박했다.

혹시라도 공포로 정신을 잃을세라 무스에게 말을 걸기 시작했다. "옛날에 좀비가 하나 살았는데, 어느 날 먹음직스러운 한 소년과 그 소년의 개가 산길을 걷고 있는 걸 보게 됐지. 그래서 좀비는 그 둘을 먹어 치울 심산으로 산에 올라갔어. 그런데 그때 한 무리의 코요테가 나타나더니 좀비를 에워싸고는 후다닥 먹어 치웠지. 덕분에 소년과 개는 무사했단다."

무스가 아직도 낑낑거렸다. 나는 공포로 우리의 몸이 굳어질세라 계속해서 이야기를 이어나갔다. 이야기가 바닥나자 노래도 지어 불러보았다. "어둠은 어리석지. 어둠은 저-저-정-말 어리석지." 사실 노래라기보단 깡통 찌그러지는 소리에 가까웠다.

무스가 다시 짖기 시작했다. "에이, 그렇게 나쁘진 않았다 뭐."라고 말해보지만 무스는 멈추지 않는다. 어둠 속을 들여다보지만 딱히 보이는 건 없다. 지금은. 그래도 이렇게 계속 가는 건 너무나도 위험해 보인다.

눈앞이 캄캄했다.

토우, 헤드램프를 써야지. 그때 루카스의 목소리가 들려왔다. 내 머릿속의 목소리가 또 한 번 날 구해주었다. 이런! 내 최고의 핵심 장비 중 하나가 배낭 윗주머니에서 오매불망 쓰이기만을 기다리고 있단 걸 까맣게 잊고 있었다니. 이게 다 공포로 온 정신이 흐리멍덩해진 탓이었다.

나는 헤드램프를 꺼내 무스의 머리에 씌웠다. 그때까지도 무스는 여전히 짖고 있었다. 비록 온몸은 녹초가 됐지만, 앞길이 보이는 한 가필드 리지 쉘터에 도착할 수 있을 터였다.

무스는 지금도 짖는 중이다. "그렇게 떠들면 안 돼!" 참다 못한 내가 이내 화난 목소리로 쏘아붙였다. "쉘터에 가면 더 잘 챙겨줄게." 그러고서 헤드램프의 불을 켰다. 그런데 그때 였다. 갑자기 눈부신 광선 속에서 날 향해 돌진하는, 사이가 벌어진 검은 두 눈이 포착됐다.

"아아아아악!!!" 순식간에 녀석과 맞닥뜨렸다. 톡 쏘는 퀴 퀴한 냄새, 거친 털, 느릿느릿 움직이는 육중한 덩치, 번뜩이 는 젖은 이빨, 흙바닥을 긁는 발톱. 곰이었다. 녀석이 뒷다리 로 설 때 나는 다시 한번 비명을 내질렀다. 나와 무스 위로 우 뚝 솟은 녀석을 보며, 잠시 동안 이제 우리 둘은 끝이라는 생 각이 들었다.

그런데 그때 녀석이 바닥에 등을 대고 벌렁 드러눕더니 앞 발로 눈을 비비적거렸다. 그렇게 코를 힝힝대며 머리를 흔들 더니 다시 네 발로 짚고 일어나 덤불을 쿵하고 들이받았다. 그러면서도 연신 코를 쿵쿵대며 훌쩍이는 건 잊지 않았다.

난 사실 곰이 두려웠다. 하지만 녀석의 몸동작에 어느새 공 포는 사라지고 안도감이 밀려오며 웃음이 터지기 시작했다.

"미안해," 무스에게 말했다. "다음번엔 맹세코 더 잘 챙겨 줄게." 바로 거기서 난 헤드램프를 비춰가며 무스에게 밀크 본의 절반을 먹였다.

거의 자정이 다 되어 마침내 쉘터에 도착했다. 쉘터 안에는 아무도 없었다. 아무래도 숀과 덴버는 다른 곳에 텐트를 친 모양이다. 나는 너무 지친 상태라 텐트 대신 나무 바닥에 슬리핑 패드를 깔고는 그 위 침낭 안으로 들어가 몸을 웅크렸다.

녹초가 된 무스도 쉘터 안으로 소리 없이 들어왔다. 그러고는 몇 바퀴를 돌다가 이내 내 옆에 쓰러졌다. 무스가 내 가슴에 살포시 머리를 얹었다. 나는 무스의 깡마른 옆구리를 팔로 감쌌다. 녀석에게선 지금 썩은 달걀 냄새가 나지만 뭐 상관없다.

잠이 들 무렵, 다시는 날이 어두워진 후 트레일에 갇히지 않겠노라고 다짐했다. 만약 그 곰이 나와 무스를 공격하기로 작정했다면 벌써 우리는 끝장났을 것이다. 그랬다면 루카스와 약속한 트레일 완주는 더 이상 꿈도 꾸지 못할 뻔했다.

게다가 곰의 공격으로 무스가 상처를 입는다 해도 난 어찌해야 할지 몰랐을 거다. 그런 사고에 대해선 개는커녕 나 자신도 속수무책인 판국에 어떻게 무스를 구할 수 있단 말인가.

이렇게 무책임해선 안 될 노릇이다. 내겐 무스를 보호해야 할 책임이 있다. 그 말은 내가 지금보다 더 똑똑해져야 한다는 소리다. 난 자존심을 억누르고 오두막에 머물렀어야 했다. 하지만 숀을 따라갈 수 있다는 걸 증명해 보이고 싶은 마음에 괜한 객기로 어둠 속을 뚫고 나왔다. 결국 내 욕심은 거의 재앙으로 끝날 뻔했다.

무스가 코를 골기 시작했다. 나는 미소 띤 얼굴로 무스의 악취 나는 머리를 마지막으로 한 번 더 문질러주며 속삭였다. "잘 자, 친구."

그날 밤 난 루카스 꿈을 꿨다. 꿈에서 우리는 폭포 바닥에 서 있고, 물은 내려오지 않는다. 그런데 갑자기 유리구슬로 이뤄진 강물, 그러니까 안쪽에 푸른색 띠 문양이 있는 투명하고 반짝이는 유리구슬이 폭포 꼭대기에서 쏟아져 내리더니 우리 옆 바위에 부딪치며 산산조각이 난다. 순간 그 모든 깨진 조각을 바라보며 슬픔이 밀려온다. 하지만 막상 루카스는 웃고 있다.

산산이 조각난 유리구슬은 쌓이고 쌓여 어느새 반짝이는 빛의 강물을 이루고, 나는 그 모습을 보며 부서진 조각들도 이렇게 아름다운 것으로 변할 수 있음을 깨닫는다.

잠에서 깬 뒤 내 입가엔 간만에 처음으로 미소가 번졌다.

15

늦은 아침 눈을 뜨자 쉘터로 햇살이 쏟아져 들어왔다. 몸은 구석구석 안 아픈 데가 없다. 심지어 머리도 지끈거렸다. 나는 침낭을 툭툭 털어낸 뒤 슌과 덴버를 찾아 나섰다. 하지만 벌써 떠났는지 두 사람은 보이지 않는다. 뭐, 오히려 잘된 일일 수도 있다. 어차피 내가 쫓아가기에 둘은 너무도 빨랐다. 게다가 슌은 날 탐탁지 않아 하는 눈치였다. 따라서 난 그들을 따라가지 말아야 했다.

하지만 이제 두 사람을 다신 못 본다 생각하니 좀 서글프긴 하다. 슌과 덴버는 날 폭풍에서 구해줬다. 어쩌면 그날 그 둘은 내 목숨까지 구했던 거다. 문득 그들이 베풀어준 일에 대해 진심으로 고마워해본 일이 없다는 걸 깨달았다. 비록 다시 마주칠 가능성은 희박했지만, 다시 한번 만나 그 두 사람이 내게 얼마나 큰 도움을 베풀었는지 꼭 전할 수 있기를 바랐다.

나는 쉘터로 돌아와 무스에게 초콜릿이 들어 있지 않은 클리프 바를 몇 개 먹였다. 그러고는 지도를 보며 나도 스니커즈 바 두 개를 먹었다. 개학하기 전에 트레일을 끝내려면 적어도 하루에 16.1킬로미터는 가야 했다. 하지만 난 그보다 더 빨리 끝내고 싶었다. 슬슬 할머니가 보고 싶어지기 시작했기 때문이다. 오랫동안 개를 키워온 할머니는 개를 참 사랑했다. 얼른 할머니가 무스 녀석을 만나봤으면 좋겠다.

나는 지도 위에서 오늘의 목표 지점을 손가락으로 두드려봤다. 그곳은 여기서 약 24.1킬로미터 이상 떨어진 이든 판드 쉘터Ethan Pond Shelter다. 사실 이든 판드 쉘터는 무스와 내겐 야심 찬 목표다. 특히 괜한 객기로 무스와 내가 호되게 겪었던 그 기나긴 밤을 떠올릴라치면 더더욱 그랬다. 하지만 난 우리가 이 목표를 달성할 수 있다고 믿는다. 게다가 이곳은 곧 어둠이 몰려온다 해도 어디든 트레일을 따라 텐트를 칠 수 있을 만큼 평평했다.

난 지도를 다시 안전한 곳에 넣었다. 그러고는 슬리핑 패드와 침낭도 배낭에 쑤셔 넣고 무스를 불렀다. 무스가 덤불에서 잰 발로 나왔다. 이제 나설 준비가 된 것 같다.

트레일은 가파른 구간을 지나 갈헤드 헛Galehead Hut으로 이어졌다. 나는 이곳을 들르지 않고 계속해서 걸어갔다. 가는 도중 반대 방향으로 천천히 올라가는 4인 가족을 지나치기도 하고, 재빨리 걷는 한 무리의 대학생에게 길을 내주기도 했다. 오두막을 지나자 이번에는 직진코스가 이어졌다. 무스와 내가 보조를 맞춰 한 걸음 한 걸음 나아가고 있는데 가파르고 매끄러운 화강암 석판들이 나타났다. 화강암 석판들로 뒤덮인 이 지점은 지금 물로 인해 미끄러운 상태다. 그래도 뭐 괜찮겠거니 싶었다. 하지만 막상 올라가자 반쯤 가서 이내 미끄러지고 말았다. 그 와중에 정강이가 바위에 부딪히면서 그대로 석판의 맨 아래쪽까지 죽 미끄러졌다. 이번에는 좀 더 조심하며 다시 한번 시도해봤다. 물론 만만치 않았다. 하지만 결국 양손 양발 다 동원하고 나서야 석판을 기어오르는 데 가까스로 성공했다. 날 따라오려던 무스는 다른 길을 찾을 요량으로 트레일의 오른쪽, 왼쪽을 조심스레 가본다. 하지만 짧고 굵은 나무들이 무스의 진로를 가로막았다. 불안해진 무스가 낑낑거렸다.

나는 배낭을 내려놓고 화강암 석판의 맨 아래쪽까지 허둥지둥 내려간 뒤 무스를 불렀다. 그리고는 무스의 몸통을 팔로 감쌌다. 무스의 몸이 빳빳하게 굳는다. 내가 저를 안아 올리도록 무스가 내버려 둘지 확신이 안 섰다. 다행히 무스는 꿈쩍도 하지 않는다. 나는 무스가 약 1미터 높이의, 선반처럼 튀어나온 바위에 도달할 수 있도록 녀석을 들어 올렸다.

거의 수직에 가까운 화강암을 앞발톱으로 할퀴다가 이내 미끄러지는 무스를 보며 내 심장이 방망이질 쳤다. 하지만 무스는 화강암에 앞발톱을 갈고리처럼 걸어 마침내 가까스로 몸을 끌어올렸다. 나는 무스 옆으로 허둥지둥 옮겨가 안도의 한숨을 내쉰 뒤 다시 배낭을 멨다. 드디어 우리가 해냈다! 틀림없이 앤디가 준 행운의 유리구슬이 효과를 발휘한 듯싶다.

우리는 수목한계선을 지나 사우스 트윈South Twin 산과 가이엇Guyot 산의 정상에 이르렀다. 얼마 전까지 산은 온통 구름과 안개투성이였다. 하지만 지금 태양은 베일 같은 구름들을 걷어내며 화이트 마운틴과 그 너머를 환하게 비추고 있다. 난 몸을 돌려 사방을 둘러봤다. 캐나다가 보이는 북쪽, 뉴욕의 애디론댁Adirondack 산맥을 향하는 남쪽, 내가 출발했던 곳에서 프랑코니아 리지에 이르는 서쪽, 그리고 메인주에 이르는 동쪽.

어느새 난 이미 더 강해진 기분이다. 더 행복해진 느낌이다. 마치 집에 있을 때 눌려 있던, 그 더럽게도 운 없던 삶에서 벗어난 느낌이랄까. "루카스," 내가 가만히 속삭였다. "네가 여기 있다면 좋을 텐데."

한바탕 바람이 불어오더니 내 말을 휘감아 산 너머로 흩뿌린다. 무스가 내 손을 핥는데 순간 루카스도 내 옆에서 웃는 얼굴로 경치를 바라보고 있을 거란 확신이 들었다.

우리는 숲 쪽으로 몇 킬로미터쯤 내려간 후, 작은 시냇가의 징검다리를 폴짝폴짝 건너갔다. 어디선가 기계 장치가 윙윙거리는 소리가 들려왔다. 커다란 드럼통 모양의 물탱크 옆으로 빨간색 우물 펌프도 보인다. 다음 오두막인 질랜드 폴즈 헛Zealand Falls Hut이 곧 눈앞에 나타날 듯싶다.

마침내 트레일 옆쪽으로 오두막이 보이면서 그 아래로 눈부신 계곡의 절경이 드러났다. 오두막의 앞쪽으론 오랜 세월 비바람에 닳고 닳은 현관이 두 개 나 있고 두 현관 사이론 앞쪽으로 돌출된 식당이 하나 있었다. 그리고 두 현관에는 모두 이 식당으로 통하는 문이 있었다.

난 그냥 지나쳐갈 생각으로 트레일을 따라 현관의 앞쪽을 지나갔다. 그런데 그때였다. 어디선가 커다란 비명 소리가 들려왔다.

나는 무스에게 기다리라고 말하고서 오두막의 두 현관 중한 곳의 계단을 빠른 걸음으로 올라갔다. 하지만 막상 문 앞에 이르자 망설여졌다. 그때 누군가 토해내는 성난 말들이 마치 기관총 총알처럼 오두막 밖으로 연달아 튀어나왔다.

공포가 목구멍까지 차올랐다. 나는 논쟁이나 싸움에 휘말리고 싶진 않았다. 그길로 돌아서 막 지나치려는데 주방에서 흘러나오는 여섯 단어가 내 양쪽 귀를 때렸다.

"맙소사, 도대체 이걸 어쩌면 좋으냐고, 응⋯⋯!?"

그건 절망의 외침이었다. 적어도 무슨 일인진 알아야 할 듯싶었다. 문에 달린 작은 직사각형 유리를 통해 안을 들여 다봤지만 아무것도 보이지 않았다.

몸을 숙여 오두막의 앞 창문을 통해 들여다보았다. 텅 빈 식당을 지나 주방 안쪽에서 한 남자가 채소 조각과 수프 국물 로 난장판이 된 주방을 이리저리 뛰어다니고 있었다. 싱크대 아래쪽으론 엎어진 냄비도 보이고, 여기저기 널브러진 깨진 나무 숟가락도 보였다.

수프 국물이 나무 바닥을 타고 식당 안쪽으로 흘러 들어가 자, 남자가 걸레를 집으러 주방 구석으로 황급히 달려갔다. 하지만 걸레를 드는 순간 바로 뒤로 미끄러지며 바닥에 쿵 하 고 머리를 찧었다. "으악." 남자가 신음 소리를 냈다.

남자는 도움이 필요해 보였다. 나는 수줍음을 억누른 채 오두막 안으로 불쑥 들어갔다. 그러고는 식당 벤치에 배낭을 내려놓은 뒤 곧장 주방으로 뛰어 들어갔다. 남자는 일어나 앉으려고 움찔하는가 싶더니 다시 바닥에 벌렁 드러누웠다. 아무래도 자포자기한 눈치다. 남자의 칼하트 작업복과 빨간 색 격자무늬 셔츠, 그리고 짙은 금발 머리카락은 온통 수프 국물을 뒤집어쓴 상태였다.

나는 남자의 머리맡으로 걸어가 고개를 숙인 뒤 말을 건넸다. "안녕하세요."

"엇, 그래." 남자가 놀란 모습으로 말했다.

"도와드릴까요?"

"아냐, 괜찮아. 그냥 여기 이렇게 축 늘어져서 천장에 있는 거미줄이나 좀 세어볼 참이란다." 머리는 꿈쩍도 안 한 채 남자의 시선이 천장의 네 귀퉁이로 차례차례 꽂혔다. "저기 저 네 귀퉁이 보이니? 내 눈엔 지금 네 개로 보이거든."

나는 위를 올려다봤다. "네, 저도요."

"좋아." 남자는 천천히 옆으로 몸을 굴려 조심스럽게 일어나 앉았다. "그렇담 물체가 둘로 보이는 증상은 없다는 거군."

나는 바닥에 떨어진 걸레를 집어 들었다. "잠깐 거기 계세요. 제가 닦을게요." 남자는 순순히 내 말을 따랐다. 나는 흥건한 수프 국물을 닦아낸 뒤 싱크대 밑 배수통에서 걸레를 비틀어 짰다. 내가 빗자루와 쓰레받기로 나동그라진 셀러리와 양파를 쓸어 담아 싱크대 위 퇴비통에 버리는 동안, 남자는 젖은 옷을 갈아입기 위해 거실 뒤쪽의 좁은 계단을 올라갔다. 남자가 산뜻한 청색 티셔츠와 청바지로 갈아입고 내려올 무렵, 한바탕 소동의 흔적은 거의 찾아볼 수 없었다.

남자가 내게 손을 내밀었다. "안녕, 난 제이크야. 도와줘서 고맙구나."

"전 토니예요." 제이크와 악수를 나누며 말했다. "머리는 좀 어떠세요?"

"썩 좋진 않다만 뇌진탕은 아닌 것 같다. 그래도 바로 일을 시작해야겠어. 요리할 게 벌써 밀렸거든."

"도와드릴까요?" 그만 가야 한다는 걸 알면서도 왠지 좀 더 머물고 싶은 생각이 들었다. 전날 자정까지 하이킹을 한 여파가 슬슬 밀려오는 데다 다리는 물론 눈꺼풀까지 천근만근이었기 때문이다. 지금은 한 시간 동안 요리하는 게 다시 트레일에 나서는 것보다 훨씬 나을 듯싶다. 게다가 오두막엔 손님도 전혀 없는 상태였다. 금방 발각될 걱정은 없단 소리다. 나는 상체를 세우고 제법 주방장 같은 자세를 취하며 말했다. "이래 봬도 아홉 살 때부터 주방에서 할머니를 도와드렸거든요."

제이크가 눈썹을 찡그렸다. 곧 싫다고 말할 것 같던 제이크가 이내 한숨을 내쉬더니 내게 도마와 칼을 건넸다. "그거 참 잘됐구나. 사실 다른 동료들에게 도움을 요청하고 싶은데 지금 다 하이킹을 떠나서 저녁 이후에나 돌아올 것 같거든. 그래서 말인데 혹시 양파와 셀러리, 당근을 좀 썰어줄 수 있을까?"

16

　제이크가 해동을 위해 냉동된 햄을 꺼내는 동안 나는 주방 카운터에 도마를 올려놓고 채소를 썰기 시작했다. 제이크는 스토브의 화구에 수프 냄비를 올려놓고, 8리터짜리 올리브 오일을 1리터가량 부었다. 다음엔 불을 켠 뒤 내가 도마 가득 썰어둔 채소를 냄비에 부었다. 곧 주방은 쉿쉿하는 채소 끓는 소리와 양파 냄새로 가득 찼다. 제이크는 얼려둔 다진 마늘을 넣고 냄비에 물을 채운 뒤 몇 리터의 콩을 붓고 불을 낮췄다. 그러고는 냄비에 금속 숟가락을 몇 개 넣은 뒤 뚜껑을 덮었다.

　"이렇게 해야 수프가 안 타고 골고루 잘 익거든." 제이크가 말했다. "이제 저녁때까지 끓도록 두자. 그동안 우리는 오트밀 허니 브레드나 만들어볼까?" 제이크가 냉장고를 뒤져 연두색 플라스틱 집게로 봉해둔 1.4킬로그램짜리 상업용 이스트를 한 봉지 꺼냈다. 그러고는 큰 그릇에 이스트 반 컵, 넉넉한 양의 꿀, 소금 한 줌, 그리고 적당한 온도의 따뜻한 물을 넣었다.

이스트가 꿀에 든 당분을 집어삼키며 작은 거품이 이는 걸 지켜보고 있으려니 은은한 수프 향에 침이 고이기 시작했다. 불현듯 집에 대한 그리움이 밀려왔다. 이렇게 수프 냄새를 맡고 있자니 할머니의 주방으로 돌아가고 싶어졌다.

"괜찮니?" 제이크가 호기심 어린 얼굴로 날 쳐다보았다.

나는 고개를 끄덕였다. "아, 죄송해요. 그저 할머니가 이 주방을 봤다면 얼마나 좋아했을지 생각하고 있었어요."

제이크가 미소 띤 얼굴로 스테인리스 스틸 아일랜드(주방 중앙에 식탁보다 다소 높은 테이블 모양의 스테인리스 스틸 블록-역주) 밑에서 바퀴 달린 75리터짜리 통 두 개를 꺼냈다. 한 통엔 오트밀이, 나머지 한 통엔 밀가루가 담겨 있었다. 내가 오트밀 열 컵을 계량하는 동안, 제이크는 밀가루 열여섯 컵을 계량했다. 우리는 계량이 끝난 오트밀 가루와 밀가루를 우묵한 그릇에 담았다. 제이크는 밀가루에 물을 넣고 반죽에 끈기가 생길 때까지 주물렀다. 이어 아일랜드에 밀가루를 뿌린 뒤 다 된 반죽을 올려놓고 두 덩이로 나누었다. 제이크가 그중

한 덩이를 내게 건네며 말했다. "이게 내가 제일 좋아하는 부분이야." 제이크가 선언하듯 말했다. "치대기."

제이크는 내게 몸소 반죽하는 법을 보여줬다. 그러니까 반죽 밑으로 손가락을 넣어 반으로 접은 다음 그 상태에서 손뒤꿈치로 눌러주며 반죽하는 방법 말이다. 제이크가 왜 치대기를 좋아하는지 알 것 같았다. 치대기의 리듬에 맞춰가다 보니 마음이 차분해지는 효과가 있었다. 그렇게 정성껏 치대다 보니 어느새 반죽은 부드러운 공 모양이 됐다.

우리는 매끄럽고 탱탱해진 반죽을 우묵한 그릇에 옮겨 담았다. 그러고는 디저트를 만드는 사이 그대로 부풀도록 놔뒀다. 제이크는 오늘의 디저트를 박하 맛 아이싱(케이크 따위의 표면에 바르는 장식용 당의-역주)을 곁들인 초콜릿 브라우니로 정했다. 그렇게 제이크가 초콜릿과 버터를 녹이는 동안, 난 정제 설탕과 우유를 소량의 페퍼민트 추출물과 함께 섞었다. 잠시 후 우리는 브라우니를 오븐에 넣었다. 그리고 오트밀 허니 반죽을 가져다가 여섯 덩이로 나눈 뒤 기름 두른 브레드 팬(오븐에 쓰는 제빵 틀-역주)에 올려놓았다.

오븐에서 브라우니를 꺼내는 동안, 두 번째로 반죽이 부풀도록 놔두었다. 브라우니가 식자 그 위에 아이싱을 뿌렸다. 이어 한바탕 설거지를 마친 후 빵을 오븐에 넣었다. 이제 말끔해진 주방에서 제이크와 나는 앉을 채비를 했다. 휴식 시간 전에 무스가 어떻게 지내는지 보려고 밖으로 나왔다. 무스는 현관 지붕 밑에서 깊이 잠들어 있었다. 간만에 낮잠 잘 기회를 얻은 눈치다. 나는 녀석을 부드럽게 쓰다듬은 뒤 다시 발끝으로 살금살금 걸어 안으로 들어갔다.

제이크가 안내데스크에 도움이 필요한 손님들이 누를 수 있도록 작은 벨을 내놓은 뒤 우리는 2층의 직원 숙소로 향했다.

계단 꼭대기에 이르자 어둡고 작은 층계참이 나왔다. 거기서 우리는 몸을 구부려 호빗(영국의 작가 J.R.R. 톨킨의 소설 『반지의 제왕』에 등장하는 가상의 소인족-역주) 크기의 출입구를 통해 직원실로 들어갔다. 직원실은 손님 출입이 금지된 곳이었다. 현재 직원과 과거 직원의 흔적이 공존하는 이 채광 좋은 방에 들어서자 마치 귀빈이라도 된 느낌이 들었다. 바로 방 안 곳곳에 놓인 손 메모며, 해 질 녘 오두막 지붕 위 물구나무서기 사진, 스케이트를 탄 코끼리 사진, 유니콘을 탄 광대 그림, 얼굴 주변으로 여기저기 분홍색 하트가 그려진 '한 솔로(영화 〈스타워즈〉 시리즈에 등장하는 가공의 인물-역주)' 포스터 그리고 오래된 도로 표지판들 때문이었다. 뭐랄까, 이것들은 하나같이 직원들이 수년간 만들어낸 셀 수 없는 이야기의 흔적이 담긴 물건 같았다.

제이크가 『캘빈과 홉스』 만화책을 들고 오더니 방 안의 다섯 개 침대 중 하나, 그러니까 이층 침대의 위 칸에 자리를 잡왔다. 방의 중앙을 보니 해먹도 있어 난 거기에 몸을 맡겼다.

문득 루카스도 이 해먹을 좋아했을 것 같다는 생각이 들었다. 아마 루카스였다면 한 솔로 얼굴 주변에 그려진 분홍색 하트를 시작으로 끝도 없이 질문해댔을 것이다. 난 제이크에게 〈스타워즈〉 포스터에 관해 묻기 시작했다. 그때 뭔가 다른 물건이 눈에 들어왔다.

"이게 뭐예요?" 여러 개의 숟가락이 든 컵을 가리키며 내가 물었다. 그 컵은 아래층 식당을 향해 나 있는 창문 아래쪽에 놓여 있었고, 컵 손잡이엔 몇 가닥의 낚싯줄이 감겨 있었다.

만화책을 보던 제이크가 날 올려다봤다. "아, 그거? 그건 일종의 부비트랩(건들거나 들어 올리면 폭발하도록 임시로 만든 장치-역주)이야. 야습夜襲이라고 들어본 적 있니?"

나는 고개를 가로저었다.

"야습은 모두가 잠든 한밤중 또 다른 오두막에 잠입해서 잡히지 않고 가급적 많은 특별한 물건들을 훔쳐내오던 전통이야. 보통 오두막의 식당들을 보면, 직원들이 수년간 모아둔 물건들과 벽에 걸어둔 장식용 물건들이 보이거든. 대부분은 도로 표지판이지. 그런데 어떤 물건들은 사람들이 유독 탐을 내서 훔치기 더 어렵게 하려고 부비트랩을 설치하는 경우가 많아."

"예를 들면요?"

"글쎄, 1950년대와 1960년대 그렇게 급습당할 만한 물건은 버려진 벌목장에서 밀반출된 사람의 두개골이었어. 1969년 세스나 비행기가 마운트 워싱턴에 충돌했을 땐 비행기의 앞쪽 프로펠러를 오두막에서 입수했는데 몇 년 전 사라져버렸지."

제이크가 턱을 긁적였다. "비키라고 불리던 박제된 분홍색 보아뱀도 있었어. 럿거스 대학에서 입수한 확성기도 있었고." 그러고는 컵을 향해 고개를 끄덕이며 이렇게 말했다. "저 컵 손잡이에 감긴 낚싯줄이 어디로 연결돼 있는지 한번 보고 말해볼래."

나는 그 컵을 살펴보기 위해 해먹에서 폴짝 뛰어내렸다. 제이크가 말한 낚싯줄은 거의 잘 보이지 않았다. 하지만 컵 손잡이에 감긴 낚싯줄을 따라 창문 바깥쪽까지 살펴보니 낚싯줄은 아래층으로 난 창문을 통해 주방 벽에 걸린 닳고 닳은 노의 손잡이에까지 닿아 있었다. "노요?"

"맞아. 저 노는 특별한 물건 중 하나지. 1970년대 올림픽 경기 때 사용된 물건이거든. 지금은 오두막에서 급습당할 만한 물건 중 가장 값진 것이지. 누군가 이 노를 아래층 주방 벽에서 내리려고 한다면, 노에 연결된 낚싯줄 때문에 컵이 엎질러지면서 숟가락이 와장창 쏟아질 거고, 그 소리에 우리는 잠을 깨게 될 거야. 게다가 그 노는 뒤쪽에도 숟가락들이 숨겨져 있지. 그래서 행여 낚싯줄이 끊어지는 경우가 생기더라도, 조금이라도 노가 움직이는 날엔 여전히 숟가락이 와장창 쏟아질 거야." 제이크가 이를 드러내며 싱긋 웃었다. "가끔씩 손님들이 떨어지는 숟가락에 맞기도 하지만, 이런 처방을 하는 이유를 설명하면 보통 이해해주시지."

제이크는 다시 만화책을 보러 갔고, 나는 해먹으로 돌아와 이불을 뒤집어썼다. 그렇게 아래 주방에서 풍기는 빵 굽는 냄새와 식어가는 브라우니 냄새를 맡으며 난 잠이 들었다.

17

"맙소사, 급습이라니!!!"

숟가락이 달가닥거리는 소리와 누군가 주방에서 외치는 소리에 잠에서 깼다. 내가 해먹에서 굴러떨어지기 전에 이미 제이크는 직원실 문 쪽으로 달려가 쿵쾅거리며 계단을 내려가는 중이었다. 맙소사, 부비트랩용 컵이 제자리에 보이지 않았다. 난 창문 쪽으로 달려갔다. 창문이 바깥으로 당겨진 채 부서져 있었고, 숟가락은 아래층 식당 바닥에 나동그라져 있었다.

창문을 통해 보니 뾰족뾰족한 파란색 머리카락에 홀치기 염색(1960년대 미국 히피들이 처음 소개한 염색법으로 흰 천을 실로 묶은 뒤 그 부분에 염료가 침투하지 못하도록 하여 방염하는 방법-역주) 스타일의 티셔츠를 입은 남자가 스위스 군용 칼로 컵의 손잡이에 감긴 낚싯줄을 자르고 있었다. 갈색 머리카락을 하나로 질끈 묶은 여자는 노의 주걱 부분을 잡고 있었다. 또 레게머리를 한 남자는 식당 벤치에 올라 벽에서 정신없이 주차금지 표지판을 떼고 있었다.

심장이 방망이질 쳐오며 숨이 턱 밑까지 차올랐다. 얼른 그쪽으로 달려가 습격한 무리와 맞붙고 싶었다. 하지만 노를 끌어내리는 자들은 나보다 큰 데다 강단 있어 보였다. 아, 무력감이 밀려왔다. 괜히 무리에게 덤볐다간 순식간에 벌레처럼 으스러질 게 뻔했다.

그때 거칠게 항의하며 소리치는 제이크의 모습이 보였다. 제이크는 노의 한가운데를 잡고 주방 테이블로 뛰어올라 노를 온몸으로 감싸 안았다. "너한테 뺏길 순 없어, 피트." 제이크가 소리쳤다.

"잘 있었어, 제이크!" 푸른색 머리카락의 남자가 쾌활하게 말했다. "아무래도 노는 내 차지가 될 것 같은데. 해나, 위층에 또 누가 있는지 둘러봐. 제이크만 있는 게 맞는지 확인해야 해."

말총머리를 한 소녀가 고개를 끄덕였다. 당황한 나는 창문에서 얼른 몸을 수그렸다. 그러고는 계단을 올라오는 발소리에 귀 기울이며 이층 침대 밑으로 기어들어갔다. 나는 얼굴을 찡그린 채 가급적 쥐 죽은 듯 있으려고 노력했다.

출입구 쪽으로 노란색 형광 운동화가 시야에 들어왔다. 여자가 회색 양모 양말 아래 작은 리본 모양으로 운동화 끈을 매는데 운동화 끈에 묻은 진흙과 흙 얼룩이 눈에 띈다. 이제 운동화는 방 안으로 들어와 이층 침대로 다가갔다. 그야말로 운동화는 엎어지면 코 닿을 거리에 있다. 맙소사, 심장이 잭래빗(길고 강한 뒷다리로 시속 72킬로미터의 최고 속도를 내는 북미산 토끼-역주)처럼 엄청난 속도로 방망이질 친다. 틀림없이 내 심장 소리는 나무 마루를 타고 여자에게 전달될 터였다.

"피트, 위엔 아무도 없어!" 해나가 창문에서 아래쪽으로 소리쳤다.

형광 운동화를 신은 여자가 방을 한 바퀴 더 돌아본 뒤 나가고 나서야 난 마침내 참았던 숨을 내쉬었다. 곧이어 나는 꿈틀거리며 침대 밑에서 나와 얼른 창문을 통해 상황을 살펴보았다.

"조지, 덕트 테이프 좀 가져와!" 피트가 노를 붙든 제이크를 떼어내려고 갖은 애를 쓰며 겁에 질린 조지에게 윽박질렀다. 조지가 해나에게 덕트 테이프를 던진 후 피트에게 다가갔다.

두 건장한 남자가 제이크의 몸을 비틀어 노에서 떼어냈다. 처음에는 손을, 다음에는 팔을, 그다음엔 제이크의 다리와 발을 떼어냈다. 해나는 덕트 테이프를 들고 기다리는 중이었다. 제이크가 꼼짝 못 할 때까지 해나가 그의 손과 발목에 덕트 테이프를 감는 동안 두 남자는 제이크를 붙들고 있었다. 피트가 거침없는 손놀림으로 마지막 남은 테이프를 뜯어 제이크의 입을 막았다.

일단 제이크를 묶고 나자 피트, 해나, 조지는 아주 대놓고 볼트를 풀고 못을 뽑아대며 식당 벽이 거의 텅 빌 정도로 온갖 장식을 뜯어냈다. 그러고는 획득한 표지판들을 쌓아놓고 자신들이 가져온 목재 팩보드(나무틀이나 금속틀을 천으로 씌운 일종의 지게-역주)에 끈으로 고정한 뒤 현관으로 가져갔다.

피트가 이번에는 노를 들어 긴 노끈으로 팩보드에 단단히 묶었다. 그런 다음 행여 풀릴세라 공들여 고리를 만든 뒤 그 안으로 노끈의 다른 쪽 끝을 통과시켜 매듭을 지었다. 이어 노에다 대고 과장되게 '음하' 하며 키스를 한 뒤 경건하게 노를 현관으로 옮겨놓았다. 이윽고 돌아온 피트가 입맛을 다시며 말했다. "간식 먹을 사람?"

피트와 다른 두 명의 습격 대원이 아래쪽 주방으로 사라졌다. 잠시 후 표지판과 노 외에도 더 빼앗을 게 없나 하고 이리저리 뒤져대는 소리가 들려왔다.

제이크는 지금 식탁 위에 묶여 있는 상태다. 위쪽에서 날 발견한 제이크가 고개를 약간 기울여 잠시 현관을 쳐다보더니 재빨리 내게로 시선을 돌렸다.

나는 제이크가 뭘 원하는지 알았다. 하지만 막상 그걸 생각하자니 두려웠다. 숲은 내가 다룰 수 있었다. 하지만 사람들을 다룰 수 있을지는 미지수다. 특히 두려울 거 하나 없는 저 몸 좋고 우악스러운 대학생들에게 잡히는 날엔 그길로 끝장이 날지도 모른다.

이봐, 토우. 겁쟁이처럼 굴지 마. 루카스의 목소리가 들려왔다. 루카스가 또다시 내 머릿속에서 말하고 있었다.

나는 심호흡을 한 뒤 직원실을 둘러보았다. 라디오 옆 테이블을 보니 아가리가 넓은 식품 저장용 유리병에 검은색 유성 매직 및 펜과 함께 분홍색 가위가 꽂혀 있었다. 나는 그 가위를 집어 들어 주머니에 넣었다. 너무 떨려 하마터면 가위에 손이 찔릴 뻔했다.

직원실엔 뒷마당 쪽으로 난 좁은 철제 통로로 이어지는 문이 하나 있었다. 나는 그 문을 조용히 열어 살금살금 발끝으로 통과했다. 일단 문을 통과하니 바로 아래쪽에 주방 창문이 열려 있는 게 보이고 무언가를 오도독 씹으며 웃고 있는 피트의 소리가 들려왔다. 나는 통로 끝에 이르러 시계 반대 방향으로 크게 원을 돈 뒤 오두막 앞쪽에 도달했다.

나는 식당 창문 아래로 몸을 굽힌 뒤 손과 무릎으로 바닥을 짚어가며 한쪽 현관에 놓인 팩보드로 기어갔다. 현관의 양쪽 문은 활짝 열려 있었고 앞쪽 식탁으로 제이크가 묶여 있는 게 보였다. 제이크가 눈짓을 보냈고, 난 재빨리 고개를 끄덕여 화답했다.

난 가급적 찍소리도 내지 않은 채 팩보드에 노를 고정해둔 노끈을 자르기 시작했다. 노끈을 자르는 손이 미친 듯이 떨려왔다. 피트가 매듭까지 지어가며 워낙 여러 번 묶은 탓에 다목적 큰 가위로 노끈을 완전히 잘라낼 때까진 여러 번의 가위질이 필요했다.

"어이, 제이크, 크래커 좀 줄까?" 그 목소리는 마치 바로 옆에 있는 듯 가깝게 들렸다.

고개를 들어 현관 안쪽을 보자, 조지가 제이크 앞에 서서 트리스킷 과자 상자를 들고 있었다. 아뿔싸! 거기서 조지가 왼쪽으로 고개를 틀면 출입구 사이에서 날 볼 수도 있는 상황이었다. 이 오두막에서 가장 귀중한 습격품인 '노' 위에 웅크리고 있는 열두 살짜리 아이를 말이다.

조지가 제이크 입을 막아뒀던 덕트 테이프를 뜯어냈다. 그러고는 크래커 하나를 꺼내 제이크의 입 쪽으로 내리꽂는 제스처를 취했다. 이어 급강하폭격기 소리를 내더니 이내 크래커를 왼쪽으로 꺾었다.

"이봐, 저 수프도 좀 젓고 빵도 좀 꺼내줄 수 있겠어?" 제이크가 물었다.

"그럼, 물론이지." 그러자 다시 중앙으로 방향을 튼 크래커가 제이크의 입속으로 쏙 들어갔다. 조지가 트리스킷을 한움큼 입에 넣더니 오도독오도독 씹으며 유유히 주방으로 사라졌다.

나는 노의 중앙에 두 손을 슬쩍 얹은 뒤 노를 들어 올렸다. 노의 주걱 부분은 예상보다 무거웠다. 그러다 보니 바닥에서 5센티미터 들린 상태로 중심을 잃을 때마다 바닥을 쿵 찧어댔다.

난 움찔했다. 틀림없이 급습한 세 사람 중 하나가 내 인기척을 들은 것 같아서였다. 그로부터 속이 타들어가는 몇 초후, 다행히도 소리를 확인하러 나오는 사람은 없었다. 나는 노를 다른 손으로 바꿔 든 후 조용히 얕은 숨을 들이마셨다. 그러고는 노의 무게에 못 이겨 뒤뚱거리는 자세로 현관을 나섰다.

그때 현관에서 컹 하는 소리가 들려왔다. 무스가 꼬리를 흔들며 내 쪽으로 달려왔다. 아, 하필 이때 깰 게 뭐람.

"쉿." 무스를 진정시키려고 몸을 굽히다 하마터면 노를 땅에 박을 뻔했다. 나는 간신히 노를 추켜올려 균형을 잡은 뒤 무스에게 따라오라고 몸짓했다. 그렇게 오두막에서 한 20미터쯤 벗어났을까. 어디선가 고함치는 소리가 들려왔다. 기어이 들킨 모양이다.

나는 트레일을 벗어나 숲속으로 들어갔다. 그 와중에 노의 한쪽 끝이 흙바닥을 찍으면서 거의 흙이 입으로 들어갈 뻔했다. 나는 노의 무게에 균형을 잃고 엎어지면서 본의 아니게 무스의 앙상한 등으로 쓰러졌다. 녀석은 낑낑대면서도 내가 몸을 일으켜 세울 때까지 꼼짝하지 않았다.

나는 노가 삐끗할 때마다 홱홱 당겨가며 균형을 잡았다. 그렇게 무려 2.4미터나 되는 노를 들고 조심스레 나아갔다. 덕분에 온갖 덤불과 나무에 부딪힐망정 다시 바닥을 찍진 않았다.

약 90미터쯤 지나, 헐떡거리며 걸음을 멈추고서 노를 단풍나무에 기대둔 채 숨을 골랐다. 혹시나 날 추격해오는 소리가 들리지 않을까 기다려봤지만 아무도 오지 않았다. 나는 무스를 옆에 두고 바위에 앉아 좀 더 기다려봤다.

한 시간 후, 이 정도면 충분히 기다렸다는 확신이 들었다. 나는 노를 들고 트레일이 보이는 곳까지 다시 돌아온 후, 오래된 썩은 통나무 뒤에 노를 숨겨뒀다.

내가 오두막으로 돌아올 무렵, 현관 표지판은 이미 없어진 지 오래였다. 나는 무스에게 밖에 있으라고 말한 뒤 안으로 들어갔다. 제이크는 주방에서 0.5리터짜리 벤앤제리스의 청키 몽키 아이스크림(호두 퍼지 덩어리가 들어간 바나나 아이스크림-역주)에 숟가락을 찔러 넣고 있었다. 날 발견한 제이크가 소리

없이 활짝 웃었다. "노는 잘 챙겼어?"

나는 고개를 끄덕였다.

제이크가 소리 내어 웃었다. "우리를 습격한 그 그린리프 헛 직원들은 지금 엄청 열받아 있어. 노가 어디로 갔는지 도무지 알아내지 못했거든. 우리 오두막에 출몰하는 유령 도둑의 소행 같다는 내 말을 그대로 믿는 눈치더군."

오, 유령 도둑. 귀에 쏙 박히는 이름이었다. 어딘가 기발해 보였다.

제이크가 냉장고에 가서 두 번째 아이스크림을 꺼냈다. 이번에는 벤앤제리스의 피쉬 푸드 아이스크림(쫀득한 마시멜로 스월, 캐러멜 스월, 퍼지 피시가 들어 있는 초콜릿 아이스크림-역주)이었다. 마치 마시멜로 소용돌이에서 초콜릿 물고기가 헤엄쳐 다니는 것 같은 이 초콜릿 아이스크림은 내가 가장 좋아하는 아이스크림이었다.

제이크가 내게 아이스크림과 숟가락을 건넸다. "너도 먹어."

"어디서 난 거예요?"

"습격이 성공하든 못 하든, 급습당한 직원들에겐 위로의 표시를 건네는 게 전통이거든. 비록 빼앗긴 건 있지만, 오늘 우리는 벤앤제리스 아이스크림 두 통을 얻은 행운의 주인공들이지."

"아, 이게 바로 급습이란 거였군요." 할짝할짝 아이스크림을 먹어 치우면서 내가 말했다.

"응." 제이크가 숟가락을 핥으며 말했다. "사실 이건 야간 습격보다 더 위험해. 동료가 있었다면 그 급습 무리를 막을 수도 있었을 텐데." 제이크가 내 등을 툭툭 두드렸다. "그래도 우리는 노를 지켜냈잖아. 네가 있어서 기쁘다, 토니."

아이스크림을 다 먹은 뒤 나는 제이크에게 노를 숨겨둔 위치를 알려줬다. 우리는 그 노를 다시 벽에 고정하며 오후를 보냈다. 일을 마칠 무렵, 노는 허허벌판 식당 벽의 유일한 장식이 되었다. 그러나 그것만으로 족했다. 뿌듯함이 느껴졌다. 마침내 내가 해냈기 때문이다. 나는 제이크를 도왔고, 그 어떤 일도 망치지 않았다. 이젠 나도 누군가를 보호할 수 있다.

내 불운이 내게서 점점 멀어지는 느낌이 든다. 나는 안전하게 배낭 속에 넣어둔 앤디의 유리구슬을 떠올렸다. 다시 한번, 이 구슬이 효과를 발휘한 듯했다.

18

저녁이 되자 잠자리를 위해 제이크가 여분의 이층 침대로 날 안내했다. 나는 오두막을 둘러보았다. 거의 6시가 다 된 지금, 이곳에서 밤을 보낼 손님은 이미 모두 도착한 것 같다. 적어도 20명 이상이 식당 주변을 어슬렁대고 있었다. 너무 위험했다. 사람이 너무 많았다.

그렇다고 오늘 내 목적지였던 이든 판드 쉘터로 갈 수도 없었다. 거긴 여기서 8킬로미터나 되는 거리다. 다시는 어둠에 갇힌 상태로 텐트를 치고 싶지 않았다. 그러기엔 이미 비싼 교훈을 얻었다. "어두워지기 전에 어디 근처에 텐트 칠 만한 곳이 있을까요?" 제이크에게 물었다.

제이크가 고개를 끄덕였다. "트레일 바로 아래 은신처가 하나 있어. 일단 교차로에서 우회전하면 오른쪽에 보이기 시작할 거야. 거기서 몇십 미터만 더 들어가면 돼."

"감사해요. 오늘 하루는 거기서 묵으려고요." 내가 말했다. "이곳 이층 침대엔 코 고는 사람들이 너무 많아서요." 그냥 제이크에게 오두막에서 묵지 않으려는 진짜 이유를 말하고 싶진 않았다.

내가 떠나기 전에 제이크가 여분의 빵을 챙겨주었다. "조심해," 그러고는 주의의 말도 잊지 않았다. "내일은 푹푹 찔거야."

무스가 오두막의 바깥 계단에서 날 기다리고 있었다. 빵 몇 조각을 뜯어 무스에게 던져주며 내가 말했다. "자, 이제 가자, 무스."

가파른 바위로 이루어진 짧은 구간을 지나가니 바로 매끄럽고 평평한 길이 나타났다. 제이크 말대로 나는 교차로에서 우회전을 한 뒤 은신처를 찾기 시작했다. 제이크는 찾기 쉽다고 했지만, 나는 제법 헤매고 난 후에야 은신처로 통하는 좁은 덤불길을 찾아낼 수 있었다.

배낭을 내려놓고 스토브에 불을 붙인 후 두 박스의 애니즈 마카로니 앤 치즈를 요리했다. 무스도 먹으라고 바닥에 반 숟가락쯤 떠놓았는데 문득 이제부턴 무스에게 제대로 된 먹이를 줘야겠다는 생각이 들었다. 제대로 된 개 밥그릇도 함께. 게다가 진짜 도로를 건너야 할 때를 대비해 안전용 개 목 줄도 필요할 듯했다.

하지만 그럴 경우 내 배낭은 1킬로그램쯤 더 무거워질 것 이다. 더군다나 그건 예상보다 많은 돈을 쓴다는 얘기이므로 내 배낭 속 지폐 뭉치도 줄어든다는 뜻이다. 이젠 나뿐만 아 니라 무스를 위한 음식도 사야 하기에 돈 쓰는 데 더 신중해 야 할 듯싶다.

무스가 마카로니를 허겁지겁 삼키는 모습을 가만히 내려 다봤다. 녀석이 꾀죄죄한 얼굴로 날 올려다보더니 활짝 미소 짓는다. 암, 녀석은 먹을 자격이 충분하다.

순식간에 저녁을 먹어 치운 무스가 마카로니 냄비 옆에 앉 아 있는 내 쪽으로 다가와서는 내 다리 사이로 조심스럽게 코 를 들이민다. 나는 얼른 냄비를 들어 올린 뒤 녀석을 내려다 봤다. 녀석은 지금 발을 동동 구르며 꼬리를 흔들어대고 있 다. "아니, 내 저녁 식사는 안 돼." 나는 고개를 가로저으며 녀 석을 꾸짖었다.

그러자 갑자기 무스가 눈썹을 치켜올리더니 세상에서 가 장 불쌍한 강아지 같은 눈길을 보내는 것이다. 너무나도 사 랑스러운 그 눈빛이 결국 나를 무너뜨리고 말았다. "제법인 걸." 나는 배낭에 손을 넣어 남은 빵도 꺼냈다. 앞으론 음식을 빨리 먹어 치워야겠다는 생각이 들었다. 그래야 무스가 식사를 마쳤을 때 내 접시 역시 텅 빌 테니 무스에게 더 주고 싶은 유혹도 들지 않을 것 아닌가.

나는 남은 마카로니와 빵을 게 눈 감추듯 먹어 치운 뒤 지도를 꺼냈다. 다음 오두막은 여기서 20킬로미터쯤 떨어진 미즈파 스프링 헛Mizpah Spring Hut이다. 근처에 텐트를 칠 공간도 있어 내일 밤은 거기서 묵으면 될 듯하다.

20킬로미터라! 피식 웃음이 나왔다. 처음 출발했을 때만 해도 하루에 겨우 16킬로미터를 걸었다. 그때는 그 속도를 유지하는 것만도 기적이라고 여겼다. 그런데 거의 일주일이 지난 지금, 특히 어제 걸은 거리를 감안할 때, 이제 그 정도는 거뜬하다.

나는 숟가락에 묻은 마카로니 앤 치즈를 마지막까지 핥아 먹은 뒤 자리에서 일어났다. 그러고는 취사도구를 씻기 위해 근처의 작은 냇가로 내려갔다. 그런데 거의 다 끝나갈 때쯤 캠프장에서 개 짖는 소리가 들려왔다.

무스다! 무스가 위험하다.

나는 그릇들을 움켜쥐고 서둘러 캠프장으로 달려갔다. 무스는 웬 더러운 초록색 배낭을 멘 덩치 큰 털보 주변을 빙빙 돌고 있었다.

내 개한테서 떨어지라고 냅다 소리를 내지르려는 찰나, 남자가 무스 쪽으로 몸을 굽히더니 손을 내밀었다.

"착하지." 남자가 말했다. 남자의 목소리는 굵고 차분했다.

하지만 남자가 손을 뻗어 무스의 귀 뒤쪽을 부드럽게 긁는 순간에도 난 긴장을 늦추지 않았다. "안녕하세요." 내가 머뭇거리며 말했다.

남자가 올려다봤다. "네 개니?"

나는 고개를 끄덕였다. "무스, 진정해."

무스가 내 쪽으로 왔다. 나는 손을 뻗어 무스의 배를 긁어주었다. "착하지."

남자가 자세를 바로 했다. "오늘 밤 여기서 같이 야영해도 될까? 난 지금 스루 하이킹(장거리 트레일을 한 번에 완주하는 하이킹-역주) 중인데 오두막에선 묵지 않겠다고 하니까 이쪽을 알려주더구나."

"그럼요." 내 안에서 한바탕 흥분이 솟구쳤다. 나는 한 번도 진정한 스루 하이커를 만나본 적이 없었다. "전 토비예요." 나도 모르게 본명을 말해버렸다.

남자가 고개를 끄덕였다. "나는 윙잉 잇Wingin' It이야."

"윙잉 잇이요?"

"응, 내 트레일 이름이지. 시내에 갈 때면 치킨 윙을 즐겨 사 먹거든." 남자가 별일 아니라는 듯 어깨를 으쓱했다. "게다가 난 계획도 잘 안 세우지(윙잉 잇Wingin' It, 곧 윙잇Wing It은 '즉흥적으로 하다'라는 뜻의 숙어-역주)." 남자가 배낭을 내려놓으며 말을

이었다. "무례하긴 싫지만, 아무래도 배곯아 죽기 전에 먹을 걸 좀 만들어야겠다."

윙잉 잇이 저녁 식사를 만드는 동안 나는 돌투성이 바닥에 말뚝을 박아 텐트를 쳤다. 슬리핑 패드를 깔고 그 위에 침낭을 폭신하게 부풀린 다음 모든 음식을 곰 가방에 넣은 뒤 그 가방을 걸어둘 곳을 찾으러 나설 채비를 했다. 윙잉 잇의 옆을 지나가면서 보니 그는 저녁거리로 라면을 한가득 끓이고 있었다. 쓰레기 봉지엔 동그랗게 말린 빈 라면 봉지 네 개가 눈에 띄었다.

죽은 통나무에 기대앉아 라면을 먹고 있던 윙잉 잇이 말했다. "앉아서 잡담이나 하자꾸나."

루카스였다면 벌써 엄청난 질문 공세로 윙윙 잇을 난처하게 했을 것이다. 이를테면 이런 질문들 말이다. 전체 트레일은 어떤가요? 가장 좋았던 점은요? 거의 포기한 적도 있나요? 그랬다면 거긴 어디고 이유는 뭐죠?

하지만 난 루카스가 아니었다. 난 나였다. 그러니까 질문하는 아이 뒤에 서 있곤 하는 그런 아이 말이다.

망설임 끝에 겨우 '이제 막 곰 가방을 걸어두고 잠을 청하려 해요'라고 말하려는데 무스가 윙잉 잇에게 다가가 털썩 그 옆에 주저앉았다. 그러고는 치명적일 만큼의 그 사랑스러운 강아지 눈길을 보냈다.

윙잉 잇이 라면 한 가닥을 집어 무스에게 내밀었다. 그러자 무스가 코로 낚아채서는 라면을 핥아 먹었다.

나는 한숨을 쉬었다. 녀석이 곰살맞게 군다는데 뭐, 까짓거 나도 그래보련다. 윙잉 잇이 김이 폴폴 나는 라면을 게걸스럽게 먹어 치울 무렵, 나는 윙잉 잇이 기대앉은 통나무에 나란히 앉아 그를 쳐다봤다. 그의 먹는 속도는 무스보다 빨랐다. 윙잉 잇은 라면 건더기를 다 먹고 국물까지 후루룩 들이마신 후 트림을 했다. "잘 먹었다!" 그가 안도의 한숨을 내쉬었다. "매일같이 몇 킬로미터를 걷다 보면 배를 채울 방법이 전혀 없거든. 그래서 늘 죽도록 허기진 상태가 되지."

"가장 허기졌던 때가 언제인데요?" 내가 물었다.

윙잉 잇이 사색에 잠긴 듯한 눈으로 날 빤히 쳐다보았다. "이제 다 옛날이야기가 돼버렸네." 남자가 천천히 말했다. "디저트를 좀 주면 다 말해줄게."

나는 곰 가방을 뒤져 스니커즈 바 두 개를 꺼냈다. 윙잉 잇이 장난기 하나 없는 숙연한 얼굴로 스니커즈 바를 받아든다. 그리고 그중 하나의 포장지를 뜯어 한입 베어 물고는 감탄하며 오물오물 씹어 먹는다. 그렇게 손가락에 묻은 초콜릿까지 쪽쪽 핥아 먹은 후에야 윙잉 잇은 이야기할 준비를 마쳤다.

19

"몇 주 전 버몬트주에서 트레일을 걷고 있었어. 두서너 개의 시골길을 가로지르는 트레일이었는데 주유소나 편의점은 눈 씻고 찾아봐도 없었지. 그런데 글쎄 먹을 걸 다시 채울 겨를도 없이 사흘이 훌쩍 지나버린 거야."

"당시 난 아스닉이라고 하는 또 한 명의 스루 하이커와 동행하고 있었어. 아스닉을 처음 만난 건 뉴욕주 경계선을 지난 직후 코네티컷에서였어. 둘 다 같은 속도로 걷다 보니 거의 2주 동안 동행하게 됐고, 버몬트주에서도 같이 사흘을 나게 됐지."

"내가 딱히 아스닉을 좋아했던 건 아냐. 아스닉은 자기 물품이 차고 넘치는데도 늘 다른 하이커들에게서 담배와 음식을 거저 얻고 다녔거든. 게다가 뭐랄까 따스한 봄날의 파랑새 같은 그런 친구도 아니었어. 어딘가 거친 면이 있었거든. 아스닉은 군인이었는데 과거의 안 좋은 기억에 시달리는 듯했어. 그러니까 아프가니스탄에 세 번 참전한 후 분노와 상처를 안고 돌아와 트레일에 나선 거였거든."

"아스닉과 함께 하이킹을 하는 동안 나는 인간끼리 행하는 어처구니없는 일에 대한 불평을 한 시간 내내 들어야 했어. 처음에는 그 이야기를 듣고 아스닉이 좀 두려워졌지. 그의 말대로라면 결국 아스닉도 전쟁에서 사람을 쏴본 자니까. 하지만 난 갈수록 아스닉이 인간의 어두운 면을 관찰하거나 가담하는 데 별 관심이 없다는 걸 깨달았어. 오히려 아스닉은 얼떨결에 그런 일에 가담해야 했던 자신의 과거에 화가 나 있었지."

"버몬트주에 있던 첫날, 우리는 마지막 마을을 출발해 한 치의 지연도 없이 37킬로미터를 이동한 후 텐트를 쳤지. 그때 한 쉘터에 다다랐는데 개미 새끼 한 마리 없이 조용하더군. 이미 트레일을 하기엔 너무 늦은 시간이었던 거지. 우리가 도착한 저녁 7시경엔 이미 지평선 너머로 해가 지고 있었거든."

"우리는 저녁 식사용으로 각자 라면 세 봉지를 쉘터 안에 둔 뒤 남은 음식을 걸어놓으러 나갔어."

"그러니까 간단한 곰 가방을 만들고자 너도밤나무의 높은 가지에 로프를 던진 후 아래로 내려온 로프의 한쪽 끝에 음식 자루를 묶은 다음 막 위로 끌어올리던 참이었지. 그런데 바로 그때 어두운 숲속에서 어떤 형체가 나오는 거야. 텁수룩한 검은 털로 뒤덮인 아주 거대한 형체였지."

"곰이군요." 내가 속삭이듯 말했다. 지난밤 무스와 내가 만난 곰처럼 그런 우스꽝스러운 녀석 말고 진짜 무시무시한 곰 말이다.

윙잉 잇이 고개를 끄덕였다. "그냥 곰도 아니고 굶주린 곰이었지." 윙잉 잇이 물병을 집어 든 후 물을 벌컥벌컥 들이마셨다. "발톱과 이빨을 지닌 야생 육식동물과의 대면이었지. 그 순간 나 또한 놈의 희생양이 되리라는 걸 깨닫는 건 여간 두려운 일이 아니었어."

"그때 음식 자루는 입구가 벌어진 채 바닥에 나동그라져 있었고, 거대한 검은 곰은 육중한 덩치로 느릿느릿 다가오고 있었지. 그 모습에 놀란 아스닉은 도망쳐버렸고, 나는 자루에 묶어둔 로프를 잡고 있는 중이었지. 난 결정을 내려야 했어. 달아나서 우리의 식량을 곰의 먹이로 내어줄지, 아니면 겁을 주어 곰을 쫓아버릴지 말이야."

"그래서 어떻게 하셨어요?" 내가 물었다. 나라면 어땠을지 뻔하다. 아마 미친 듯이 달아났을 것이다.

윙잉 잇이 천천히 눈을 깜빡이며 그때의 상황을 떠올렸다. "난 로프를 손에서 놓은 뒤 발길을 돌려 쉘터로 조심조심 걸어갔지. 아스닉도 거기에 있더군. 우리는 녀석이 우리의 음식 자루를 갈가리 찢어놓고, 우리의 근사한 저녁거리로 보란 듯이 자기 배를 채우고 있는 걸 잠자코 지켜볼 수밖에 없었어. 그렇게 녀석은 코를 킁킁대며 한 톨도 남김없이 남은 부스러기까지 전부 해치웠지. 그 후 식사를 마친 녀석은 이제 흥미를 잃은 듯 끙 앓는 소리를 내고는 다시 어두운 숲으로 기어들어갔어."

"좀 정신을 차린 뒤 우리는 그 아수라장 현장에서 눈길을 돌려 뒤쪽의 쉘터를 쳐다봤지. 그런데 또 거기엔 줄무늬 다람쥐 같기도 하고 쥐 같기도 한 것들이 쉘터 안 라면 쪽에 모여 라면을 봉지째 갉아먹고 있었고, 덕분에 쉘터의 나무 바닥엔 쪼개진 라면 부스러기투성이였지."

"그날 밤 아스닉과 나는 깨진 라면 부스러기들을 냄비에 쓸어 담아 반은 음식 맛, 반은 흙 맛이 나는 요리로 비참한 저녁 식사를 했지. 그러고는 앞으로 어떻게 먹을 걸 구해야 할지 결정해야 했어. 그러니까 기존 여정에 약 40.2킬로미터를 더해 왔던 길로 되돌아갈지, 아니면 누군가 여분의 음식을 나눠줄 거라 믿으며 가던 길을 계속 갈지를 말이야."

저녁을 먹었는데도 너무 적게 먹어가며 한참을 걸어왔다

는 생각에 배가 꼬르륵거렸다. "그래서 어떻게 하셨어요?" 내가 다시 물었다.

"아스닉과 나는 서로 다른 결정을 내렸지. 아스닉은 우리가 사람들을 마주친다 해도 먹을 걸 얻지 못할 거라고 확신했어. 그래서 아스닉은 되돌아가기로 결심했지. 솔직히 말해 이런 비관주의가 더 현실적이긴 했어. 하지만 난 어떻게든 살아나갈 수 있을 거란 믿음이 있었지."

윙잉 잇이 물을 한 모금 더 마셨다. "다음 날 아침 우리는 서로 작별 인사를 하고 헤어졌어. 그런데 오후 중반이 되자 아스닉이 옳았다는 생각이 들기 시작하더군. 그러다 결국 해질 무렵엔 그가 옳았다는 걸 확신하게 됐지. 당시 난 도로를 횡단하면서 마을로 가는 차를 얻어 타기 위해 네 시간을 기다렸어. 차 두어 대가 지나가긴 했지만 아무도 태워주지 않아 계속 걸어갔지. 그렇게 그날 무려 31킬로미터를 걷는 동안 단 한 사람도 만나지 못했어. 게다가 그때 먹을 거라곤 약 19킬로미터 지점에서 발견한 허쉬 바 포장지 안쪽의 초콜릿 자국이 전부였지."

"그런데 그날 밤엔 꽃샘추위까지 몰려와 난 젖은 개마냥 침낭 안에서 와들와들 떨어야 했지. 체온을 유지할 충분한 칼로리를 섭취하지 못했던 거야. 새벽이 되자 오한까지 겹치며 몸이 사정없이 떨려오는 바람에 그야말로 간신히 설 수 있는 상태였지."

"그렇게 19킬로미터 남짓을 더 가니 마침내 끝이 찾아오더군. 비틀비틀 걷다가 결국 쓰러지고 만 거야. 다시 일어설 기력이 아예 소진돼버렸지. 난 트레일 옆 나무 쪽으로 몸을 끌고 가서 앉았어. 그러고는 기다렸지."

"그렇게 여섯 시간을 그곳에 있었어. 어찌나 녹초가 됐던지 귓가에서 파리들이 윙윙거리고, 모기들이 피를 쪽쪽 빨아대는데도 손으로 때릴 힘조차 없었지. 그런데 해가 질 무렵 누군가 내 쪽으로 걸어오는 소리가 들렸어. 나는 목을 가다듬고 도움을 청하기 시작했지. 그런데 그때 대답한 사람의 목소리는 어딘가 익숙하면서도 짜증이 묻어나는 목소리였어. 바로 아스닉이었지."

"아스닉은 일단 배낭에 먹을 걸 채운 뒤 차를 얻어 타고 고속도로까지 갔다고 하더군. 그런 다음 갖은 고생 끝에 우리가 곰을 만났던 쉘터로 돌아온 뒤 거기서부터 날 찾기 위한 하이킹을 시작했지. 날 발견하고서 아스닉은 내가 바보였단 걸 입증할 만큼 중얼중얼 온갖 험담을 늘어놓았어. 그러면서 마치 입 벌린 아기새에게 먹이라도 주듯 계속 내 입에 초콜릿 조각들을 넣어주었지."

"한 시간 후 나는 기운을 차리고 일어나 텐트 치는 일을 도울 수 있었어. 하지만 일주일 뒤 상황이 역전되었지. 허허벌

판에서 부러진 발목으로 절뚝거리며 10킬로미터 이상을 기댄 사람은 바로 아스닉이었거든."

잠시 적막이 흘렀다. 윙잉 잇이 다시 물병을 기울여 마지막 한 모금까지 다 마신 후 내 쪽으로 몸을 돌려 말했다. "후식 잘 먹었다."

"이야기 들려주셔서 감사해요." 윙잉 잇에게 말한 후 나도 그만 자리에서 일어났다. 이제 밖은 완연한 어두움이 깔렸고, 내일도 고된 일정이 우리를 기다리고 있었다. 나는 윙잉 잇에게 밤 인사를 한 뒤 곰 가방을 걸어놓을 나무를 찾으러 나갔다.

그날 밤 난 한 무리의 굶주린 곰들이 발톱을 세우고 입을 벌린 채 날 쫓아오는 꿈을 꿨다. 다음 날 아침 일어나 보니 윙잉 잇은 이미 배낭을 싸서 떠났고, 트레일엔 다시 무스와 나만 남았다.

20

제이크의 말이 옳았다. 며칠 전엔 하이킹을 그만둬야 할 만큼 매서운 비바람이 불어오더니, 오늘은 푹푹 찌는 공기가 뜨겁고 축축한 혀처럼 날 에워쌌다. 여름날의 푸른 잎이 땅으로부터 솟아오르는 열기 속에서 아지랑이처럼 일렁거렸다. 이곳은 바람도 한 점 없다. 힘겹게 나아갈수록 눈꺼풀이 늘어지고 발이 나른해졌다.

무스는 나보다 앞서 출발했지만, 머지않아 더운 열기는 녀석에게도 전달됐다. 이제 녀석의 속도는 내 느려터진 달팽이 걸음걸이와 맞먹었다. 한낮까지 우리는 11킬로미터에 달하는 언덕투성이 트레일을 완주했고, 이제 계곡의 반대편에 도전하기 위해 302번 도로를 건넜다. 여기서부턴 경사가 가팔라져 열기는 물론 중력과도 씨름을 했다. 이제 내 눈엔 내 발과 그 앞의 흙먼지 외엔 아무것도 보이지 않는다. 한 발. 한 발. 한 발. 터벅. 터벅. 터벅.

손바닥이 땀으로 반들거렸다. 지금 내 몸은 아주 뜨거웠다. 구운 피자보다 뜨거웠다. 햇볕에 달구어진 선인장보다 뜨거웠다. 폭발하는 베수비오 산(이탈리아 나폴리 인근에 있는 화산-역주)보다 뜨거웠다.

더위는 가시지 않았다. 이마의 땀을 닦고 앞에 펼쳐진 트레일을 쳐다보니 그곳도 뜨거운 열기로 일렁거리는 중이다. 앞쪽으로 반들반들한 바위 하나가 보인다. 지금은 온통 그 위에 드러누워 자고 싶은 생각뿐이다.

계속해. 거의 다 왔어, 토우. 머릿속에서 루카스의 목소리가 들려왔다. 루카스가 내게 뭘 해야 할지를 다시금 알려주었다.

나는 지도를 확인했다. 미즈파 스프링 헛 근처의 텐트사이트까지는 아직도 8킬로미터나 남아 있다. 찌는 열기에도 몸이 바들바들 떨려왔다. 루카스의 말은 틀렸다. 그때처럼.

그때 우리는 버킷리스트에서 다섯 번째 항목을 수행하는 중이었다.

이미 두 번째 항목인 벌레 먹기는 마친 상태였다. 사실 이 항목은 당시까지만 해도 가장 이행하기 힘든 목록이라고 생각했다. 낚시 여행을 떠난 다음 날, 나는 아침 일찍 루카스네 뒷마당으로 갔다. 풀이 아직 이슬에 젖어 있을 무렵 벌레를 잡을 심산이었다. 사실 난 벌레 생각만 해도 구역질이 났다. 그만큼 벌레가 혀에 닿자마자 토해내지 않으리란 확신은 없었다.

내가 도착했을 때 루카스는 온몸을 휘감고도 남을 주방장용 앞치마와 부풀린 하얀색 모자를 착용하고 있었다. "이번 벌레는 여태 먹어본 중 가장 맛있는 벌레가 될 거야!" 루카스가 이렇게 말하고는 내게 양동이와 삽을 건넸다. "가서 땅을 파 벌레를 잡아 와. 나머지는 나한테 맡기고."

나는 밖으로 나가 부드러운 흙 속에 삽을 꽂았다. 삽을 꺼내자 흙덩어리 속엔 적어도 예닐곱 마리의 벌레가 꿈틀대고 있었다. 나는 서둘러 벌레들을 양동이 안에 떨어뜨린 후 배가 뒤틀릴 것 같은 역겨움을 억누르며 다시 주방으로 뛰어 들어갔다.

루카스가 양동이를 가져왔다. 그러고는 요란을 떨어대며 벌레를 씻은 다음 네모난 종이 수건으로 정성스레 말렸다. 이어 주철 프라이팬에 버터 한 덩이를 녹이더니 양동이 안에서 꿈틀대는 벌레들을 프라이팬에 던져 튀기기 시작했다. 난 벌레의 냄새와 뜨거운 버터의 지글대는 소리를 무시하려고 안간힘을 썼다. 루카스는 그런 날 쳐다보며 미친 사람처럼 웃어 댔다.

나는 프라이팬에 축 늘어진 채 비틀려 있는 벌레들을 보며 하마터면 포기할 뻔했다. 하지만 루카스는 내게 그 벌레들을 먹일 정확한 방법을 알고 있었다. 먼저 루카스는 두 개의 작고 둥글납작한 빵을 노릇노릇하게 구웠다. 그러고는 프라이팬에 버터를 좀 더 넣어 구운 벌레들을 흠뻑 적신 후 각 빵에 올려놓았다. 마지막으로 루카스는 하인즈 케첩 병과 프렌치즈 겨자 병을 꺼내 벌레들이 거의 안 보일 때까지 케첩과 밝은 노란색 겨자를 빵 위에 짜냈다. 그렇게 우리는 루카스의 집 현관 계단에 앉아 살은 없어도 쫀득쫀득한 소시지 같은 벌레들을 먹어 치웠다.

벌레 맛은 나쁘지 않았다.

세 번째 항목은 영화관에서 하루 종일 보내기였다. 우리는 이 항목을 이행하기 위해 오전 10시에 상영하는 영화표를 샀다. 그러고는 그 표 한 장으로 배 속이 팝콘으로 가득 차 출렁일 만큼 열 시간 내내 영화 다섯 편을 내리 관람했다.

네 번째 항목인 나무 위에 집짓기는 이미 허물어진 오래된 헛간의 나무 조각을 이용해 집을 지었고, 루카스의 아빠가 못질을 도와주었다. 그때 우리는 곧 무너질 듯한 나무집에서 오후 내내 카드놀이를 하고 만화책을 읽으며 보냈다. 물론 삐걱대는 판자가 무너질 경우를 대비해 로프 사다리를 급히 타고 내려갈 만반의 준비도 갖췄다.

마침내 다섯 번째 항목인 블루베리 따기를 할 차례가 다가 왔다. 나무집을 지은 지 두 주 후, 우리는 7.6리터짜리 금속 양동이를 들고 블루베리를 찾아 동네 산으로 올라갔다.

늘 그렇듯 루카스가 앞장섰다. 루카스는 지난해 자기 아빠 가 알려준 일급 비밀의 블루베리 장소를 내게 보여주고 싶어 했다.

우리는 몇 시간에 걸쳐 산을 오른 뒤 마침내 정오가 되어 그 민둥산의 꼭대기에 도착했다. 그곳은 온통 블루베리 덤불 로 뒤덮여 있었지만 그중 상당수는 이미 뽑힌 상태였다. 그 산은 주변 수 킬로미터까지 블루베리가 나는 지점으로 알려 져 있었다. 그러다 보니 심지어 블루베리 장사꾼들까지 이곳 덤불 속을 샅샅이 뒤져가며 갈퀴질을 해대곤 했다.

하지만 루카스는 걱정하지 않았다. "이리 와봐, 토비. 내가 생각했던 지점이 아직은 안 보이네. 틀림없이 블루베리투성 이인 그곳을 꼭 찾아낼 거야."

"여기서 가까워?" 내가 하늘을 살짝 쳐다보며 물었다. 그때 난 머리 위에서 이글거리는 한낮의 태양 빛 때문에 거의 탈진 할 지경이었다.

"거의 다 왔어." 루카스가 말했다.

나는 루카스를 따라 큰길을 벗어나 허벅지 높이까지 자란 덤불을 헤치며 나아갔다. 그 바람에 내 다리는 우거진 덤불에 긁혀 곳곳이 간질간질했다. 그렇게 한 시간을 간 후에야 난 한숨 돌리고 멈출 채비를 했다. 어느새 팔은 햇볕에 그을려 빨개져 있었다. 당시 난 모자 쓰는 것도 잊은 상태였다. 너무 경황이 없어 얼굴에 대해선 신경 쓰고 싶지도 않았다.

"얼마나 더 가야 해?" 내가 물었다.

"조금만 더 가면 돼." 하지만 이제 루카스의 목소리는 그렇게 자신만만해 보이지 않았다.

"그랬으면 좋겠다."

"계속 가자. 거의 다 왔어."

하지만 우리는 다다르지 못했다. 탈진하고 피부가 다 벗겨져 물집이 생길 때까지 헤매고 다니기만 했다. 이윽고 까마귀들마저 우리 위를 빙빙 돌기 시작했다. 장담컨대 녀석들은 곧 우리를 잡아먹을 태세로 우리가 쓰러지기만을 기다리고 있었다.

결국 루카스는 더 찾는 걸 포기했다. "블루베리는 다음에 찾자." 루카스가 말했다.

"다음에? 다음에?" 내가 웃었다. "네가 알고 있다는 그 일급 비밀의 블루베리 장소 말이지?"

"뭐, 너도 그다지 큰 도움은 안 됐어." 루카스가 피곤한 목소리로 딱딱거렸다. "그러지 말고 네가 한번 앞장서보지 그래?"

"길도 모르는데 내가 어떻게 앞장서?"

"그럼 내가 늘 길을 아는 게 잘못이니? 게다가 넌 결코 도와주려고 애쓰지도 않잖아?"

"넌 내가 앞장서는 꼴을 못 보잖아. 그게 내 잘못이야?" 내가 소리쳤다.

"넌 절대로 앞장서고 싶어 하지 않잖아!" 루카스도 버럭 맞받아쳤다.

"난 앞장서고 싶어." 나는 거짓말인 걸 알면서도 그 말을 내뱉었다.

"참도 그렇겠다," 루카스가 눈알을 굴렸다. "토비, 넌 그냥 길 잃은 작은 강아지나 다름없어. 내가 어딜 가든 그냥 따라오기만 하지."

순간 목구멍에 분노가 차올랐다. "글쎄, 잘 생각해봐. 넌 스스로 중요한 사람처럼 느끼고 싶어서 내가 늘 따라가기만을 바라잖아. 늘 대장이 되고 싶은 거지." 당시 난 머리끝까지 화가 나 하마터면 침까지 뱉을 뻔했다. 다만 너무 탈진한 상태라 침이 모자라 못 뱉었을 뿐이다. "하지만 일을 망친 이상 넌 더 이상 리더가 아니야. 그걸 인정하고 싶지 않겠지만."

"그냥 트레일을 찾아 돌아가자." 루카스가 딱딱하게 말했다.

"좋아." 너무 피곤하고 더워서 더는 다툴 힘도 없었다. 나는 루카스가 인도해주리라고 믿었다. 어디로 가야 할지, 뭘 해야 할지 알아서 해줄 줄 알았다. 하지만 루카스는 실패했다. 처음으로 루카스가 날 실망시킨 것이다.

우리는 큰길에 다다를 때까지 왔던 길을 되짚어간 후 말한마디 없이 하이킹을 이어갔다. 집에 도착했을 때도 난 루카스에게 등을 돌린 채 작별 인사 한마디 없이 현관 계단을 올라갔다.

그날 밤늦게, 잠잘 준비를 하고 있을 때 할머니가 방으로 들어왔다. 할머니는 내게 작은 유리병을 건네주며 말했다. "이게 현관에 있더구나. 아무래도 네 것 같아서."

유리병 안엔 블루베리 한 개가 들어 있었다. 뚜껑에는 메모가 적힌 포스트잇도 꽂혀 있었다. 물론, 루카스의 글씨체였다.

~~#5: 블루베리 따기~~
길을 잃어버려 미안해.

21

다섯 번째 항목. 바로 이 다섯 번째 항목을 수행할 때부터 나와 루카스의 관계가 꼬이기 시작했다. 이때부터 난 루카스의 '완벽하지 않은 모습'을 보기 시작했다. 대체 어떻게 루카스가 나처럼 일을 망칠 수 있단 말인가. 루카스는 내 행운의 부적 같은 존재였다. 바로 그런 루카스가 날 실망시킨 것이다.

불현듯 무언가에 흥분해 낮게 으르렁거리는 소리가 들려왔다. 고개를 쳐들자 언제 그랬냐 싶게 정신이 돌아왔다. "무스. 무스, 안 돼."

무스가 울창한 어린 가문비나무 덤불을 재빨리 지나쳐가며 사납게 짖어대더니 이내 숲 쪽으로 뛰어 들어갔다. 보아하니 무스가 노리는 먹잇감은 작고, 털이 많고, 느린 녀석이었다. 녀석은 덤불 사이로 느릿느릿 들어가 곤충의 유충을 찾아 킁킁거렸다. 무스가 먹잇감을 잡기는 누워서 떡 먹기 같았다.

"무우우우우스!" 나는 배낭을 트레일에 둔 채 덤불을 헤치며 달려갔다. "돌아와, 무스!"

무스는 내 말에 콧방귀도 뀌지 않았다. 내가 무스에게 다다를 무렵, 이미 스컹크는 화가 난 듯 쉬익 소리를 내며 발을 동동 구르고 있었다. 순간 스컹크의 꼬리가 한껏 위로 솟구쳤다. 그러는 꼴이 마치 전기 콘센트에 꽂혀 감전이라도 된 듯한 모양새다.

"여기 좀 봐, 무스." 나는 목소리를 가다듬으려고 노력했다. "녀석을 내버려 둬."

무스가 귀를 쫑긋 세웠다. 하지만 내 말을 듣고 있으면서도 눈으론 여전히 스컹크를 주시하고 있었다. 무스가 천천히 고개를 숙이는가 싶더니 갑자기 컹 하고 짖었다. 그러고는 흑백의 털로 뒤덮인 공 같은 녀석의 주변을 빙빙 돌기 시작했다.

스컹크가 다시 쉬익 하는 소리를 내자 무스가 스컹크를 덮쳤다. 그러자 스컹크가 뒤로 물러서며 꼬리를 무스 쪽으로 돌렸다.

"그만해, 무스!" 무스는 내 말엔 아랑곳하지도 않고 전면 공격 자세를 취했다. 그러고는 마치 녀석을 죽일 태세로 잔뜩 이빨을 드러낸 채 으르렁대며 쏜살같이 달려갔다.

그때였다. 스컹크의 악취 나는 누런 분비액이 정확히 무스의 코에 발사됐다! 마치 코에 뜨거운 석탄이라도 떨어진 듯 무스가 재채기를 하고 코를 콩콩대며 애처롭게 낑낑거렸다. 다음 순간 무스는 아예 주저앉아 앞발로 얼굴을 비비적거렸다. 이제 만족한 스컹크는 무사히 제 갈 길을 찾아 바삐 떠났다.

"이런, 무스." 무스를 안아주고 싶었지만 녀석의 몸에 밴 악취가 훅 코를 찔러왔다. 무스는 벌렁 드러누워 악취에서 벗어나려고 뒹굴뒹굴 굴러댔다. 하지만 그럴수록 이미 꾀죄죄한 털만 더 더러워질 뿐이었다.

그런 녀석의 모습을 보고 있노라니 무스가 이런 일을 당한 건 다 나 때문이란 생각이 들었다. 그러니까 내 불운이 무스에게로 옮겨간 것만 같았다. 하지만 지금은 이런 신세타령이나 하고 있을 때가 아니었다. 무스의 얼굴에 묻은 스컹크 분비액을 처리하는 게 우선이었다.

"곧 깨끗이 씻겨줄게, 무스." 부디 이 말이 꼭 이루어졌으면 좋겠다.

우리는 한참 후에야 미즈파 스프링 헛에 도착했다. 때는 이미 늦은 오후였다. 우리 둘 다 지친 데다 몸에서 악취까지

났다. 내가 오두막 안으로 들어가자 무스가 고개를 떨군 채 납작한 바위에 드러누웠다.

오후의 햇살이 식당 안쪽 기다란 창문으로 쏟아져 들어왔다. 프런트 뒤쪽으로는 내가 여태 본 중 가장 예쁜 여자가 의자에 등을 기대고 앉아 있었다. 여자는 데님 원피스에 심플한 갈색 벨트를 허리에 조여 맨 차림이었다. 여자의 긴 갈색 머리카락은 찰랑이는 해변의 물결처럼 어깨 위로 드리워져 있었다. 초록색 눈은 자신이 치고 있는 기타에 꽂혀 있었고 그 입술에선 아직 완성되지 않은 가사가 중얼거리듯 흘러나왔다. 여자는 지금 자신이 만들고 있는 노래에 흠뻑 빠져 있었다.

시간이 이대로 멈췄으면 싶었다. 노래를 부르는 한 여자의 머리카락 위로 은은한 햇빛이 쏟아지고 있는 이 순간 말이다.

여자가 기타에서 손을 떼고 날 올려다봤다. "안녕."

"음. 아, 안녕하세요. 음." 난 우물쭈물했다. "응. 엄. 노래 진짜 잘하시네요. 오! 그렇지. 스컹크."

아무래도 지금 난 횡설수설 중인 듯하다.

"어머, 안 돼." 천사 같은 여자가 기타를 내려놓았다. "페퍼 이 녀석," 여자가 한숨을 내쉬었다. "안 그래도 녀석이 지난 한 달 동안 그 오두막 부근을 서성거렸거든. 언젠가는 기어이 일을 낼 줄 알았다니까."

"제 딴엔 말려봤는데 결국 무스에게 다가가더라고요."

여자의 사랑스러운 눈썹이 아치형으로 섬세하게 나 있었다. 여자는 도통 무슨 얘긴지 모르겠다는 눈치다.

"그러니까 그 스컹크가 제 개를 덮쳤다고요. 음, 사실 제 개는 아니지만, 여기서 줄곧 절 따라다녔거든요. 그래서 녀석에게 무스라는 이름도 붙여줬죠. 스컹크가 진짜로 무스를 덮쳤다는 건 아니고요. 아, 참 바보 같은 소리죠, 하하." 똑똑해 보이려던 난 지금 연이어 헛발질만 하고 있다.

마침내 여자가 카운터 뒤에서 나왔다. "그렇구나, 일단 상태를 좀 살펴본 후에 대책을 마련해보자."

22

무스가 납작한 바위 옆에서 웬 방문객과 함께 있었다. 무스와 일정 거리를 두고 서 있는 그들은 낯익은 얼굴들이었다. 야구 모자를 쓴 덴버와 반다나를 두른 숀이었다.

"숀! 덴버!"

"이봐, 토니." 덴버가 손을 흔들었다. "여기 온 지는 얼마나 됐어?"

"불과 몇 분 전."

"오늘 밤 여기서 묵을 생각이야?"

"응. 근처 나우만 텐트사이트Nauman Tentsite에서 묵으려고."

덴버가 고개를 끄덕였다. "우리도 그럴 거야. 네가 우리를 따라잡아 기쁘네. 숀과 나는 물병을 채우려고 오두막으로 가는 중이었거든. 그러다가 네 개와 마주쳤지."

"녀석을 보니 썩 잘 지내는 눈치는 아니네." 숀이 말했다.

무스가 애처로운 얼굴로 꼬리를 탁탁 쳐댔다.

하늘에서 내려온 듯 천사 같은 모습의 여자가 악취로 뒤덮인 채 처참하게 웅크리고 있는 무스를 쳐다봤다. "얼른 잘 씻어줘야겠네."

"도와드릴까요?" 덴버가 열의를 다해 물었다.

"하나보단 둘이 낫지." 여자가 덴버를 향해 미소 지었다. "난 애비야."

"전 덴버예요."

그 순간 난 내가 예쁜 여자와 말할 때면 멍청이가 되는 아이 말고, 나이도 지금보다 한 다섯 살은 많고, 잘생긴 데다 다부진 체격의 소유자였으면 좋겠다고 생각했다. 덴버는 겨우 두 마디만 말했을 뿐인데 이미 그녀의 이름은 물론 미소까지 얻지 않았나! 불현듯 질투심이 불끈 솟아올랐다.

한편 숀은 애비의 초록색 눈은 물론, 비단결같이 길고 검은 머리카락에 어떤 감흥도 느끼지 못하는 눈치였다. "전 물을 좀 채우는 중이라서요." 숀이 퉁명스럽게 말하고는 오두막으로 향했다.

"토마토 주스가 악취를 없애는 데는 제격이라고 들었어요." 덴버가 애비에게 말했다.

"아뇨, 그건 근거 없는 말이에요." 내가 말을 가로막았다. 지금껏 덴버가 내게 잘해준 건 맞지만, 난 지금 내가 스컹크에 대해 일가견이 있다는 걸 애비에게 입증해 보이고 싶어 안달이 난 상태다. "그렇게 하면 냄새만 가려줄 뿐 완전히 없애주진 못해요. 몇 년 전, 친구와 유기견 구조센터에서 자원봉사를 한 적이 있었는데, 어느 날 스컹크가 발사한 분비액을 맞은 개 한 마리가 들어왔어요. 그때 그 악취를 없애기 위해 우리가 썼던 방법은 과산화수소와 베이킹소다, 그리고 식기세정제였어요."

애비가 핸드폰을 꺼내더니 내 말이 맞는지 다시 한번 확인했다.

"토니 말이 맞는 것 같아." 애비가 말했다.

난 마음속으로 환호를 외쳤다.

"오두막에 그 물건들이 있으니 무스의 악취를 없앨 수 있겠네. 자, 따라와." 애비가 말했다.

내가 무스를 부르자 무스가 납작한 바위 위에서 폴짝 뛰어내렸다. 애비가 풀과 바위를 지나 오두막의 숨겨진 외딴 장소로 이어지는 험준한 길로 우리를 안내하는 동안 무스는 덴버와 나를 쫄쫄 따라왔다. 그 장소는 온통 나무로 둘러싸여 근방을 오가는 사람들의 눈에 띄지 않는 작은 은신처 같은 곳이었다.

오두막에서 이렇게 가까운 곳에 은신처가 있다니 참으로 놀라웠다. 게다가 거기서 청록색 바탕에 분홍색 돌고래 문양이 점점이 찍혀 있는 아동용 풀장을 보게 되다니 더더욱 놀라웠다. 물이 가득 들어찬 풀장 속엔 스피도 수영 팬티 차림에 가슴이 온통 곱슬곱슬한 털로 뒤덮인 한 남자가 『해리포터와 죽음의 성물』을 읽으며 둥둥 떠 있었다. 남자는 우리가 다가가자 고개를 드는가 싶더니 이내 책으로 시선을 돌렸다.

우리가 더 가까이 다가가자 남자의 콧구멍이 벌렁거렸다. 남자는 짧게 두 번 코를 훌쩍거린 후 풀장에서 나와 물을 털려는 듯 코를 잡고 한 발로 깡충깡충 뛰었다. 남자의 꽉 낀 수영복에서 춤을 추듯 물방울이 또르르 흘러내렸다. 이 와중에도 '해리 포터'는 놀랍게도 젖지 않고 말짱했다.

"수영 시간은 끝났어, 댄." 애비가 악취 나는 무스의 등을 머뭇머뭇 쓰다듬으며 말했다. "페퍼가 이 작은 녀석에게 분비액을 뿜는 바람에 비누칠을 좀 해줘야 하거든."

댄이 수건을 허리에 감으며 말했다. "내가 물을 데울게." 그러고는 옆문을 통해 오두막으로 사라졌다.

"여기서 기다려." 애비가 댄을 따라가더니 곧 과산화수소 한 병, 베이킹소다 한 상자, 액체비누, 양동이 하나 그리고 낡아서 올이 다 드러난 수건을 들고 다시 나타났다. 애비는 그 양동이에 스컹크의 분비액을 없애줄 재료를 섞은 뒤 물을 채워

거품이 일도록 했다. "이리 온, 무스." 애비가 무스를 불렀다.

무스가 징징거리며 잽싸게 뒤로 물러났다.

"제가 한번 해볼게요. 제가 개를 좀 잘 다루거든요." 덴버가 바짓가랑이를 걷어 올리고는 아동용 풀장으로 들어갔다. "이리 온, 무스." 덴버가 부드럽게 손뼉을 치며 무스를 구슬렸다.

무스가 망설이자 덴버가 쭈그리고 앉았다. "이리 온, 무스. 우리가 깨끗이 씻겨줄게." 그러고는 무스를 향해 손을 뻗어 풀장 안으로 끌어올렸다.

하지만 덴버가 들어 올릴 때까지만 해도 가만히 있던 녀석이 발에 물이 닿자마자 발광을 해댔다. 무스의 다리가 허공을 쳐대면서 몸이 물개처럼 뒤틀렸다. 이윽고 무스가 머리로 덴버를 들이받고, 균형을 잃은 덴버와 무스가 나동그라지면서 풀장 전체에 거대한 파도가 일었다.

덴버가 물을 푸푸 뱉어내며 공포에 질려 낑낑대는 무스를 안은 채 물 밖으로 모습을 드러냈다.

"괜찮아, 괜찮아, 무스." 잠시 후 나도 그 둘과 함께 물속에 들어가 두 팔로 악취 나는 무스의 몸을 감쌌다. 덴버는 무스를 잡았던 손을 놓은 채 눈가로 튄 물기를 닦아내느라 정신이 없었다.

나는 무스의 몸에서 나는 악취 따윈 아랑곳하지 않은 채 내 턱을 무스의 머리에 얹었다. 그러고는 녀석의 귀 뒤를 긁으며 속삭였다. "괜찮아, 무스. 쉿. 괜찮아."

바들바들 떨던 무스가 잠잠해졌다. 녀석의 엉겨 붙은 털을 쓰다듬는데 앙상한 갈비뼈 위로 팽팽하게 당겨진 피부가 느껴졌다. 지난 며칠간 빵과 파스타를 그렇게 먹고도 오랜 세월의 굶주림으로 인해 앙상한 갈비뼈는 여전히 그대로였다.

나는 한 손은 녀석의 머리에 얹고, 다른 한 손은 물에 담가서 천천히 무스의 몸을 적셨다. 애비가 양동이를 건네자 나는 양동이 안의 혼합물을 무스의 등에 부었다. 그러고는 녀석의 털 사이로 손가락을 움직여가며 부드럽게 문질렀다. 그러면서 녀석의 털에 붙은 잔가지를 제거하고, 엉킨 털을 풀어주고, 흙뭉치를 털어냈다.

무스는 눈을 감은 채 미동도 없이 앉아 있었다. 전에는 목욕을 두려워했지만 지금은 즐기고 있는 눈치다. 나는 녀석의 털에서 몇 겹의 흙을 닦아낸 뒤 빈 양동이를 이용해 물로 헹구어냈다.

댄이 따뜻한 물이 담긴 큰 통을 들고 오자 나는 통 안의 물을 무스 위에 부었다. 목욕을 마친 무스가 풀장에서 뛰쳐나가 사정없이 몸을 흔들어댔다. 녀석을 만난 이후 처음으로 깨끗해진 모습이다. 녀석의 얼룩진 가슴팍 털이 실은 순백색이었단 걸 그제야 깨달았다. 나는 애비가 가져온 낡은 수건으로 녀석의 털을 닦아주었다. 아직도 악취가 훅 풍겨왔지만 잠시 뿐이었다.

무스의 머리를 말려주자 녀석이 내 얼굴을 핥았다. 마치 내게 괜찮다고 말해주기라도 하는 것처럼. 무스가 스컹크에게 당한 건 내가 운이 없어서가 아니었다. 그건 그냥 나쁜 일이 일어났던 것뿐이다. 게다가 난 이제 그 상황을 좋게 만드는 법을 깨달았다.

이젠 무스가 정말로 내 개라는 느낌이 들었다.

23

  손님들이 저녁 식사를 마친 후 애비는 숀과 덴버와 나를 직원들의 저녁 식사에 초대했다. 먼저 보관을 위해 남은 음식을 겨자색 플라스틱 샐러드 그릇에 모두 긁어모은 뒤 우리는 햄과 밥, 미네스트론(채소와 파스타를 넣은 이탈리아식 수프-역주)에 담근 할라(안식일 같은 축일에 먹는 영양가 높은 흰 빵-역주) 조각, 삶은 브로콜리로 배불리 저녁을 먹었다. 후식으로 먹을 수제 디저트는 이미 손님들이 다 먹어버린 터라 애비는 오레오를 꺼내 우유와 함께 내놓았다.

  나는 오레오를 이등분했다. 그러고는 무심코 위로 던진 오레오 반쪽이 내 입속에 쏙 들어가는 모습을 보고 애비가 즐거워하기를 기도했다.

앗, 성공이다. 다만 그 성공이 약간 과한 듯했다. 오레오 조각이 목에 걸리면서 황급히 우유를 들이켜는 바람에 재채기와 함께 코로 우유를 뿜어버린 것이다. "괜찮아요." 댄이 내게 하임리히법(기도가 이물질로 인해 폐쇄되어 질식 상태에 빠졌을 때 실시하는 응급 처치법-역주)을 해주겠다고 하자 내가 쉰 목소리로 속삭였다.

이번에는 덴버가 오레오를 사등분했다. 그러고는 우유를 들이켠 뒤 고개를 뒤로 젖히더니 그중 한 조각을 등 뒤에서 위로 던져 입속으로 퐁당 떨어뜨렸다.

"그건 어디서 배운 거야?" 애비가 물었다.

다시 한번 질투심이 혈관을 타고 꿈틀거렸다. 나는 콧구멍에 맺힌 우유를 가볍게 털어냈다.

덴버는 사등분한 오레오 조각 중 또 한 조각을 던져 입속에 골인시켰다. "친형 해리한테서요. 형은 동네 사람 중 가장 예리한 안목과 큰 목표를 지닌 사람이었죠. 우리가 중학교에 다닐 때 이미 형은 15미터 거리의 물 잔에 10센트짜리 동전을 던져 넣을 수 있었거든요." 사등분한 오레오 조각 중 세 번째 조각까지 덴버의 혀에 깔끔하게 내려앉았다. "그러다가 작년엔 거의 빅 리그까지도 진출할 뻔했죠."

댄이 눈썹을 치켜올렸다. "왜 '할 뻔'이야?"

사등분한 오레오의 마지막 조각이 찰칵 소리를 내며 덴버의 앞니에 부딪혀 튕겨 나갔다. 덴버가 잡아보려고 했지만 이내 손에서 빗겨나가며 바닥에 떨어졌다. 그런데 웬일인지 덴버는 떨어진 쿠키를 줍기는커녕 멍하니 바라보고만 있다.

"형에게 무슨 일이 있었어?" 내가 물었다.

"응." 덴버가 짧게 대답했다.

순간 짙은 침묵이 공간을 메웠다.

아, 다그치지 말걸. 인정머리 없이 보였겠네. 하지만 애비의 눈을 반짝반짝 빛나게 한 덴버의 그 깔끔하고 자그마한 오레오 기술이 너무나도 탐이 났던 나머지 난 그만 이성을 잃고 다시 한번 다그쳤다. "무슨 사고라도 있었던 거야?"

대답 없이 덴버의 어깨가 움츠러들었다. 덴버는 방금까지 웃고 떠들던 모습은 까맣게 잊은 채 어두운 눈빛으로 떨어진 쿠키만 말없이 바라봤다.

웬지 익숙한 표정이었다. 그건 불공평한 삶에 대한 슬픔과 무감각, 불신이 담긴 표정이었다.

아무래도 내가 너무 지나쳤던 듯싶다. 갑자기 처참한 기분이 들었다. "미안해, 캐물을 생각은 아니었는데."

마치 악몽을 떨쳐낸 듯 덴버의 눈에 다시 초점이 돌아왔다. 덴버가 날 바라보며 탄식하듯 말했다. "아냐, 괜찮아." 그러고는 숨을 깊이 내쉬었다. "형은 고등학교 내내 야구팀 스타였어. 고등학교 3학년 때 형의 경기 전적은 18승 무패이고 그중 세 경기가 무안타 완승이었지. 해리는 대체로 커브볼을 던졌지만, 정작 메이저리그 관계자들의 눈에 띈 건 형의 직구였어. 해리의 팀이 주 선수권 대회에 출전할 무렵 형의 직구는 무려 시속 146킬로미터에 달했지."

"거기선 대규모 인재 스카우트가 있을 예정이었어. 해리는 메이저리그행을 확신했지. 그저 완벽한 경기 하나면 일사천리로 풀릴 상황이었거든."

"그런데 하필 큰 경기를 앞둔 전날 밤, 형과 나는 한바탕 싸움을 벌이게 됐어. 참 어리석게도 넷플릭스를 놓고 채널 쟁탈전을 벌였던 거지. 사실 너무 사소해서 기억도 잘 안 나." 덴버가 허리를 굽혀 바닥에 떨어진 오레오 조각을 주웠다. 그러고는 마치 그 조각이 모든 해답이 담긴 매직8볼(마텔에서 만든 장난감으로 소원을 말하고 공을 굴린 후 뒷면을 보면 점괘가 나오는 장난감-역주)이라도 되는 양 쿠키 조각을 뒤집었다. "작은 일 하나 때문에 인생이 송두리째 바뀔 수 있다는 게 참 우스워."

"결국 우리는 서로 리모컨을 쥐려고 몸싸움을 하게 됐지. 그러다가 어느 순간 내가 리모콘을 움켜쥔 채 홱 잡아당겼어. 그런데 그때 형이 소파에 걸려 넘어지면서 오른쪽 눈을 커피 테이블 모서리에 쿵 찧었지. 그렇게 그날로 해리의 야구 경력은 끝이 났어."

덴버는 땅에 떨어졌던 오레오 조각을 그대로 입에 넣어 씹었다. "몇 주 후 형은 가출을 했지. 그때 부모님은 형을 찾느라 혈안이 되셨어. 하지만 해리는 열여덟 살이라 법적으로 집을 나갈 자유가 있었고, 그냥 그길로 사라져버렸지. 그 뒤로 일 년이 넘도록 우리는 해리를 보거나 소식을 듣거나 하지 못했어."

주방은 매우 고요했다. 오직 싱크대 위 벽시계의 부드럽게 째깍거리는 소리만 들릴 뿐이다.

숀이 덴버의 등에 손을 얹었다. "자, 덴버, 그만 자러 가자." 숀이 덴버에게 계속 손을 얹은 채 덴버를 현관 밖으로 안내했다. 두 사람이 나갈 때 등 뒤로 오두막 불빛이 비치며 나무 바닥에 두 개의 그림자가 드리워졌다. 두 그림자는 간격이 점점 가까워지며 이내 하나가 됐다.

나중에 나도 텐트사이트로 가서 숀과 덴버의 텐트 옆에 텐트를 쳤다. 내가 텐트로 기어들어가 모기장 지퍼를 올리자, 무스가 기다렸다는 듯 텐트 플랫폼(텐트를 칠 수 있도록 한 평평한 나무 바닥-역주) 위로 폴짝 올라앉았다. 그렇게 녀석은 몇 번이고 발라당 몸을 뒤집어가며 배를 내보인 후에야 텐트 앞에 자리를 잡았다.

잠이 들면서 문득 삶이 참으로 놀랍다는 생각이 들었다. 내가 트레일에 나서기 시작한 건 삶의 불운과 상처로부터 벗어나고 싶어서였다. 그만큼 난 트레일을 시작할 때 많은 문제에 직면해 있었다. 하지만 지금은 왠지 앤디의 유리구슬이 날 보호해주는 것 같은 기분이 든다. 그렇긴 해도 그 유리구슬은 내가 다른 사람들의 불운과 상처에 직면하는 것까지 막아주진 못했다.

그런데 어찌 된 일인지 시련을 겪었던 삶의 여러 이야기를 서로 나누다 보니 어느새 우리 사이엔 우정이 싹텄다. 서로를 이해하게 됐다. 서로에게 힘이 됐다.

덴버를 다시 떠올려봤다. 덴버는 정말 좋은 사람이다. 하지만 지금 덴버의 선한 마음은 자기 잘못으로 일어난 일도 아닌 일에 대한 죄책감으로 일그러져 있다. 덴버는 아마 평생 형의 사고에 대해 책임을 느낄 것이다. 단지 운이 나빴을 뿐인데 말이다.

바로 옆 텐트의 슬리핑 패드에서 숀과 덴버의 인기척이 들려왔다. 두 사람이 함께라서 참 다행이라는 생각이 들었다. 덴버가 해준 이야기가 떠올랐다. 숀과는 어떻게 친구가 되었는지, 그 후 어떻게 서로를 지켜나갔는지에 관해 이야기했었다. 윙잉 잇이 자신과 친구에 관해서 해준 이야기도 떠올랐다. 윙잉 잇은 어떻게 사람들이 자신들의 잘못 없이도 나쁜 상황에 처할 수 있는지, 그 나쁜 상황은 또 어떻게 헤쳐 나갈 수 있는지 알려주었다.

어쩌면 인생에서 중요한 건 행운이나 불운 같은 그런 '운'이 아닌지도 모르겠다. 인생에서 중요한 건 힘들 때 누군가에게 기댈 수 있는 것, 그리고 그 보답으로 남에게도 어깨를 내어줄 수 있는 것, 그런 게 아닐까 싶다.

텐트 밖에서 무스가 소리 없는 방귀를 길게 천천히 뀌었다.

절로 미소가 지어졌다. 비록 시작은 혼자였지만, 트레일을 끝낼 땐 무스와 함께일 것이다. 나, 무스 그리고 내 그림자의 나머지 반쪽인 루카스와 말이다.

"약속할게." 나는 가만히 속삭였다. "마운트 카타딘까지 우리는 꼭 함께할 거야."

24

다음 날 아침 눈을 떠보니 짙은 안개가 깔려 있었다. 텐트로 찬바람이 휘몰아쳤다. 나는 옷을 입는 동안 온기가 빠져나가지 않도록 베스티블의 문을 닫았다. 전날의 뜨겁고 후덥지근한 날씨와는 달리 오늘은 습하고 쌀쌀한 날씨가 될 것 같다.

텐트의 지퍼를 내리자 안으로 검은 코가 쓱 들어왔다. 난 녀석이 침낭에 들어오지 못하도록 무스를 밀어냈다. 녀석은 말끔하지만 아직 꿉꿉한 냄새가 났다.

숀이 텐트 플랫폼에서 끓는 물이 담긴 냄비에 오트밀을 넣어 젓고 있었다. "폭풍이 오고 있어." 내가 텐트에서 기어나가자 숀이 말했다.

"그걸 어떻게 알아?" 나는 클리프 바 두 개와 체더치즈 한 조각을 꺼낸 후, 바 하나를 무스에게 던져줬다.

"오늘 아침 오두막에서 일기예보를 확인했어. 마운트 워싱턴에 시속 96킬로미터 이상의 돌풍이 불 예정이라 체감 온도는 20도밖에 안 될 거야."

"하지만 어젠 푹푹 쪘잖아!" 하루도 안 돼 이렇게 기온이 확 떨어진다는 게 믿기지 않았다.

손이 별거 아니라는 듯 어깨를 으쓱했다. "화이트 마운틴 국유림에 온 걸 환영해." 그러고는 땅콩버터를 꺼내 오트밀 혼합물에 두어 숟가락 넣었다. 우리는 침묵 가운데 아침 식사를 했다.

"덴버는 어딨어?" 나는 치즈 조각까지 마저 입에 넣은 뒤 빈 포장지를 음식 봉지에 넣으며 물었다.

"덴버는 아침 일찍 떠났어. 마운트 워싱턴 정상에서 보자더군. 마지막 하이킹은 혼자 해보고 싶대."

"그렇지, 참. 둘 다 오늘이 마지막 날이랬지." 갑자기 서글퍼졌다. 덴버와 손은 내가 비로 흠뻑 젖어 거의 포기할 뻔했던 그날 날 구해주었다. 두 사람이 없었다면 난 아마 트레일을 포기했을 것이다. 하지만 이제 두 사람은 떠나고, 정말 나만 남게 될 모양이다.

나는 손이 준 오트밀을 먹을 때 썼던 내 그릇과 숟가락을 깨끗이 핥아 배낭 속에 넣었다. 그러고는 텐트를 걷은 후 재빨리 오두막에 들러 애비에게 작별 인사를 했다. 무스를 불러 다시 트레일에 나서며 숀을 쳐다보는데 숀이 눈살을 찌푸리고 있다.

"서둘러." 숀이 말했다.

"기다려줄 필요 없어." 내가 말했다. 그러자 숀이 더 심하게 눈살을 찌푸렸다. "보통 때라면 네 말대로 하겠지. 널 기다리는 건 진짜 고역이거든. 하지만 이런 날씨엔 혼자 하이킹을 하는 게 아냐." 숀이 무뚝뚝하게 말하고는 등을 돌려 먼저 하이킹을 시작했다.

나는 빙긋 웃으며 약간 뒤쪽에 있는 무스와 함께 숀을 따라갔다.

한 1.6킬로미터쯤 걸어가니 비가 추적추적 내리기 시작했다. 우리는 잠시 걸음을 멈춘 뒤 우비를 껴입었다. 그러면서 나는 숀에게 아침부터 궁금했던 질문을 던졌다. "덴버의 형에 관해선 알고 있었어?"

"응. 덴버에게 형은 영웅이었지." 숀이 고개를 옆으로 돌리더니 콧구멍 쪽으로 손가락을 가져갔다. 그러고는 거칠게 코를 홍 풀자 콧물이 로켓처럼 트레일 옆으로 홱 날아갔다. "해리가 사라졌을 때, 덴버는 죄책감으로 거의 미쳐버릴 뻔했어."

"그게 얼마 전인데?"

손이 또다시 코를 흥 풀었다. "그러고 보니 오늘이 해리가 도망친 날로부터 정확히 1년째 되는 날이네." 갑자기 손이 얼어붙은 듯 그 자리에 꼼짝 않고 선다. "뭔가 느낌이 안 좋아. 오늘 아침 덴버가 혼자 하이킹을 한다고 했을 때 말렸어야 했어."

"덴버는 괜찮을 거야." 내가 그렇게 말했지만 손은 마치 벌떼가 쫓아오기라도 하듯 배낭을 짊어지고 쏜살같이 트레일로 달려갔다. 머지않아 우리는 수목한계선 위에 도달했다. 때마침 거세진 빗줄기가 퍼붓기 시작하자, 3미터 앞의 트레일도 거의 보이지 않았다. 나는 우비 모자를 머리 위까지 잡아당겨 꽉 조였다. "유감이야, 손." 내가 말했다. 다음 오두막인 레이크스 오브 더 클라우즈Lakes of the Clouds에 다다를 때까진 쉘터도 없고 바람막이 나무도 없다.

위로 올라갈수록 기온은 점점 떨어졌다. 지켜줄 나무 하나 없이 옆쪽에서 세찬 바람이 불어왔다. 난 바람에 기대며 바람이 계속 불어와주길 기도했다. 그래야 바람의 압력에 맞서 몸의 균형을 잡을 수 있었기 때문이다. 바람이 멈추면 그대로 주저앉아버릴 것만 같았다.

이제 트레일은 바윗길로 이어지고 이끼와 비로 인해 갈수록 미끄러워졌다. 미즈파 스프링 헛에서 레이크스 오브 더 클라우즈까지는 7.7킬로미터밖에 되지 않았지만, 속도가 느려지면서 점점 도달할 수 없는 거리로 여겨졌다.

잠시 후 날카로운 섬광이 비와 안개를 갈랐다. 번개가 이글거리는 경고의 손짓처럼 하늘을 가로지르며 번뜩이고 있었다. 겁을 집어먹은 무스가 고성으로 짖어댔다.

번개가 치고 폭풍이 일 땐 누구도 수목한계선 위에 있어선 안 된다. 본의 아니게 자신이 산에서 가장 튀어나온 물체가 될 수도 있기 때문이다. 아까까진 그냥 좋지 않던 날씨가 어느새 위험천만한 날씨로 바뀌었다.

만약 이곳에 루카스와 루카스의 아빠가 함께 있었다면, 의문의 여지 없이 바로 돌아서서 최대한 빨리 숲으로 돌아갔을 것이다.

"돌아가야 할 것 같아!" 내가 외쳤다.

숀은 대답도 하지 않고 걸음을 재촉했다. "텐버를 찾아야 해." 숀이 말했다. 숀의 목소리는 가라앉은 상태였다. 성큼성큼 걷고 있는 숀의 보폭이 길어졌다. 숀의 다리는 길었다. 그것도 아주 길었다. 내 뒤쪽으로 따라오던 무스가 미끄러운 바위에서 휘청거렸다.

"못 따라가겠어!" 내가 소리쳤다. 나보다 몇 미터 앞서 있던 숀이 빠르게 격차를 벌렸다. 숀은 멈추지 않았다. 아마 내 말을 못 들었을지도 모르겠다. 아니면 아예 신경 쓰지 않을지도 모르겠다.

어느새 비는 우박으로 변했다. 나는 비옷의 모자를 뒤집어 쓰고, 무스가 아직 내 곁에 있는지 확인하면서 허둥지둥 달려갔다. 우두둑 떨어지던 우박 소리는 어느새 얼음덩어리의 굉음으로 바뀌었다. 마치 거대한 폭포가 추위로 얼어붙은 얼음 폭포 아래를 지나가는 느낌이 들었다. 나는 발끝에 집중하면서 한 걸음 한 걸음 나아갔다. 마침내 위를 올려다봤을 때, 숀은 이미 사라지고 없었다.

25

버림받은 충격이 그 어떤 혹독한 날씨보다 매섭게 느껴졌다. 그동안은 센 척하느라 인정하기 싫었지만, 난 숀과 덴버가 날 안전하게 지켜줄 거라고 믿었다. 적어도 얼마 동안 두 사람의 지식과 음식, 장비, 동료 의식은 날 지켜주었다. 하지만 이제 둘은 사라지고 없었다.

바람과 우박의 기세가 수그러들지 않았다. 그사이 내 안의 모든 에너지가 빠져나갔다. 다시 한번 나는 폭풍 속에 혼자 있었다.

총알처럼 강하고 빠르게 슬픔이 덮쳐왔다. 난 바위에 주저앉아 두 손으로 머리를 감싸 쥐었다. 내 절친이 그리워졌다. "미안해, 루카스." 나는 조용히 속삭였다. "더는 못 하겠어. 도움이 없인 안 돼. 너 없인 안 돼."

불현듯 블루베리 따기 참사 이후 일어난 일이 떠올랐다. 당시 우리는 서로 화해한 후 계속해서 버킷리스트를 수행해 나갔다. 하지만 그때부터 뭔가 삐걱거리기 시작했다. 코네티컷 강(미국 뉴잉글랜드 최대의 강-역주)에서 뗏목을 만들어 탔을 때, 막상 뗏목에서 내리려 하자 뗏목이 폭삭 주저앉았다. 또 침니 힐의 폐가에서 밤을 보냈을 때, 전혀 무섭진 않았지만 막상 잘 때 텐트 지퍼를 안 올리는 바람에 온몸이 수백 개의 진드기와 모기 물린 자국으로 뒤범벅이 됐다.

하지만 우리 관계가 와르르 무너진 건 학교 주차장에서 앞바퀴 들고 자전거 타는 법을 배울 때였다. 루카스는 거의 순식간에 외발 타기를 익혔다. 하지만 난 몇 시간을 타고도 진전은커녕 도리어 팔꿈치와 무릎에 수십 개의 긁힌 상처와 타박상만 얻었을 뿐이었다.

"내일 다시 해보자." 루카스가 말했다.

나는 마지막으로 자전거에 올라탔다. 그러고는 힘껏 페달을 밟은 뒤 핸들 바를 치켜올렸다. 그런데 그때 앞바퀴가 과도하게 들리면서 중심이 뒤로 쏠리는 바람에 헬멧 뒷부분이 도로에 부딪히며 벌렁 나자빠졌다.

루카스가 재빨리 달려와 날 일으켜 세웠다. "도와주지 마." 내가 딱딱거렸다. "자꾸 보호하려 드는 것도 아주 진절머리가 나. 넌 내가 혼자 일어서거나 자립하는 꼴을 못 보잖아."

루카스는 내 펀치에 얻어맞기라도 한 듯 뒤로 물러섰다. "토우, 그렇지 않아."

"아니, 맞아." 난 간신히 일어났다. 피가 종아리를 타고 흘러내렸다. "대체 나하곤 왜 어울리는 거야? 널 만난 날부터 난 그저 불운한 아이일 뿐이야."

루카스가 고개를 저었다. "너랑 어울리면 재밌으니까! 그리고 가끔 나쁜 일 좀 생기는 게 대수야?"

"아니면 영웅 놀이가 하고 싶은 거겠지." 순간 꼬리뼈가 욱신거렸다. "어쩌면 네가 해결사가 되도록 내가 좀 망쳐놓아야겠네. 그게 바로 날 곁에 두는 이유겠지. 그래야 좀 우쭐해질 테니까."

루카스의 어깨가 곧게 펴졌다. 루카스는 날 지나쳐 자전거를 집어 들었다. "너 그거 알아? 넌 진짜로 불운한 아이인가봐. 이제 나도 그만 새 친구를 사귈 때가 된 거 같거든."

그러고 나서 루카스는 자전거를 타고 가버렸다. 그렇게 뒤도 한번 돌아보지 않고 가버렸다.

우박 덩어리가 어깨를 강타하면서 난 다시 바위에 주저앉왔다. 슬그머니 볼에 손을 얹어봤다. 세찬 바람과 우박이 휘몰아치는데도 볼은 따뜻했다. 나도 몰래 울고 있었던 것이다. 그때 안에서 뭔가가 울컥 치밀어 올랐다. 가슴이 저며오며 껵껵 흐느끼기 시작했다. 나는 머리를 감싸 쥔 채 두 손을 불끈 쥐었다. 난 혼자야. 혼자라고.

루카스의 목소리가 다시 귓가에 들려오길 기다려봤다. 내게 위로를 주고, 뭘 해야 할지 알려주던 그 목소리 말이다. 하지만 침묵만 감돌 뿐이었다.

언제부턴가 루카스의 목소리는 완전히 사라져버렸다.

"토비. 토비, 일어나." 나는 스스로에게 말했다. 그러고는 빗속에서 크게 소리쳤다. "넌 루카스 없이도 해낼 수 있다고."

아니, 아니, 넌 해낼 수 없어. 내 안의 또 다른 나, 겁먹은 채 추위에 떨고 있는 자그마한 아이가 말했다. *넌 해낼 수 없어, 넌 해낼 수 없어, 넌 해낼 수 없어.* 나 자신에 대한 의구심에 점점 빠져들었다. 난 지금 살아남기 위해 스스로를 일으켜 세울 힘조차 없는 상태다.

바로 그때 털북숭이 코가 내 턱과 가슴 사이로 파고들더니 악취 나는 긴 혀로 내 뺨을 핥았다.

"무스야." 난 바로 손을 뻗어 비에 젖은 녀석의 옆구리를 쓰다듬었다. 그러고는 눈을 감고 스스로에게 말했다. "난 할 수 있어."

작년 여름 그 일을 당해야 할 사람은 루카스가 아니라 너였어. 나 자신을 향한 의심의 목소리가 수그러들 줄을 몰랐다. 루카스가 더 강한 애였잖아. 더 괜찮은 애이기도 했고.

나는 팔짱 낀 두 손을 겨드랑이 밑으로 집어넣은 채 몸을 앞뒤로 흔들었다.

이 멍청아, 의심의 목소리가 다시 속삭였다.

난 주변에 떨어진 우박에 멍하니 시선을 고정했다. 아무래도 내 안에 뭔가가 단단히 꼬여 있는 듯하다. 하지만 더는 내 불운을 받아들이지 않기로 했다. "일을 망치는 것과 포기하는 건 별개의 문제야. 인생은 원래 골치 아픈 거거든. 덴버와 덴버 형이 겪은 안타까운 일이라든지, 얼떨결에 참전하게 된 아스닉의 일이라든지, 덜컥 이혼해버린 부모님의 일처럼 말이야. 하지만 이들은 모두 계속해서 앞으로 나아가고 있어. 그러니까 나도 그럴 거야."

쓸모없는 녀석! 그 목소리가 다시 야유를 보냈다. *대체 트레일은 계속해서 뭐 하려고? 지도도 잃어버리고 식량도 떨어진 주제에. 넌 무스가 스컹크에게 당한 일도 막지 못했잖아.*

나는 고개를 가로저었다. "하지만 난 다시 길을 찾았어. 지금 마운트 카타딘 쪽으로 잘 가고 있거든. 음식도 찾았어. 게다가 무스도 잘 보살피고, 말끔히 씻기고, 잘 먹이고 있지. 마침내 난 나 자신을 믿는 법을 배우고 있어." 그러고는 뒤로 물

러선 뒤 있는 힘을 다해 소리쳤다. "그러니까 그딴 소린 집어
치우고 엿이나 먹으라고!"

내가 던진 말에 대한 응답을 기다려봤지만, 응답은 오지
않았다.

우박 한 덩어리가 떨어져 내 후드 티를 지나 목으로 흘러
내렸다. 우박은 얼음장같이 찼다. 손발의 감각이 점점 무뎌
졌다.

무스가 낑낑거리며 내 얼굴을 코로 찔러댔다. 녀석도 나처
럼 떨고 있었다.

스스로 살아남을 수 있을지 확신이 안 섰다. 하지만 무슨
일이 있어도 뼈만 앙상한 이 녀석만큼은 꼭 살릴 작정이다.
나는 일어나 배낭과 외투에서 조그마한 우박 덩어리들을 털
어냈다. 이제 하이킹을 시작할 시간이다.

26

　지금으로선 체온을 유지하고, 수분을 섭취하고, 끼니를 챙겨 먹고, 햇볕을 쬐기로 한 내 철칙 목록을 지킬 가능성이 희박하다. 하지만 손과 덴버가 날 구해줘야 했던 며칠 전과 달리, 난 당황하지 않았다. 체온 유지를 위해 천천히 달리기 시작했다. 무스도 내 옆에 붙어 악착같이 종종걸음을 쳤다. 몇 분 후 손가락과 발가락에 감각이 되살아났다. 어느새 한 무더기의 바위로 이루어진 작은 동굴도 하나 보였다. 번개와 우박을 피할 만한 은신처 말이다.

　무스를 얼른 안으로 들인 뒤 나는 엉덩이를 들이밀어 무스 옆에 앉았다. 우리 둘이 있기엔 빠듯한 공간이지만 비와 우박을 피하기엔 제격이었다. 나는 배낭을 열고 있는 대로 옷을 꺼내 최대한 빨리 껴입었다. 티셔츠 딱 두 벌만 빼고 옷이란 옷은 다 꺼내 입었다. 남겨둔 티셔츠 한 벌로는 무스의 털을 말려주고 나머지 한 벌로는 무스의 체온을 유지하기 위해 작은 스카프처럼 녀석의 목을 감쌌다.

이어 물병을 꺼내 물을 들이켠 뒤 스니커즈 바 포장지를 뜯었다. 무스에겐 클리프 바 두 개를 던져줬다. 나는 날씨를 주시하며 온기를 유지할 수 있도록 무스와 다정히 앉아 스니커즈 바를 우적우적 씹었다.

마침내 우박이 잦아들면서 짙은 안개 띠가 드리워지기 시작했다. 아직 날씨는 별로였지만 그래도 할 건 해야지 싶었다. 난 물건들을 챙긴 뒤 무스의 목에 두른 티셔츠가 잘 조여져 있는지 확인했다. 그러고는 무스와 함께 그 작은 동굴을 빠져나와 트레일로 돌아갔다.

트레일에 나서자 안개 속 하늘이 드문드문 드러나기 시작했다. 아직 하늘은 기분 나쁜 잿빛이었지만, 적어도 더 이상 우리를 삼켜버릴 기세는 아니었다.

한 시간 후 안개가 걷히고 저 멀리서 낯익은 오스프리 배낭 두 개가 눈에 들어왔다. 한 명이 다른 한 명을 향해 달려가는 모습이었다. 이젠 안개가 걷혀 트레일을 찾기가 쉬웠다. 게다가 대형 통만 한 크기의 돌로 쌓은 이정표가 길을 따라 죽 나 있어 길을 잃기도 불가능했다.

하지만 두 배낭은 지금 트레일에 있지 않았다. 두 배낭은 아득한 골짜기가 내려다보이는 깎아지른 듯한 절벽 쪽으로 방향을 튼 상태였다.

순간 뭔가 이상한 느낌이 들었다. 나는 뛰기 시작했다. 미끄러운 바위에 발톱이 부딪혀 달가닥거리는 소리를 내며 무스가 따라왔다.

내가 두 사람에게 다다를 무렵, 덴버는 이미 배낭을 바닥에 던져놓고 벼랑 끝에 서 있었다. 절벽 끝에 너무 바짝 서 있어 덴버의 등산화 앞부분이 공중에 뜬 상태였다.

"덴버, 이러지 마. 네 잘못이 아니야." 숀이 애원했다.

"아니, 내 잘못이야." 덴버가 소리쳤다. "해리는 가버렸어. 형이 평생 꿈꿔오던 모든 게 그날 커피 테이블에 머리를 찧는 순간 물거품이 돼버렸어. 다 내 잘못이야."

숀이 고개를 저었다. "그건 사고였어. 넌 그냥 좀 짓궂게 장난쳤을 뿐이야."

덴버의 오른쪽 등산화가 재빨리 한 치 앞으로 더 나아갔다. "나도 그렇게 생각하려고 애써봤어. 하지만 그 순간이 잊히질 않아. 머릿속에 떠오르는 거라곤…… 어쩌면 내가 형을 일부러 다치게 했을지도 모른다는 거야. 형은 팔방미인이었어. 매사에 늘 옳았지." 덴버가 어깨로 세찬 바람을 버티며 골짜기를 응시했다. "형의 그늘에 갇혀 사는 게 어떤 건지 아니?

사랑하는 사람을 다치게 한 건 물론이고, 실은 일부러 다치게 했을지도 모른다는 죄책감 속에서 사는 게 어떤 건지 알아?"

난 그게 어떤 건지 알 것 같았다.

나는 손을 향해 한 발 더 앞으로 다가갔다.

그러고는 말했다. "덴버, 난 그게 어떤 건지 알아. 들어봐, 난 내 절친을 죽였어." 내 입에서 그런 말이 나온 건 처음이었다. 막상 그 말을 내뱉자 날카로운 칼날에 베이기라도 한 듯 가슴이 저며왔다.

"그럴 생각은 아니었는데……." 차마 입이 떨어지지 않았다. 무슨 일이 일어났는지 그 장면을 설명할 수가 없었다. 하지만 나는 가까스로 이야기를 이어갔다. "친구가 나 때문에 사고를 당해 죽었어. 물론 그 아이가 친형처럼 가까운 존재는 아닐지도 몰라." 나는 계속해서 말했다. "하지만 그 아이는 내 절친이었어." 마침내 지난 몇 달간 내 머릿속을 두드려오던 두 단어가 입 밖으로 튀어나왔고, 난 그 말을 몇 번이고 되풀이했다. "내가 죽였어. 내가 죽였어. 내가 죽였다고."

앞바퀴 들고 자전거 타는 법을 배우는 건 버킷리스트의 여덟 번째 항목이었다.

비록 싸우긴 했지만, 우린 너무 가까운 사이였다. 루카스의 아빠는 우리의 열 번째 항목인 트레일에 함께 가주기로 했다. 할머니도 승낙한 상태였다. 우리는 트레일에 앞서 지녀야 할 온갖 장비, 갖가지 지도를 비롯해 모든 준비를 마쳤다. 8월 3일로 시작 날짜도 잡았다. 그야말로 우리는 트레일로 떠날 만반의 준비를 마친 상태였다.

그에 앞서 어느 푹푹 찌는 7월의 오후, 그러니까 트레일로 떠나기 바로 일주일 전, 우리는 아홉 번째 항목의 실천에 나섰다. *#9 : 돌산에서 로프 스윙하기.*

돌산의 가장자리를 따라 올라가는데 후덥지근한 대기가 접착제처럼 얼굴에 착착 달라붙었다. 폭염이 기승을 부리던 그날은 사상 최대로 더운 날이었다. 드디어 로프 스윙 지점에 이르러 아래를 내려다보니, 여태 본 중 가장 까마득한 아래로 흙탕물이 보였다. 덕분에 로프 스윙 지점은 훨씬 더 높아 보였다.

그 광경을 보자 난 훨씬 두려워졌다.

하지만 루카스는 전혀 두려워하지 않는 눈치였다. 도리어 돌산 옆을 골똘히 쳐다보고는 소리 내어 웃었다. "누워서 떡 먹기네. 곧 저 시원한 물에서 헤엄치고 있겠군."

그러고는 루카스가 그 말을 던졌다. 바로, 그 후 매일같이 내 뇌리를 떠나지 않던 이 한마디. "토우, 네가 먼저 해볼래?"

아마 루카스는 먼젓번 내가 고래고래 소리치며 했던 말을 귀담아들은 모양이었다. 나는 루카스에게 항상 내가 따라가기만을 바라느냐고 성토했었다. 루카스는 내게 그걸 바꿀 기회를 주고 싶어 했다. 나도 리더가 될 수 있단 걸 증명해 보이도록 말이다.

그 순간 리더가 되고 싶은 마음은 정말 굴뚝같았다. 버킷리스트에서 아홉 번째 항목을 가장 먼저 실행한 사람이 되고도 싶었다. 하지만 아래쪽의 물을 다시 한번 내려다보고는 감히 그럴 용기가 나지 않았다.

"아냐," 내가 루카스에게 말했다. "너 먼저 해."

그러자 루카스는 가장 굵은 가지에 매어둔 커다란 붉은색 오크나무 위로 올라갔다. 그러고는 로프를 잡고 천사같이 우아하게 솟구쳤다가 이내 로프를 놓고 스완 다이빙(양팔을 어깨 옆으로 벌린 후 머리 위로 모아 다이빙하는 방법-역주)으로 곧장 물속에 뛰어들었다. 하지만 불행히도 그때 루카스는 수심 30센티미터 아래 감춰진 화강암 덩어리에 그대로 머리를 들이받았다.

나는 가파른 돌산 벽을 미끄러지듯 내려가 루카스를 물 밖으로 끌어내며 루카스의 이름을 불러댔다. 하지만 내가 루카스에게 다가갔을 때 이미 루카스는 의식불명 상태였다. 충돌로 인해 루카스의 목이 부러졌던 것이다. 결국 한 시간 후 루카스는 우리가 처음 만난 병원에서 죽음을 맞았다.

어디선가 불쑥 들려오는 날카로운 소리에 정신을 차렸다. 무스 녀석이 내게 경고라도 하듯 날카롭게 짖어대고 있었다. 녀석 덕분에 난 현재로 돌아왔고 이내 깨달았다. 그렇지, 친구가 도움이 필요한 마당에 과거에 정신이 팔려선 안 되지.

내 눈에 초점이 돌아올 무렵, 덴버는 이미 돌아서서 날 쳐다보는 중이었다. 난 덴버의 입에서 가시 돋친 말이 나오기만을 기다렸다.

하지만 그 대신 덴버는 혼란스러운 표정을 지었다. 어딘가 얼이 빠진 듯한 모습이었다.

바로 그때 나도 모르게 진심의 말이 튀어나왔다. "차라리 내가 죽었어야 했어. 내가 죽었어야 했다고. 하지만 난 죽지 않았고, 이렇게 아직 살아 있어." 이 말을 내뱉고 나자 그게 사실이란 걸 깨달았다. 지금까지 난 아무리 실망스럽고 죄책감이 들어도, 루카스나 나 자신을 포기하지 않았다. 아무리 불운한 아이 같고, 멍청한 아이 같이 느껴져도 계속해서 앞으로 나아갔다.

"나는 루카스와 마운트 카타딘까지 함께 하이킹을 하기로 약속했어. 그래서 그 약속을 꼭 지키고 말 거야." 나는 떨고 있었지만, 그 어느 때보다 단호한 모습으로 서 있었다.

"그저 실수한 것뿐이야. 형한테 미움받을 거라고? 아니, 절벽에서 뛰어내리는 거야말로 형이 정말로 원치 않는 거야. 게다가 형은 아직도 어딘가 살아 있잖아." 나는 초조한 마음에 마른침을 삼켰다. "아직은 형과 만나 지난 일을 되돌릴 수 있단 뜻이야."

"그렇지 않아," 덴버가 조용히 입을 열었다. "한쪽 눈을 잃은 해리가 눈앞의 야구공이 2.5센티미터 떨어진 건지, 아니면 1.6킬로미터 떨어진 건지 평생 구분할 수 없을 거란 얘길 들었을 때 형은 내가 죽어버렸으면 좋겠다고 말했어. 그러고는 사라져버렸지."

"그놈의 해리," 숀이 말했다. "해리의 경력, 해리의 눈, 해리에 대한 죄책감에서 제발 좀 벗어나."

"나는 죄책감을 가지고 산다는 게 어떤 건지 알…… 하지만 계속 그렇게 살 순 없어." 내가 말했다. 잠깐 동안 지난해의 기억이 흐릿한 잿빛이 되어 머릿속을 스쳐 갔다. 그 일 이후 난 도끼를 들고 악을 써가며 우리가 함께 지은 나무집을 부쉈다. 또 블루베리를 먹거나 지렁이가 보일 때면 영락없이 울음을 터뜨렸다. 게다가 툭하면 몇 시간이고 루카스의 집 뒷마당에 누워 멍하니 슬픈 추억에 빠져 있곤 했다.

"그런데 말이야." 나는 덴버에게로 한 걸음 더 다가갔다. "우리는 그걸 견뎌내며 살아남는 거야. 그렇게 스스로를 용서하는 법을 배우는 거야."

트레일을 벗어난 지금 사방은 고요하기 그지없었다. 이곳엔 오직 잿빛 하늘, 바위와 절벽, 그리고 우리뿐이었다.

내 말이 머릿속에 메아리쳐 울렸다. 처음으로, 언젠가는 나도 정말 나 자신을 완전히 용서할 수 있을지 궁금해졌다.

덴버는 잠시 꼼짝도 않고 서 있었다. 덴버의 손이 부들부들 떨렸다. 덴버가 절벽에서 한 걸음 떨어졌다.

그런데 그때 렉킹볼(철거할 건물을 부수기 위해 크레인에 매달아 휘두르는 쇳덩이-역주) 같은 세찬 바람이 덴버의 가슴팍으로 한 바탕 불어닥쳤다.

27

덴버가 비틀거리며 뒷걸음질 치자 무스가 법석을 떨며 짖어댔다. 손이 바로 덴버를 잡기 위해 돌진했다. 하지만 중심을 잡으려던 덴버가 반사적으로 팔을 들어 올리는 바람에 두 사람의 손은 빗나갔다.

덴버가 뒤로 쏠린 불안정한 자세로 팔을 허우적거렸다. 이미 덴버의 눈은 놀람과 공포로 휘둥그레져 있었다.

결국 덴버는 그대로 절벽 아래로 떨어졌다.

덴버의 몸이 흙과 바위에 긁히는 소리가 나더니 무시무시한 쿵 소리가 이어졌다. 손과 내가 절벽 끝으로 허둥지둥 다가가는 동안 무스는 기를 쓰며 미친 듯이 짖어댔다.

덴버는 절벽에서 약 6미터 아래의 툭 튀어나온 바위에 뒤

틀린 채 쓰러져 있었다. 미동도 없이 눈을 감은 채 얼굴과 앞쪽 가슴은 진흙으로 얼룩져 있었다.

손이 덴버의 이름을 외쳤다. 하지만 돌아오는 대답은 없었다.

손이 다시 소리치자 덴버가 눈을 부릅떴다.

"으으." 덴버가 신음 소리를 냈다.

순간 안도의 한숨과 함께 기침이 터져 나왔다. 엉뚱하게 웃음도 터져 나왔다. 난 안도의 한숨을 뱉어내느라 연거푸 기침을 해대다가 또 그렇게 쿵쿵거리며 웃었다. 덴버가 살아 있어! 덴버가 살아 있다고!

덴버가 아래를 잠깐 쳐다보고는 몸을 일으켜 앉았다. 기적적으로 덴버를 살린 그 좁은 바위에 덴버의 다리가 달랑달랑 걸쳐져 있었다.

"괜찮아, 인마?" 손이 물었다.

덴버가 몸의 다른 부분들을 하나씩 움직이기 시작했다. 먼저 팔을 움직이고 가슴을 조금 흔들어본 뒤 다리를 뻗어보았다. 그러고는 발을 움직여보려다 움찔했다. "발목이 좀 이상해." 덴버가 말하면서 발목을 만져보더니 꺅 하고 비명을 내질렀다. "아무래도 발목이 접질린 것 같아."

"다른 데 아픈 곳은 없고?" 손이 물었다.

덴버가 몸을 구석구석 살펴본 후 말했다. "그냥 발목만 좀 접질린 것 같아."

"걱정 마. 우리가 구해줄게." 숀이 자신의 배낭 쪽으로 가더니 곰 가방용 로프를 꺼냈다.

숀은 로프의 한쪽 끝을 절벽 꼭대기의 바위에 감쌌다. 그러고는 자그마한 손잡이용 매듭을 짓기 위해 로프에 40센티미터 간격으로 고리를 만들었다.

숀이 매듭을 다 만든 후 로프를 옆쪽으로 던졌다. 던져진 로프가 덴버의 어깨 옆쪽에 있던 돌멩이 두어 개를 툭 건드렸다. 숀이 바위 근처에 맨 로프를 힘껏 잡아당겼다. 로프는 팽팽해도 끊어지진 않았다. 숀이 절벽 가장자리로 다시 걸어갔다. "덴버, 올라올 수 있겠어?"

덴버가 로프를 붙잡았다. 그러고는 손잡이용 매듭을 이용해 밑에서부터 약 1미터 지점, 1.5미터, 그리고 2미터 지점까지 조금씩 올라왔다. 하지만 2.5미터 정도에 이르자 별안간 멈춰 섰다. 덴버의 두 발이 로프 매듭을 딛지 못한 채 허공에 달랑달랑 매달려 있었다. 덴버가 신음 소리를 내며 다시 좁은 바위로 내려앉았다. 우리를 올려다보는 덴버의 얼굴이 창백했다. "아무래도 못 올라갈 것 같아. 발에 힘이 없어서 몸을 지탱할 수가 없어."

숀이 절벽을 찬찬히 살펴봤다. 그러는 내내 한참 동안 말이 없었다. "내가 내려가면, 내게 업혀서 올라올 수 있겠어?" 마침내 숀이 덴버에게 물었다.

"응, 아마 버틸 수 있을 거야. 하지만 난 페더급(체중이 53.5~57킬로그램에 해당하는 권투 선수-역주)이 아니야, 숀."

"조용히 해."

숀이 로프를 잡고 벼랑 끝으로 걸어갔다. 그러고는 돌아서서 상체를 젖히자 로프가 숀의 몸을 지탱해줬다. "자, 간다." 숀이 절벽 면에 발을 딛고는 한 걸음 또 한 걸음 내려갔다. 그렇게 두 손을 번갈아 내려갈 때마다 숀의 엉덩이와 어깨가 들썩거렸다. 그런데 한참 내려가던 숀의 머리가 더는 보이지 않게 되기 직전, 공포에 질려 아래를 내려다보는 숀의 모습이 포착됐다.

순간 나는 숀이 어찌할 바를 모르고 있다는 걸 깨달았다. 어떻게든 구해주겠다고 큰소리치긴 했지만 대책도 없이 마음만 앞섰던 것이다. 이제 보니 숀도 몸만 컸지 아직 어린애였다. 나처럼 말이다.

숀이 계속 내려가자 로프가 앞뒤로 흔들렸다. 나는 바닥에 엎드린 채 벼랑 끝으로 기어갔다. 자세히 들여다보니 숀은 덴버에게 반쯤 내려간 상태였다. 로프를 잡은 숀의 손가락 마디가 하얗게 변해 있었다.

"할 수 있어, 친구." 덴버가 말했다.

숀이 한 걸음 더 내려갔다. 그때 숀의 발이 바위의 매끄러운 부분에 닿으며 미끄러졌다. 이윽고 다른 발도 미끄러지며 절벽에 쿵 부딪혔다. 숀이 절벽에서 몸을 떼자 뺨에 난 상처에서 피가 흘렀다.

이제 숀은 굳이 절벽에 발을 디디려 애쓰지 않았다. 그 대신 공포에 휩싸인 채 팔과 손만으로 허둥지둥 내려갔다. 몇 개의 돌멩이가 숀의 가슴팍을 슬쩍 건드리며 아래로 떨어졌다. 돌멩이들은 까마득한 절벽 아래로 끝없이 통통 튀며 떨어질 기세였다.

숀이 숨을 헐떡거리며 마침내 덴버 옆에 착지했다. 그러고는 손으로 로프를 쥔 채 이마가 바위에 닿을 정도로 몸을 앞으로 구부렸다. 숀의 어깨가 부들부들 떨렸다.

이번에는 숀이 절친을 등에 업고 올라갈 차례였다. 그러려면 벼랑 위를 올려다봐야 했다. 깎아지른 듯한 벼랑은 그야말로 소름이 돋았다. 하지만 난 숀이 이 두려움을 느끼지 않았으면 싶었다. 그래서 난 숀에게 엄지손가락을 치켜세웠다.

"좋아." 숀이 덴버에게 말했다. "이제 올라가자."

숀이 천천히 옆으로 몸을 돌려 덴버 옆에 웅크렸다. 덴버가 숀의 목에 팔을 감은 뒤 성한 발로 균형을 잡으며 숀의 허리에 한쪽 다리를 둘렀다. 그러고는 폴짝 뛰어 숀의 등에 업혔다.

순간 숀의 무릎이 잠시 흔들리는 듯싶더니 다시 안정을 찾았다. 숀이 위를 올려다봤다. 숀의 눈을 보니 반드시 해낼 거란 확신이 들었다. 무려 136킬로그램이 넘는 둘의 몸무게를 감당하면서 숀이 한 손 한 손 올라왔다. 그 모습을 지켜보는데 마치 이대로 시간이 멈춰버린 것만 같았다. 숀은 몸을 끌어올려 로프를 잡은 두 손이 가슴팍까지 내려올 때마다 한쪽 다리에 로프를 감은 뒤 양 등산화 사이에 로프를 끼어 팔의 부담을 덜어냈다. 덴버가 로프를 타고 올라오려 했을 때 왜 실패했는지 이제야 알 듯했다. 발목뼈가 부러진 상태에서 숀이 쓴 기술을 활용해 절벽을 오를 방법은 없었다.

숀의 몸짓은 재빨랐다. 가끔씩 끙끙거리긴 해도 전혀 스트레스를 받는 눈치는 아니었다.

하지만 3분의 2쯤 올라가자, 속도가 느려지기 시작했다. 날씨는 쌀쌀했지만 숀의 관자놀이에 맺힌 땀방울이 얼굴을 타고 흘러내렸다. 숀이 잠시 멈추더니 갑자기 가쁜 숨을 몰아쉬기 시작했다. 맙소사, 숀은 지금 과호흡(지나친 호흡운동으로 몸 안의 이산화탄소가 너무 많이 밖으로 나와 숨쉬기 곤란해지는 증상-역주) 상태였다.

"계속 움직여!" 내가 숀에게 소리쳤다. 숀의 손이 미끄러지면서 숀과 덴버가 30센티미터쯤 미끄러졌다. 덴버가 손을 뻗어 숀의 부담을 덜어주려고 로프를 잡았다. 순간 덴버의 다친 발이 튀어나온 바위에 부딪히면서 덴버의 입에서 짧고 날카로운 비명이 터져 나왔다.

내가 손을 뻗어봤지만 손과 덴버는 아직 멀리 있었다. 로프도 잡아당겨보지만 꼼짝도 하지 않는다. 난 둘의 몸무게를 당해낼 재간이 없었다. "잠깐만." 내가 두 사람에게 소리쳤다. 뭐든 도움이 될 만한 걸 찾아 필사적으로 주위를 둘러보는데 손바닥에서 땀이 났다.

바로 그때 손의 가방 옆에 손의 트레킹 폴이 보였다. 나는 폴을 집어 들고 벼랑 끝으로 다시 뛰어갔다. 그러고는 바닥에 엎드려 폴을 아래로 내렸다. 폴은 손과 덴버의 손이 닿는 곳까지 내려갔다. "덴버, 이 폴을 잡아!" 내가 말했다.

덴버가 고개를 저었다. "아니, 넌 내 몸집의 반이잖아. 그냥 내가 로프를 잡을게." 덴버가 다시 한번 로프를 잡았다. 그러자 손의 등에 업힌 덴버의 몸이 손의 반대쪽으로 쏠렸다. 덴버는 자신의 멀쩡한 발을 이용해 절벽에서 몸을 끌어올리기 시작했다.

손이 동작을 멈추더니 2.5센티미터 정도 아래로 쑥 미끄러졌다. "아, 얼마나 더 버틸 수 있을지 모르겠어."

"포기하지 마." 나는 트레킹 폴을 바닥에 놓은 뒤 내 배낭으로 쏜살같이 달려갔다. 그러고는 배낭에서 루카스와 함께 야드 세일(개인이 더 이상 자신에게는 필요 없는 물건을 집 앞마당, 뒷마당, 혹은 차고에 펼쳐놓고 파는 것-역주)에서 구입한 3달러짜리 곰 가방용 로프를 꺼냈다. 이 로프는 엉성했지만, 지금으로선 이게 최선이었다. 나는 손의 로프가 감긴 바위 옆쪽에 로프의 한쪽 끝을 두른 후 사각 매듭으로 고정했다. 그러고는 다시 절벽 가장자리로 달려가 로프를 몸에 두른 뒤 고정 매듭으로 옭아 묶었다.

나는 로프를 오른쪽 다리에도 몇 번 감은 후 다시 바닥에 엎드렸다. 이제 절벽 위에서 덴버까지의 거리가 겨우 30센티미터 남은 상황에서 덴버가 간신히 숨을 헐떡거렸다. 나는 아래로 손을 뻗었다. "저기 바위에다 로프로 몸을 감았거든." 내가 손에게 말했다. "그러니까 꼼짝 말고 거기 있어." 그래놓고선 이 말대로 되길 기도했다.

덴버가 팔을 위로 뻗자, 내가 덥석 잡았다. 덴버가 쥐고 있던 로프를 놓고 다른 팔을 이용해 몸을 끌어올렸다. 나는 있는 힘을 다해 덴버의 팔을 잡아당겼다. 드디어 덴버의 가슴이 벼랑 위에 걸쳐졌다. 나는 덴버의 겨드랑이로 손을 넣어 덴버의 나머지 몸을 절벽 위 가장자리 안쪽으로 끌어당겼다.

내가 덴버를 바닥에 내려놓자 덴버는 바로 몸을 돌려 엎드렸다. "손!" 덴버가 소리쳤다.

우리는 가장자리로 더 가까이 기어가 아래를 내려다보았다.

손이 그 좁은 바위까지 다시 쭉 미끄러져 내려간 상태였다. "아, 내가 할 수 있을지 모르겠어." 손이 내 쪽으로 양손을 들어 보였다. 이미 벌겋게 된 손의 양 손바닥에 두껍게 베인 상처가 길게 나 있었다. "손이 너무 엉망이거든."

"줄을 잡을 수 있겠어?" 덴버가 물었다. 손이 움찔하며 손을 쥐었다 폈다 했다. "아프지만 한번 해볼게."

"그럼 잠깐만." 덴버가 로프를 감아둔 바위 쪽으로 기어갔다. 그러고는 멀쩡한 발로 주변 흙바닥에 홈을 낸 뒤 그 홈에 발을 고정해 로프를 잡고 당기기 시작했다.

나는 덴버 앞쪽에 쪼그려 앉아 함께 로프를 당기기 시작했다. 절벽 면을 따라 손을 끌어올릴수록 로프가 타래를 틀며 발치에 쌓여갔다.

둘이서 당기는데도 무게가 여간 만만치 않았다. 덴버는 내 뒤쪽에 있어 보이지 않았지만, 무리해서 힘을 쓰느라 몇 초에 한 번씩 끙 소리를 냈다. 사지가 불타는 듯 화끈거렸다. 하지만 우리는 계속 잡아당겼고, 머지않아 손의 머리가 절벽 위로 솟아올랐다.

그때 덴버의 다친 발목이 바닥을 찍으며 다리가 휘어졌다. 그 바람에 덴버의 멀쩡한 발마저 홈에서 빠지며 발치에 있던 바위에 쿵 부딪혔다. 순간 덴버의 자세가 엉망진창이 됐다.

갑자기 손의 무게를 버티는 건 온통 내 몫이 됐다. 나는 필사적으로 로프를 잡아당겼다. 하지만 덴버 없이 혼자서 당기려니 이내 중심을 잃고 자세가 흐트러졌다.

손이 다시 절벽 아래로 1미터가량 미끄러지고, 그 바람에 나도 로프에 끌려가 절벽 가장자리에 얼굴을 쿵 부딪혔다.

"토니, 나 미끄러지고 있어!" 덴버가 말했다. 덴버는 지금 한 손으론 바위를, 다른 한 손으론 로프를 잡은 채 앉아 있었다. 덴버의 발은 이제 둘 다 성하지 않은 상태다.

그때 문득 조금 전에 쓰려다가 포기했던 트레킹 폴이 보였다. 나는 로프를 내려놓고 폴의 손잡이 아래 장대 부분을 잡은 뒤 그 뾰족한 끝을 숀의 눈높이 지점까지 내밀었다. "잡아!" 내가 소리쳤다.

숀이 팔을 내밀어 폴의 장대를 잡았다. 덴버와 나는 숀의 무게를 로프와 장대 사이로 고르게 분산시키며 숀을 다시 절벽 꼭대기 위의 단단한 바닥으로 끌어당겼다.

마침내 우리 셋은 바닥에 숨을 헐떡거리며 누웠다. 하늘을 보니 회색빛 먹구름이 옅어지고 있었다. 무스가 내게 달려와 얼굴을 핥기 시작할 무렵, 구름 사이로 한 조각의 푸르른 하늘이 보이면서 햇빛이 가물거렸다.

나는 옆으로 몸을 돌렸다. 덴버는 고통으로 눈을 감고 있었지만, 숀은 밝은 눈빛으로 날 응시하고 있었다. "고마워." 숀이 말했다. 곧이어 기적 같은 일이 일어났다. 숀이 날 향해 미소 지은 것이다.

28

"자, 그럼." 덴버가 말했다.

"자, 그럼." 내가 말했다.

덴버는 지금 침낭에 쏙 들어가 있다. 그 모습이 마치 잠자리에서 동화를 기다리는 아이 같다. 이제 셋 다 무사한 걸 확인하고서 숀과 나는 텐트를 치고 덴버를 안으로 들였다. 덴버는 아드레날린 덕분에 숀을 절벽 위로 끌어올리는 동안에도 서 있을 수 있었다. 하지만 친구가 위험에서 벗어난 지금, 괜스레 어느 한쪽 발목에라도 힘을 실었다간 바로 통증으로 넘어지리란 걸 알고 있었다.

숀과 나는 걷지 못하는 덴버의 호송을 위한 작전에 돌입했다. 사실 우리는 누구와도 연락할 방법이 없었다. 나는 원래 핸드폰이 없었고, 숀과 덴버는 숀의 자동차 앞좌석 사물함에 핸드폰을 두고 왔다. 하는 수 없이 숀은 구조대를 부르기 위해 레이크스 오브 더 클라우즈로 달려갔고, 나는 남아서 숀과 구조대가 도착할 때까지 덴버를 돌봤다.

숀이 출발한 지 30분이 지났다. 아무래도 이번엔 내가 덴버에게 핫초콜릿을 만들어줄 차례인 듯싶다. 덴버가 자신의 제트보일 스토브를 내주며 내게 조립하는 방법을 알려줬다. 나는 원통형의 하얀색 가스통을 돌려 연료관에 끼워 넣은 뒤 스토브 꼭대기에 물이 담긴 냄비 모양의 용기를 놓고 나사처럼 조였다. 이어 작은 플라스틱 시동기를 세게 한번 누르자 스토브에 불이 켜졌다. 뚜껑을 덮고 3분 정도 두니 거품이 일며 물이 끓었다.

"마시멜로도 넣었어." 김이 무럭무럭 나는 머그잔 두 개를 들고 텐트 안으로 들어가며 내가 말했다. 바깥에서 서성이던 무스가 베스티블 옆에 편안히 누웠다.

"고마워." 덴버가 끈적거리는 하얀색 거품으로 가득한 머그잔을 들고 부드럽게 불어댔다. "네 이야기 좀 더 해줘, 토니." 덴버가 말했다.

잠시 생각한 뒤 내가 말했다. "음, 우선 내 본명은 토비야."

덴버의 눈이 휘둥그레졌다. 아무래도 내가 그동안 한 거짓말을 마음속에 하나하나 떠올려보는 눈치다. 모르긴 몰라도 지금쯤 내 거짓말에 역겨움을 느낄 터였다.

하지만 그런 대신 덴버는 "정말 마운트 카타딘까지 갈 수 있을 것 같아?"라고 물었다.

난 솔직하게 말했다. "모르겠어. 하지만 노력해보려고." 덴버가 오랫동안 냉엄한 표정을 지었다. "부모님께 말은 했고?"

나는 고개를 가로저었다. "우리 부모님은 신경도 안 써. 이혼하셨거든. 난 지금 할머니랑 함께 살고 있어." 나는 초콜릿을 한입 가득 삼켰다. 뜨거운 게 목구멍으로 들어오자 발끝까지 따뜻함이 밀려왔다. "우리 엄마 아빠는 아주 어린 나이에 결혼하셨어. 그러다 보니 내가 태어났을 때 정작 스스로 뭘 하고 있는지도 모른 채 싸우기만 하셨지."

"부모님은 나를 두 달에 한 번 할머니한테 데려가셨어. 그러면 할머니는 현관에서 새로운 책과 자그마한 땅콩 엠앤엠즈 한 봉지를 들고 날 맞아주셨지. 또 잠들기 전 잠자리를 챙겨주시며 용감한 용들과 심술궂은 왕자들은 물론, 온갖 마법 주문이 등장하는 가장 환상적인 동화를 들려주곤 하셨어."

"마침내 부모님이 이혼하셨을 땐 아이를 데리고 있을 여유가 없는 두 분을 대신해 할머니가 날 맡아주셨어. 할머니는 재봉실을 내 침실로 바꾼 뒤 내가 가장 좋아하는 짙은 황록색으로 칠해주셨지. 그러고는 매주 토요일마다 블루베리 팬케이크를 만들어주셨어."

나는 기억을 떠올리며 미소 지었다. "지난봄엔 뒷마당에 있는 사탕단풍나무의 수액을 받아 4리터짜리 한 통 분량의 메이플 시럽도 만들어주셨어." 그러다 자신이 없어지며 내 미소가 흔들렸다. "아직 바닥나진 않았을 거야."

덴버는 머그잔을 내려놓았다. "너 할머니 사랑해?"

"응." 내가 조용히 말했다.

"할머니는 네가 트레일에 있는 걸 알고 계셔?"

"잘…… 모르겠어."

"할머니가 아껴주시니?"

나는 머그잔을 응시했다. 갑자기 초콜릿이 너무나도 달게 느껴졌다. "응."

"그럼 할머니가 몹시 걱정하실 거란 생각은 안 드니?" 덴버가 물었다.

"아니." 내가 말했다. 하지만 그 말이 입 밖으로 나오기 무섭게 거짓말인 게 느껴졌다. "메모는 남겼어."

"뭐라고 적었는데?"

"잠시 떠나야만 한다고. 난 괜찮을 거라고. 그리고 걱정 말라고."

"토비. 아마 지금 할머니는 굉장히 겁에 질려 계실 거야. 집을 나온 지는 얼마나 됐니?"

나는 머릿속으로 숫자를 세어봤다. "8일."

덴버가 침낭 바닥에 팔꿈치를 기댄 채 반쯤 누운 자세로 뜨거운 초콜릿을 마셨다. "사실 네 나이 무렵에 해리도 가출을 했어. 형은 단 하루 동안 집을 떠나 있었지만, 부모님이 정신줄을 놓는 걸 보기엔 충분했지. 형이 나간 지 12시간쯤 지나자 부모님은 경찰에 신고하셨어. 하지만 실종 신고를 하려면 적어도 24시간은 지나야 한다더군."

"그래서 우리는 어쩔 수 없이 집으로 돌아왔어. 그리고 기다렸지. 그때 아빠는 쉴 새 없이 거실을 왔다 갔다 하셨고, 엄마는 끊임없이 눈물을 흘리셨지. 마침내 해리는 가출한 지 정확히 18시간 27분 만에 어슬렁거리며 집으로 돌아왔어. 형은 자신이 일으킨 소동에 대해 전혀 개의치 않는 눈치였지."

덴버는 침낭 안에 누운 채 눈을 감았다. "바로 이런 면 때문에 난 형을 용서할 수 없었어. 개의치 않는 태도 말이야." 덴버가 날 쳐다봤다. "네가 사랑하는 누군가를 걱정하게 만드는 건 정말로 끔찍한 일이야."

난 고개를 떨구고 말았다. "나도 할머니께 내가 괜찮다는 걸 알려드리고 싶어. 하지만 하이킹을 그만두고 싶진 않아. 만약 할머니가 내가 있는 곳을 알게 된다면, 난 아마 팝콘 튀는 속도보다 더 빨리 트레일 바깥으로 쫓겨날 거야."

"네가 괜찮다는 걸 누군가 할머니께 전해드리면 어떨까? 그건 나도 해줄 수 있어."

"정말?"

"그럼. 내가 산에서 내려가면 네 할머니께 전화드려볼게. 내가 누군지, 널 어디서 봤는지는 밝히진 않고, 그냥 네가 안전하다는 사실만 전해드릴게." 덴버가 이를 드러내고 싱긋 웃었다. "내 목숨을 구해줬는데 적어도 이 정도는 해야지."

덴버의 컵이 비어 있었다. 내가 덴버의 손에서 머그잔을 빼내려고 하자 덴버가 잠시 놓아주지 않았다. "루카스에 대해 좀 더 말해줘." 덴버가 말했다.

내가 다시 컵을 잡아당기자 덴버가 놔주었다. "뭘 알고 싶은데?" 나도 모르게 경계심이 일었다. 사실 지금도 난 내가 이야기를 다 털어놓고 싶은 게 맞는지 잘 확신이 안 선다.

"그 아이와 함께했던 가장 좋은 기억이 뭐야?"

그 질문에 난 잠시 머뭇거렸다. 그러고는 너무나도 오랜만에 슬픔 없이 루카스를 떠올려봤다. 덴버의 질문을 생각해봤다. 루카스에 관한 이야기…… 그러자 영락없이 죄책감이 밀려왔다. 하지만 난 처음으로 죄책감과 맞서보았다. 그렇게 난 기억을 거슬러 로프 스윙을 하던 날, 말싸움을 벌이던 날, 버킷리스트를 만들던 아침, 그리고 마침내 거의 잊을 뻔했던 그날로 돌아갔다.

"내가 아홉 살이 됐을 때, 루카스는 내 생일선물로 야구 글러브와 야구 방망이를 사줬어. 우리는 뒷마당으로 나가 몇 시간 동안 놀았지. 그날 루카스는 내게 베이브 루스(메이저리그 역사상 전설적인 홈런왕-역주), 테드 윌리엄스(메이저리그 역사상 마지막 4할 타자-역주), 데이비드 오티즈(미국의 전 메이저리그 지명타자 및 1루수-역주) 같은 레드삭스 유명 선수들의 흉내를 내자고 했지. 그래서 우리는 그 선수들로 가장하고 오후 내내 홈런도 치고, 도루도 하고, 늙은 소나무를 심판 삼아 항의도 하고, 루카스네 주방에서 가져온 식탁 매트를 홈플레이트 삼아 그 앞에서 발도 문질러봤지."

"우리는 해 질 녘까지 놀고 집으로 들어갔어. 그랬더니 글쎄 버터크림 프로스팅(케이크와 같은 구운 제품 위에 보이는 두꺼운 버터 베이스 층-역주)으로 장식한 커다란 할머니표 초콜릿 생일 케이크가 있는 거야. 그건 내가 제일 좋아하는 케이크였지."

그 이야기를 하는데 절로 입가에 미소가 번졌다. "그 후에도 우리는 그 나무를 항상 심판이라고 불렀고, 매년 야구 시즌이면 그 나무에 못질을 해서 경기용 셔츠를 입혔지."

덴버가 소리 내어 웃었다.

"그날이 내 인생 최고의 날이었어." 내가 계속해서 말했다. "하지만…… 결국 루카스는 죽었지." 목구멍에 뭔가 걸린 느낌이 들었다. "지금껏 난 만나온 모든 사람에게 불운만 가져왔어."

덴버가 고개를 저었다. "아니, 정반대야, 토비. 적어도 내겐 그래."

이제 내 핫초콜릿도 바닥을 드러냈다. 나는 지저분해진 컵 두 개를 들고 밖으로 나가 헹군 뒤 덴버의 배낭에 다시 집어 넣었다. 그러고 나서 난로를 치운 다음 무스에게 치즈 덩어리 두어 조각과 개 비스킷 한 줌을 먹였다.

다시 텐트 안으로 들어와 보니 덴버는 이미 잠든 상태였다. 나는 침낭에 웅크리고 누워 바람을 맞으며 잠들기 전 배낭 위쪽 수납 공간에서 지퍼락을 꺼냈다. 그리고 지퍼를 열어 주름진 종이 한 장을 꺼내 반듯하게 폈다. 여태 소지하고 다녔지만, 트레일을 시작한 이래로 그걸 꺼내 읽는 건 처음이었다.

~~#1: 낚시하러 가기~~
~~#2: 벌레 먹기~~
~~#3: 영화관에서 하루 종일 보내기~~
~~#4: 나무 위에 집짓기~~
~~#5: 블루베리 따기~~
~~#6: 뗏목 만들어 타기~~
~~#7: 침니 힐의 페리 체험하기~~
#8: 앞바퀴 들고 자전거 타는 법 배우기
~~#9: 돌산에서 로프 즈윔하기~~

#10: 애팔래치아 트레일에서 하이킹하기(벨벳 락스 쉘터→마운트 카타딘)

이제 불운 생각 따윈 집어치우련다. 난 어떻게든 이 열 번째 항목을 이행할 거다. 그렇게 해서 버킷리스트의 모든 항목을 완수할 거다. 루카스와 날 위해.

29

"똑똑."

누군가가 텐트 문을 두드렸다. 지퍼가 내려가고 애비의 아름다운 얼굴이 내 위로 서성였다. "안녕, 친구." 애비가 말했다. 애비는 구급상자와 작은 배낭을 들고 있었다.

나는 눈을 비비며 일어나 손가락으로 엉킨 머리카락을 빗질하듯 당겼다. 애비한테 근사해 보였으면 했기 때문이다. "아-안-녕……! 아, 그러니까, 안녕하세요! 여긴 웬일이세요?" 나는 거의 정신 나간 사람처럼 씩 웃었다.

애비가 텐트의 덮개를 좀 더 젖히자 바깥에 서 있는 사람들 무리가 눈에 띄었다.

"수색 구조대를 데려왔어." 애비가 말했다. "레이크스 오브 더 클라우즈에서 우리 쪽 미즈파 스프링 헛으로 무전을 쳐왔어. 이분들은 너희들의 사정을 듣고 도움을 주려고 두 오두막에서 온 직원분들과 손님들이셔."

한바탕 인사 소리가 들려더니 숀이 시야에 들어왔다. 로프에 긁힌 숀의 손은 붕대로 감겨 있었다. "덴버는 어때?" 숀이 물었다.

덴버는 코를 골며 자는 중이었다.

"덴버는 괜찮을 거 같아." 난 이렇게 말한 뒤 덴버를 쿡쿡 찔렀다. "구조될 시간이야, 덴버."

덴버가 한쪽 눈을 뜨며 중얼거렸다. "5분만." 그러고는 다시 눈을 감았다.

애비가 헛기침을 하자 덴버가 두 눈을 떴다.

"내 말은, 준비됐다고." 덴버가 말했다.

"조금만 비켜줄래, 토니." 애비가 몸을 수그린 채 텐트 안으로 들어왔다. 그러고는 마치 더위 속에 우리를 가둬놓기라도 하듯 텐트 덮개의 지퍼를 닫았다. "덴버에게 진통제가 있었던가?" 애비가 물었다.

나는 고개를 가로저었다. 그러자 애비가 구급상자를 열어 이부프로펜(소염진통제-역주) 네 알을 꺼내 덴버의 입에 넣어주고는 물이 가득 담긴 병을 건넸다. 덴버가 약을 삼키자 애비가 명령하듯 말했다. "이제 누워."

애비가 덴버의 발이 보일 때까지 침낭을 열었다. 그러고는 손가락 끝으로 덴버의 양말을 붙든 뒤 조심스럽게 아래로 끌어당겨 발목을 노출시켰다. 그렇게 다른 쪽 양말도 똑같이 끌어내렸다.

덴버가 끙 소리를 내며 입술을 살짝 깨물었다. "얼마나 심한가요?"

몰래 엿보니 덴버의 두 발목은 자줏빛을 띠고 있었다. 오른쪽 발목이 왼쪽 발목보다 적어도 두 배는 부어 있다.

"출혈이 없어 그나마 다행이야." 애비가 덴버의 엄지발가락을 꼬집어봤다. "느껴져?"

덴버가 고개를 끄덕였다.

애비는 나머지 발가락도 꼬집어보며 감각이 있는지 물었다. 그럴 때마다 덴버는 고개를 끄덕였다. "발가락을 한번 움직여볼래?" 애비가 다시 말했다.

덴버가 집중하자 발가락이 살짝 까닥였다.

"좋아." 애비가 말했다. "다행히 아직은 피가 잘 도네. 두 발목을 다 쳤으니 걸어서 집에 갈 순 없을 거야. 그래도 긴급 상황은 아니라 헬리콥터까지 동원할 필요는 없겠네."

"이봐, 빌!" 애비가 밖을 향해 소리쳤다.

"응?" 텐트 밖의 목소리가 말했다.

"레이크스 오브 더 클라우즈 안내데스크로 무전 좀 쳐줘.

거기서 환자를 마운트 워싱턴까지 데려갈 거거든. 지금 환자는 두 발목을 모두 삔 상태지만, 즉시 후송할 필요는 없어. 일단 거기 도착하면 마운트 워싱턴까지 얼마나 걸릴지 예상 도착 시간을 알려줄게. 아마 날씨만 괜찮다면, 거기서 마운트 워싱턴 정상까지 두세 시간이면 충분할 거야."

나는 레이크스 오브 더 클라우즈가 정상에서 고작 1.6킬로미터면 갈 수 있는 거리란 걸 알았다. 평범한 등산객이라면 채 한 시간도 안 걸릴 거리다. 하지만 덴버를 데리고 간다면 그만큼 늦어질 게 뻔하다.

"그럴게, 대장." 빌이 말했다.

애비는 다시 덴버에게 주의를 돌렸다. "이제 네 발목에 U자 부목을 댈 거야." 그러고는 배낭에서 티셔츠 한 장을 꺼내 길고 단단한 튜브 모양으로 돌돌 말았다. "이거 좀 잡고 있을래?" 애비가 내게 말했다.

애비가 내게 티셔츠를 건넬 때 손가락이 스쳤다. 아, 나는 세상에서 가장 운 좋은 아이다!

애비가 덴버의 발목에 손을 얹고 뒤틀린 발이 정강이와 90도를 이루도록 조심스럽게 돌렸다. "발바닥에 티셔츠의 중심 부분을 둘러. 그다음 다리 옆을 따라 티셔츠의 양쪽 끝을 대고 있어." 애비가 나를 향해 말했다.

나는 시키는 대로 했다. 자기 일에 능숙한 사람과 함께 있으면 왠지 기분이 좋아진다. 애비는 덴버의 발을 내려놓은 뒤 구급상자에서 동그랗게 말린 접착테이프를 꺼냈다. 그러고는 접착테이프로 발바닥 앞쪽부터 시작해 티셔츠로 만든 부목, 나머지 발바닥에서 발목 위, 그리고 다리 옆쪽으로 올라가며 다리를 감쌌다. 애비가 처치를 마칠 무렵, 티셔츠 부목과 접착테이프는 덴버의 발목에 단단히 고정됐다.

애비는 두 겹의 테이프를 더 감싼 후에야 만족했다. 이어 두 번째 발목에도 똑같은 처치를 했다. "이제 텐트 입구로 가 있으면 사람들이 와서 바깥쪽 들것에 달린 침낭에 눕혀 이송할 거야."

덴버가 일어나 앉으며 작은 경례를 했다. "예, 대장님." 애비가 텐트의 입구를 열자 덴버가 엉덩이를 끌어 텐트 입구 쪽으로 갔다. 그러자 사람들이 덴버를 들어 파란색의 폭신한 침낭이 달린 밝은 오렌지색 들것에 옮겼다.

덴버가 들것에 눕자 애비는 침낭의 지퍼를 올린 뒤 덴버의 머리에 모자를 씌웠다. "누워서 좀 쉬어." 애비가 말했다. "갈 길이 멀거든."

애비는 사람들에게 각각 1번부터 12번까지 번호를 부여한 다음 먼저 1번에서 6번까지 들것 주위에 모이도록 지시했다. 그러고는 1번은 선두에, 4번은 후방에, 2, 3, 5, 6번은 옆에서 들도록 했다. 이들은 셋을 세는 동시에 들것을 들어 덴버를 나르기 시작했다. 나머지 사람들은 팀이 지칠 때 교체를 위해 뒤따라왔다.

들것 운반대가 거친 땅 위로 천천히 나아갔다. 나는 숀과 함께 뒤에 남아 텐트를 접었다. 숀과 나는 빠뜨린 짐이 없는지 확인한 후 마치 트레일 일행을 뒤쫓듯이 구조대를 따라갔다.

비가 갑자기 성난 기세로 쏟아졌다. 아직 우박이 내리진 않았지만 사나운 바람이 휘몰아치기 시작했다. 구조대원들이 잠시 멈춰 비옷을 꺼내 입은 뒤 이송을 이어갔다. 레이크스 오브 더 클라우즈가 시야에 들어올 무렵, 기온이 20도가량 떨어지면서 트레일의 바위들이 얼기 시작했다.

우리가 오두막 안으로 쿵쾅거리며 들어갈 때쯤, 하늘은 얼음 섞인 빗방울을 사방으로 흩뿌려댔다. 애비는 구조대원들을 도와 덴버를 식당 옆 입구에 내려놓았다. 그러고는 덴버의 발목 상태를 다시 한번 점검했다. "아직도 피는 잘 통하네. 오늘 밤 날씨로 봐선 더 이상 이동하는 건 위험해. 오늘 밤은 여기서 묵고, 내일 아침 마운트 워싱턴 정상으로 향하는 게 어때? 날씨도 괜찮고 차도 막히지 않으면 네 부모님이 거기로 널 직접 데리러 오실 거야."

"오, 이부프로펜이 효과가 있네요. 한결 편안해졌어요. 아, 맞아요, 이렇게 줄곧 날씨에 시달리느니 앞으로 열 시간은 오두막에서 보내는 게 낫겠어요." 덴버가 말했다.

"이봐, 네이트!" 애비가 레이크스 오브 더 클라우즈의 직원 중 한 명을 불렀다. "오늘 밤 빈 이층 침대가 있을까?"

네이트가 양쪽에 문이 나 있는 좁고 기다란 복도를 향해 고개를 끄덕였다. "한 개 남았어. 내가 저녁 식사 전에 확인했 거든. 세 번째 침실의 아래쪽 침대가 비어 있어."

애비가 들것을 운반하는 사람들에게 한 번 더 덴버를 들도 록 지시했다. 우리는 막 수프를 먹으려는 손님들로 가득 찬 식당 테이블을 지나 복도를 통해 침실로 들어섰다. 애비는 정갈하게 개켜진 석 장의 모직 담요가 보이는 이층 침대의 아 래 칸 옆에 들것을 놓도록 했다.

구조대 자원봉사자들과 나머지 오두막의 직원들이 식사 를 하러 식당으로 가자, 덴버 곁에는 숀, 애비, 그리고 내가 남았다.

애비는 비에 흠뻑 젖은 구조대의 침낭에서 덴버를 끌어올 려 매트리스에 앉혔다. 그러고는 마지막으로 덴버의 발을 점 검했다. "이제 라이스만 좀 하면, 취침 준비는 끝이야." 애비 가 덴버에게 말했다.

"갑자기 라이스(쌀)라고 하니까 배가 고파지는데요." 덴버 가 말했다.

애비가 방긋 웃었다. "라이스RICE는 '안정(Rest. 손상된 부위를 움직이지 않고 약 24~48시간 동안 쉬는 것-역주), 얼음(Ice. 손상 부위를 24~48시간 동안 규칙적으로 냉찜질하는 것-역주), 압박(Compression. 붓기를 억제하고 안정시키기 위해 손상 부위를 탄력 붕대로 감는 것-역주), 올림(Elevation. 출혈, 부종, 통증을 감소시키기 위해 손상 부위를 심장보다 높이 올려주는 것-역주)'의 약자야. 보통 염좌와 접질림에 쓰이는 표준 응급처치법이지." 애비가 문 옆 긴 의자에서 여분의 담요 몇 장을 가져와 덴버의 발 밑으로 밀어 넣었다.

애비는 다시 한번 구급상자를 뒤져 즉석 아이스 팩을 꺼내서 마룻바닥에 던져놓고는 얼음찜질을 위해 덴버의 발목에 아이스팩을 얹었다. "쉬고 있어," 애비가 말했다. "곧 수프를 가져올게."

덴버가 뒤로 기댄 후 눈을 감고는 말했다. "저기, 얘들아."

"응?" 숀이 말했다.

"고마워."

"좀 자둬, 친구." 숀이 문 쪽을 향해 고개를 끄덕이며 말했다. 덴버가 다시 코를 골기 시작하자, 숀과 나는 발끝으로 조용히 걸어 나갔다.

30

워낙 고약한 날씨라 텐트를 치러 갈 엄두가 나지 않았다. 손과 내가 주방에서 레이크스 오브 더 클라우즈의 직원을 찾자 네이트라는 남자가 우리에게 던전(성 등의 지하에 건설된 감옥이나 지하실-역주)이라는 여분의 침실을 보여줬다. 청록색 페인트칠이 심하게 벗겨진 녹슨 문에는 바람에 닳고 닳은 빨간색 글씨로 '쉘터(비상용)'라고 쓰인 나무 간판이 보였다.

"이곳은 우리의 응급 대피 공간이야. 악천후에 넘쳐나는 등산객을 수용하기 위해 만든 곳이지. 지금 일반 침실은 만원이니 여기 묵으면 돼." 네이트가 말했다.

오늘 밤은 오두막 안에서 자지 않아 기뻤다. 이틀 전 질랜드 폴즈 헛Zealand Falls Hut에 있을 때도 사람이 참 많다고 여겼는데 이곳 레이크스 오브 더 클라우즈의 인파에 비하니 거긴 아무것도 아니다 싶다. 어디선가 읽었는데 이 오두막의 수용 인원은 백 명 이상이라고 한다. 백 명은 확실히 내게 편치 않은 숫자다. 나는 던전 문을 밀어 열었다.

던전 안을 들여다보니 문에서 가장 먼 구석 쪽에 여섯 개의 이층 침대가 L자 모양을 이루고 있었다. 간단한 구조로 냉기가 좀 돌았으나 비바람은 잘 막아줬다.

숀과 내가 슬리핑 패드와 침낭을 두 개의 이층 침대 아래 칸에 내려놓는 동안, 무스는 밤새도록 쿵쿵대며 우리 주변을 맴돌았다. 이곳 아래 칸은 좀 으스스했다. 어디선가 낮은 신음 같은 바람 소리가 끊임없이 들려왔다. 싸늘하고 눅눅한 곳에 있으려니 마치 문명과 동떨어진 산중에 있는 느낌이 들었다. 왜 이곳이 던전이라고 불리는지 알 것 같았다.

침대에서 잘 준비를 마친 후 숀과 나는 저녁 식사를 위해 오두막으로 돌아갔다. 무스는 잠시 밖에서 놀도록 둔 뒤 우리는 재빨리 식사를 마쳤다. 그러고는 다시 잠을 청하기 위해 무스와 함께 던전으로 돌아왔다. 하지만 좀처럼 숙면을 취하진 못했다. 쉴 새 없이 발톱 소리를 내며 차가운 돌바닥을 서성이는 무스 녀석 때문이었다.

다음 날 아침 애비와 미즈파 스프링 헛에서 온 다른 직원 두 명은 자신들의 오두막으로 돌아갈 채비를 했다. 애비가 떠나기 전에 날 안아줬다. "덴버가 다 말해줬어. 거기서 널 만나다니 덴버와 숀은 정말 운이 좋구나."

내 얼굴은 홍당무가 됐다.

"조심해, 토니." 애비가 이렇게 말하고는 문 쪽으로 향했다.

"제 이름은 토비예요."라고 뒤늦게 말해보지만, 이미 애비는 가고 없었다.

이제 구조작업은 네이트가 떠맡았다. 밤사이 덴버의 발목이 좀 나아지긴 했지만 아직은 걸을 수 없었다. 아침 식사를 마친 네이트가 열두 명의 자원봉사자를 모아 다시 덴버를 들것에 태웠다.

그렇게 우리가 오두막을 나설 무렵, 바람은 여전했지만 하늘은 맑았다. 아침 일기예보에 따르면 앞으로 몇 시간은 해가 날 듯하다. 오늘은 날씨도 따뜻한 데다 일부 바위를 제외하면 급경사도 없어 들것 운반이 수월해 보인다. 마침내 교대할 차례가 되어 내가 운반대에 합류했고, 무스는 종종걸음으로 내 옆을 따라왔다.

마운트 워싱턴의 정상 부근에 건물들이 눈에 띄었다. 공중으로 우뚝 솟은 로켓 발사대 같은 철제 탑들도 보였다. 코그 레일웨이(세계 최초의 산악기차-역주)의 높이 솟은 철로 위론 한 칸짜리 기관차가 칠흑 같은 연기를 내뿜으며 산 위로 승객을 실어 나르고 있었다.

바위로 뒤덮인 언덕 꼭대기에 이르자 어느새 우리는 둥근 돌탑의 가장자리에 서 있었다. 이 돌탑은 마치 라푼젤(월트 디즈니의 장편 애니메이션에 등장하는, 18년간 탑 안에 갇혀 살던 공주-역주)이 살았을 법한 그런 돌탑이었다. 이곳의 거대한 주차장엔 차를 타고 내리는 사람들로 발 디딜 틈 하나 없었다. 한 무리의 사람들이 정상을 향해 나무로 된 계단을 올라갔다. 개중엔 배낭을 메고 트레킹 폴을 든 사람도 있었지만, 대부분은 얇은 면 셔츠 차림에 카메라를 목에 두르고 로퍼(끈으로 묶지 않고 편하게 신을 수 있는 낮은 가죽신-역주)를 질질 끌거나 지갑을 쥔 채 걷고 있었다. 뭐랄까, 어디서 강풍이라도 불면 영락없이 막대 아이스바 신세가 될 차림이었다고나 할까.

"래리, 래리! 저것 좀 봐!" 밝은 분홍색 입술에 저지 억양이 심한 한 여자가 느릿느릿 걷고 있는 덩치 큰 남자의 털북숭이 팔을 팔꿈치로 쿡쿡 찔러대고 있었다. 빡빡 민 남자의 머리는 광을 낸 주방 바닥처럼 반들반들했다.

"고만 좀 찔러대, 재니스!" 래리가 말했다.

"저 들것에 사람이 실려 있어. 애들한테 보여주게 어서 사진 좀 찍어봐!" 재니스가 우리 쪽으로 서둘러 다가왔다. 래리는 주저했다.

근방의 여행객 십여 명이 일제히 고개를 돌리면서 우리는 순식간에 사진가들 무리에 둘러싸였다. 먼저 튼튼한 니콘 사진기를 든 남자는 낮은 각도의 촬영을 위해 몸을 웅크리고 있었고 분홍색 미니스커트와 보석 박힌 샌들을 착용한 두 여성은 아이폰을 가로로 든 채 우리 쪽으로 걸어오고 있었다. 또한 젊은 여자는 일회용 구식 필름 카메라를 들고 다가오고 있었다. 그때 래리가 뒤뚱거리며 앞으로 나와 들것 사진을 찍기 시작했다. 그 모습에 무스가 으르렁거렸고, 난 무스를 진정시키기 위해 녀석의 머리에 손을 얹었다.

"모두들 물러서요." 네이트가 소리쳤다. "이건 구조작업이지 서커스 쇼가 아니에요."

"오오오, 얼마나 심한 거야? 죽은 거지?" 재니스가 물었다. "래리, 저 죽은 남자의 사진 좀 찍어봐!"

"선생님!" 네이트가 소리쳤다. 이어 한 옥타브 떨어진 목소리로 말했다. "들것에서 떨어지세요!"

"이 컷만 찍을게요." 래리가 덴버의 얼굴을 찍으려고 몸을 구부렸다.

나는 손을 힐끗 쳐다보았다. 손은 두 손을 불끈 쥐고 있었다. 언제라도 래리의 얼굴에 펀치를 날릴 기세였다.

"선생님!" 네이트가 또 한 번 소리쳤다. "지금 당장 비키지 않으면 수렵 감시관을 불러 구조작업을 방해한 죄로 선생님을 구금할 겁니다."

"에이, 그런 게 어딨어요." 래리가 셔터를 찰칵찰칵 눌러댔다.

"선생님은 지금 공원 관리법 7-12-O-1-2를 위반하고 있습니다. 이 법에 따르면 구조대장의 말을 고의로 무시하는 시민은 5,000달러의 벌금을 내야 해요. 수렵 감시관을 불러 어디 한번 이 사실을 확인해볼까요?" 네이트가 벨트에서 워키토키를 꺼내더니 바로 귀에 갖다 댔다.

"네, 네, 알았다고요." 래리가 투덜거리며 들것이 지나가도록 비켜줬다.

"래리, 사진 잘 나왔는지 확인해봐." 재니스가 말했다. "우리가 진짜 죽은 사람을 봤다는 걸 메이비스와 제리에게 보여주고 싶거든."

몇 번의 위협을 더 가하고 군중을 정리한 뒤에야 마침내 들것은 일련의 나무 계단을 올라 꼭대기의 벙커 같은 커다란 방문객 센터로 향할 수 있었다.

이제 내가 마지막으로 들것을 들 차례였다. 나는 무스한테 밖에 있으라고 말한 뒤 덴버를 건물 안으로 옮기는 걸 도왔다. 덴버를 내려다보는데 왜 재니스가 덴버를 죽었다고 생각했는지 감이 왔다. 소동이 벌어지는 내내 덴버는 깊이 잠들어 있었던 것이다.

방문객 센터에 도착하자 네이트는 정상까지 자동차 도로로 오고 있는 덴버의 부모님에게 전화를 걸었다.

"네 부모님은 30분 안에 도착할 거야." 전화 통화를 마친 네이트가 덴버에게 말했다.

"저기 궁금한 게 있는데요." 내가 말했다.

"응?"

"아까 정말 그분을 체포해 벌금을 물릴 수 있었나요?"

네이트가 소리 내어 웃었다. "아니."

"그럼 그 코드는요?"

"난 오두막 직원이야. 그처럼 공식적으로 들리도록 말을
만드는 게 내 일이지."

네이트가 덴버의 침낭 지퍼를 열며 말했다. "자, 이제 이송
하기 전에 한 번 더 발목을 확인할 거야."

네이트가 마지막 점검을 시작할 때쯤 어디선가 튀긴 음식
냄새가 코를 찔렀다. 몇 주간 트레일에만 있었던 터라 그 냄
새는 날 방문객 센터의 카페테리아로 이끌기에 충분했다. 이
곳은 일부 하이힐을 신고 휘청휘청 걷는 여성을 비롯해 배고
픈 관광객들로 북적이고 있었다. 이들은 핫초콜릿이나 클램
차우더(대합을 넣은 채소수프-역주), 바싹 구운 소시지, 라드(돼지
비계를 정제하여 하얗게 굳힌 것-역주)로 구워낸 햄버거 패티, 굵고
기름진 프렌치프라이를 찾아 돌아다니는 중이었다.

난 프렌치프라이를 한 접시 산 뒤 그 위에 케첩을 듬뿍 뿌
렸다. 그러고는 프렌치프라이를 우적우적 씹으며 주변을 좀
더 잘 살펴보았다. 카페테리아 옆엔 열쇠고리를 파는 기념품

가게가 있었다. 그곳에선 키체인, '이 차는 마운트 워싱턴을 오른 차입니다'라는 문구가 적힌 범퍼 스티커, '사슴 똥' 모양의 아몬드 초콜릿은 물론, 티셔츠, 운동복 상의, 모자, 반다나를 팔고 있었다.

음, 이 물건들은 내겐 사치였다. 프렌치프라이도 잘 먹었겠다, 이제 그만 문명에서 멀리 떨어진 바깥세상으로 돌아가야지 싶다. 나는 덴버와 숀에게 가서 말했다. "난 이만 트레일로 돌아갈게."

덴버가 일어나 앉더니 주머니에서 종이와 펜을 꺼냈다. "아, 잠깐만," 덴버가 뭔가 바라는 눈초리로 날 쳐다봤다. "내가 네 할머니 전화번호를 받아놓을까 아니면 그러지 말까?"

아, 참. 잠시 망설여졌지만, 난 덴버가 신뢰를 저버릴 사람이 아니란 걸 알았다. 덴버는 내 일을 방해하지 않으면서도 할머니에게 나에 관한 메시지를 전달할 사람이었다. 나는 덴버에게 할머니의 전화번호를 알려주었다.

덴버는 전화번호를 받아 적은 뒤 종이를 주머니에 넣었다.

"저기." 숀이 내 쪽으로 다가오더니 눈치챌 새도 없이 날 덥석 껴안았다. 난 온몸에 마비라도 온 듯 꼼짝 않고 서 있었다. 그토록 투박하기만 하던 숀이 이런 살가운 행동을 하다니 도무지 믿기지 않았다. 하지만 다음 순간 나도 함께 숀을 껴안았다.

손이 날 놓아주고는 이내 손등으로 눈에 서린 눈물 같은 걸 비벼 없앴다. "그동안 내가 참 재수 없게 굴었지만 너란 아이를 알게 되어 정말 기뻐."

"나도 우리가 서로 만나게 되어 정말 기뻐." 이 말은 진심이었다. 다행히도 우리는 과거로부터 서로를 구하는 데 도움을 주었다. 덴버의 형으로부턴 덴버를, 루카스로부턴 날 구한 것이다. 문득 슬픔의 파도가 밀려들었다. 다시는 둘을 못 볼 것 같다는 생각이 들었다. 두 사람이 얼마나 대단한지 말하려고 막 입을 떼려던 찰나였다. 두 사람이 그리울 거라고, 이제 둘 다 우리 할머니의 전화번호가 있으니 언제든 전화해서 만날 수 있을 거라고 말해주고 싶었다.

그런데 그때 곁눈으로 어른 두 명이 이쪽으로 황급히 다가오는 게 보였다. 덴버와 같은 푸른 눈의 중년 남성과 어두운 갈색 머리의 중년 여성이었다. 아무래도 괜한 질문 공세에 시달리기 전에 먼저 자리를 떠야 할 듯싶다. "이만 가봐야겠어." 난 중얼거리며 배낭 쪽으로 뛰어갔다.

"안녕, 친구." 손이 말했다.

"안전한 여행 되렴, 토비." 덴버가 말했다.

"고마워. 조심히들 가."

나는 배낭을 둘러메고 나섰다. 때마침 아들을 향해 쏜살같이 달려가는 덴버의 부모님을 그렇게 해서 아슬아슬하게 빗나갈 수 있었다. 나는 무스를 불러 곧장 길을 떠났다. 서둘러 마운트 워싱턴 정상을 떠나 다음 봉우리인 마운트 제퍼슨 Mount Jefferson으로 향할 수 있어 다행이었다. 일단 주차장과 기차 정류장에서 멀리 떨어진 산등성이를 넘자 군중이 사람들의 행렬 속으로 사라졌다.

마운트 제퍼슨의 정상은 작은 크기의 돌출된 바위들로 뒤덮여 있었다. 그 바위들을 기어 올라가다 보니 마침내 정상을 표시하는 금속 재질의 표시물이 보였다. 이 표시물을 밟지 않았던 마운트 워싱턴은 진정으로 정상에 도달한 게 아니라는 생각이 들었다. 아마도 마운트 워싱턴이 내가 걸어온 전체 트레일 중 가장 높은 지점이었을 텐데 말이다.

하지만 잠시 후, '뭐 아무려면 어때'라는 생각도 들었다. 이미 정상에서 30미터 이내까지 도달한 마당에 깜박 잊고 실제 정상을 못 밟은 게 뭐 그리 대수란 말인가. 게다가 난 절벽에서 뛰어내리려는 사람을 구하기도 했다. 내 배낭엔 행운의 유리구슬도 들어 있다. 거기다 실제 무스로부터 날 구해준 개에게 먹이도 주고 있다. 난 지금 아주 잘 지내고 있다!

무스와 나란히 토르티야와 치즈로 간식도 먹었으니 이제 다음 코스로 넘어갈 차례다. 곧이어 우리는 마운트 아담스 Mount Adams에 도전한 후 아래로 내려갔다.

매디슨 마운트Madison Mount의 정상은 0.8킬로미터도 채 되지 않았다. 거기에 이르자 때는 이미 늦은 오후였다. 그 후 4.8킬로미터를 더 가니 오스굿 텐트사이트Osgood Tentsite가 나타났다. 이렇게 우리는 오늘 네 개의 봉우리를 넘고 총 16킬로미터를 이동했는데, 그중 하나가 세 시간짜리 텐버의 이송이었다. 뭐, 이 정도면 제법 괜찮지 않은가.

나는 스토브를 꺼내 조심스레 동그란 파란 불꽃이 일도록 불을 켰다. 그러고는 물을 반쯤 채운 냄비를 스토브에 올려놓았다. 물이 끓으면서 냄비 가장자리로 촘촘한 거품이 일 때쯤, 라이스 앤 빈 상자를 열어 안에서 비닐봉지를 꺼냈다.

이어서 끓는 물에 쌀과 콩을 붓고 불을 낮춘 다음 조각조각 썰어둔 소시지를 냄비에 넣고 부글부글 끓였다. 그러고 난 뒤 수프 안의 내용물이 다 익기 전에 치즈 한 조각을 냄비 중앙에 넣었다. 곧이어 치즈가 녹으면서 부드럽고 걸쭉한 영양 만점 스프가 완성됐다.

불꽃이 꺼질 때까지 연료의 손잡이를 비튼 뒤 스토브에서 냄비를 내렸다. 냄비는 뚜껑을 덮은 채 몇 분간 그대로 뒀다. 이제 저녁 식사를 위해 평평한 바위 위에 냄비를 올려놓고 자리를 잡는다. 바닥에 발톱이 부딪히는 소리와 함께 무스도 내 옆쪽 바위 위로 풀쩍 뛰어올랐다. 나는 무스의 머리를 사랑스럽게 헝클어뜨린 뒤 녀석을 위해 내 수프를 조금 바닥에 부었다.

저녁을 먹고 나선 텐트를 친 뒤 바깥에 앉아 석양을 바라보았다.

한밤의 짙푸른 어둠이 깃들기 이전 기다란 황금색 줄무늬들이 하늘을 수놓고 있었다. 해가 지평선 아래로 떨어지면서 벌써 반달이 어렴풋이 드러났다. 지금 석양엔 평온한 기운이 감돌고 있다. 이 평온은 막막함이나, 추위, 고독한 밤과는 다른 세계의 것이었다.

무스가 살금살금 옆으로 다가와 털썩 주저앉았다. 그렇게 내 무릎을 베고 엎드린 녀석과 나란히 우리는 밤하늘의 별들이 하나둘 나오는 걸 지켜보았다.

31

다음 날 아침, 무스와 나는 17.7킬로미터 남짓 떨어진 카터 노치 헛으로 출발했다. 그곳에서 밤을 보낼 생각은 없지만, 앤디가 준 행운의 유리구슬을 오두막 직원들에게 돌려줘야 했다. 여기까지 오게 된 건 이 유리구슬 덕분이지만 이제 남은 트레일은 나 혼자 마칠 수 있다. 간 김에 근처에 야영할 수 있는 은신처가 있는지도 물어봐야 할 듯싶다. 카터 노치 헛에서 다음 쉘터까진 11.3킬로미터 거리였는데 아무리 지금은 컨디션이 좋다 해도, 하루 29킬로미터는 여전히 무리였다.

우리는 트레일의 가파른 구간을 조심스레 내려갔다. 하지만 일단 그곳 계곡의 바닥에 이르자, 수 킬로미터에 달하는 평평하고 매끄러운 지대가 펼쳐졌다.

어느새 걸음 폭도 길어지고 마음도 강해졌다. 내 몸 구석구석 강인함이 싹트기 시작했다. 유연한 몸동작, 단단한 발걸음, 리드미컬하면서도 분명한 트레킹 폴의 움직임을 보면 알 수 있다.

이른 오후, 우리는 핑크햄 노치 방문객 센터에 도착했다. 이곳의 내부엔 식당과 상점이 있었고, 상점에선 장갑, 모자, 지도, 정수 장비, 손 핫팩이나 발싸개 같은 걸 팔았다. 그리고 그 지역의 산과 계곡을 본뜬 모형도 진열되어 있었는데 이 모형엔 붉은색의 작은 점선으로 트레일이 표시되어 있었다.

화장실 표지판을 따라 계단을 내려가니 동전 투입식 샤워기가 보였다. 나는 안내데스크로 가서 3달러 치의 25센트짜리 한 움큼과 2달러짜리 대여용 수건을 받아 왔다. 그러고는 샤워실 입장료 4달러를 포함해 총 20달러를 지불한 뒤 거스름돈을 받았다. 지퍼락에 돈을 넣으며 다시 한번 금액을 확인해봤다. 지금 내겐 182달러가 남아 있다.

나는 샤워실로 돌아와 칸막이 샤워실로 들어가 옷을 벗은 뒤 벽에 있는 동전 투입구에 25센트를 넣고 손잡이를 비틀었다. 뜨거운 물이 피부에 닿자, 내 결정이 옳았다는 생각이 들었다. 행복에 겨운 탄성이 절로 나왔다. 샤워실에 내 소리를 엿들을 사람이 하나도 없다는 게 정말 다행으로 느껴졌다. 난 손가락과 발톱 사이사이, 귀 뒤, 겨드랑이 구석구석 때를 벗기고, 두피도 벅벅 문질러 닦았다. 그렇게 25센트 하나에 3분씩 나오는 물이 끊길 때까지 꼬박 3달러를 다 쓴 후에야 아쉬운 마음을 안고 샤워를 마쳤다.

몸을 말린 뒤엔 젖은 머리카락이 반쯤 말라 서로 뒤엉킬 때까지 세게 문질렀다. 비록 다시 더러운 옷을 입고 나가지만, 샤워실을 나설 때의 기분은 그야말로 최고였다.

물병들을 다시 채우고 수건을 반납한 뒤 식당에 들러 샌드위치 한 개와 레모네이드를 사서 나오는데 다시 트레일에 나서는 발걸음이 날아갈 듯 가뿐하다.

몇 킬로미터에 이르는 내리막길과 평탄한 길을 지난 후, 트레일은 갑자기 가파른 지대로 변했다. 땅속 깊이 박혀 있지 않은 작은 바위들도 곳곳에서 눈에 띄었다. 빽빽이 우거진 덤불 사이로 앞서 나가던 무스가 내가 있는 곳을 확인하려고 불쑥 나타났다.

나는 계속해서 위로 올라갔다. 관자놀이에서 땀이 흘러내렸다. 어느새 셔츠가 흠뻑 젖어 배낭끈에 눌린 피부가 쓸렸다. 배낭의 무게가 내 작은 등을 파고들면서 배낭의 힙 벨트마저 끈적끈적한 문어의 촉수처럼 허리에 착 달라붙었다.

하지만 이 모든 상황에도 난 불편하지 않았다. 지금 내 폐는 열심히 일하는 중이었고, 맥박은 좀 빨랐지만 그래도 고르고 안정적인 상태다. 지금처럼 바위를 하나하나 손으로 짚어가며 힘들게 기어오르는 일이 일종의 작은 퍼즐같이 느껴졌다. 작은 나무뿌리를 잡아당겨가며 매 순간 올바른 위치에 발을 디딜 때만 풀리는 퍼즐 말이다.

초저녁 무렵 아담한 석조 건물인 카터 노치 헛이 시야에 들어왔다. 더 어두워지면 안으로 들어가 앤디의 유리구슬을 돌려주고, 좀 더 먼 곳으로 야영할 장소도 찾아야지 싶다.

일단은 계속해서 트레일을 따라갔다. 가다 보니 두어 개의 작은 호수가 보였다. 나는 그중 한 호수의 주변을 반쯤 돈 뒤 저녁 식사 전 약간의 간식을 위해 배낭에서 그래놀라 바 하나를 꺼냈다. 그러고는 그중 한 덩어리를 잘라 무스에게 준 뒤 나도 앉아 잔물결이 이는 호수 면을 바라보며 그 나머지를 우적우적 씹어 먹었다. 난 오늘 애팔래치아 트레일의 가장 험난한 구간 중 일부 지대에서 약 17.7킬로미터를 하이킹했다. 기분이 너무 좋고 행복했다.

"지금 루카스와 함께 있다면 좋을 텐데." 나도 모르게 불쑥 이 말이 튀어나왔다.

늘 그렇듯 뒤이어 죄책감이 일기를 기다렸다. 그런데 그때 기적 같은 일이 벌어졌다. 그리고 잠시 후 그게 뭔지 깨달았다.

난 지금 행복했다.

어찌 된 일인지, 이 모든 일을 겪으면서 이제 난 루카스가 나와 함께 있는 기분이 들었다. 혼자서도 자립적으로 잘해나가고 있다고, 그런 내 모습이 자랑스럽다고 루카스가 말해주고 있는 것만 같았다.

어쩌면 난 망치기만 하는 사람이 아닐지도 모르겠다. 어쩌면 내 불운이 마침내 사라지고 있는지도 모르겠다.

그때 뒤에서 바스락거리는 소리가 나더니 무스가 경고라도 하듯 계속해서 짖어댔다. 돌아보니 새까만 까마귀 한 마리가 부리로 내 배낭을 쿡쿡 쪼아대고 있었다.

"훠이!" 내가 벌떡 일어서며 소리쳤다.

까마귀가 홱 돌아보는 순간 내 심장은 덜컥 내려앉았다. 녀석의 부리에 행운의 유리구슬이 물려 있는 게 아닌가!

"안 돼!" 나는 소리치며 이 도둑 녀석을 향해 돌진했다. 하지만 때는 이미 늦었다. 까마귀는 호수 너머 울창한 숲으로 날아가버렸고, 무스는 녀석을 바짝 뒤쫓고 있었다.

나는 그 둘을 쫓아 울창한 가시덤불 속으로 달려갔다. 그러나 가시덤불에서 나올 무렵, 내 팔은 온통 긁힌 상처로 뒤덮여 있었고, 무스와 새 도둑은 사라진 지 오래였다.

마침내 돌아온 무스는 실망한 기색이 역력했다. 그도 그럴 것이 녀석의 입엔 까마귀도, 유리구슬도 없었다.

망연자실한 나는 무릎을 꿇고 눈을 감았다. 아직도 불운은 날 따라다녔다! 불운이 더는 따라다니지 않을 거라고 생각하다니, 참으로 어리석었다.

무스가 날 코로 쿡쿡 찌를 때까지 난 계속 무릎을 꿇고 있었다. 하지만 이렇게 넋 놓고 있을 수만은 없는 노릇이었다. 나는 자리에서 일어나 호수로 돌아갔다. 저녁 먹을 시간이 다가왔지만 배가 고프지 않았다. 아, 대체 이 상태로 어떻게 직원들을 만나본단 말인가.

그냥 구슬을 전혀 받은 일이 없었던 사람처럼 행동할까? 물론 그건 비겁하고 잘못된 짓이었다. 하지만 난 그럴 작정이었다. 내 길을 가려면, 변함없이 트레일에 나서 루카스와의 약속을 지켜나가려면 달리 어쩔 도리가 없었다. 어쨌든 그 중요한 걸 애초에 내가 맡겠다고 나선 적도 없지 않은가.

나는 심호흡을 했다. 그러고는 내가 겁쟁이라는 사실을 인정했다. 하지만 카터 노치 헛의 직원들 앞에서 제2차 세계대전 당시 앤디의 증조할아버지를 살려준 그 유리구슬을 잃어버렸다고 말하느니 차라리 어둠 속으로 도망치는 편이 낫겠다 싶다.

배낭을 메고 나서는데 무스가 머뭇거리며 낑낑거린다. "가자, 무스." 내가 짧게 내뱉었다. 다음 쉘터에 도착할 때쯤이면 밤이 될 듯하다. 그럼 다시는 트레일에서 어둠을 맞지 않겠노라고 한 나와의 약속을 어기게 되는 거였다. 하지만 난 이내 "아무려면 어때!"라고 중얼거렸다.

오늘은 일찍부터 내 안의 모든 기운이 날아가버린 것만 같았다. 등산화도 납덩이처럼 무겁기만 했다. 마치 한 걸음 내디딜 때마다 0.5킬로그램씩 무거워지는 느낌이랄까.

걸음이 축축 처지면서 이대로 가는 건 무리라는 생각이 들었다.

결국 난 1.6킬로미터 지점에서 발걸음을 멈췄다. 숀이 트레일에 오게 된 이유를 물었을 때 했던 말이 떠올랐다.

"철이 든다는 건 바로 이런 게 아닐까." 나는 짙어가는 어둠 속에서 이 말을 속삭이며 헤드램프를 꺼내 발걸음을 돌렸다. 그렇게 결과를 받아들이기 위해 오두막 쪽으로 돌아갔다.

그런데 카터 노치 헛 근처에 다다랐을 때, 트레일 가장자리에 무언가 반짝이는 게 눈에 띄었다. 난 좀 더 가까이 다가가보았다.

아래를 내려다보니 앤디의 행운의 유리구슬이 내 발치에 놓여 있었다.

32

나는 오두막으로 들어가 요리사에게 구슬을 건네주었다. 막상 요리사의 손바닥에 떨어지는 구슬을 보니 불현듯 초조함이 밀려왔다. 그래도 이제부터 내 운은 내가 직접 만들어가야지 싶다.

요리사는 내게 직원 숙소 중 한 곳에서 묵기를 권했지만 난 사양했다. 그러자 그는 숙소에서 약 0.8킬로미터 떨어진 은신처로 날 안내했다. 그날 밤 나는 거기서 텐트를 치고 무스를 안으로 들였다. 그러고는 무스가 잠들 때까지 꼭 안아줬다.

다음 날 아침엔 일찌감치 짐을 꾸려 밖으로 나갔다. 마운트 카타딘 정상까진 440킬로미터를 더 가야 했기 때문이다.

이제 트레일에 나선 지도 열하루가 지났고, 개학까진 40일이 남았다. 난 할머니에게 개학 전엔 돌아가겠노라고 말했다.

그렇게 할 시간은 충분했다.

늦은 오후쯤, 나는 아래로 내려오던 한 스루 하이커와 마주쳤다. 워시보드(빨래판)라고 불리는 이 남자는 가닥가닥 땋아 늘어뜨린 레게머리에 웃통을 벗은 모습이었다. 남자가 움직일 때마다 복근이 잔물결처럼 출렁였다. 왜 워시보드라고 불리는지 알 만했다.

워시보드가 날 재빨리 훑어봤다. "이제 험한 코스가 나올 거야. 죽음의 코스라고 들어봤니?"

"죽음의 코스요?" 콧방귀가 나왔다. 난 '이래 봬도 마운트 워싱턴의 바람과 우박을 헤치며 약 161킬로미터를 걸어온 몸이거든요. 고맙지만 제 일은 제가 알아서 할게요.'라고 말할 참이었다. 그런데 그때 워시보드의 맨살이 속속들이 눈에 들어왔다. 워시보드의 맨살은 온통 긁힌 자국으로 뒤덮여 있었다. 게다가 옆구리엔 마치 검은 표범이 찢어놓은 듯한 상처가 나 있었다. 순간 오금이 저려왔다. 아마도 워시보드는 하드코어 하이커인 듯싶다. 게다가 이런 할퀸 자국이 생길 정도면 고약한 트레일을 지나온 게 틀림없다.

"보통 전체 애팔래치아 트레일 중 내가 지나온 곳을 가장 어려운 코스라고들 해. 나도 통과하는 데 한 시간 반이나 걸렸지." 워시보드가 고개를 절레절레 흔들었다. "어쨌든 그 코스를 마쳐 기쁘네."

"여기서 거리가 얼마나 돼요?" 내가 물었다.

"한 48킬로미터쯤 될 거야. 가다 보면 껍질이 벗겨진 자작나무에 박힌 두 개의 트레일 표지판이 나올 거야. 한 표지판엔 구스Goose에 관한 내용이 적혀 있고, 또 다른 표지판엔 스펙Speck이란 단어가 보일 거야. 그때 트레일이 곧 험난해질 거라는 감이 올 거야."

워시보드가 배에 난 상처를 가리켰다. "이건 바위 위로 기어오르다가 긁힌 자국이야." 그러고는 돌아서더니 등 오른쪽 아래로 길게 긁힌 상처도 보여줬다. "이건 바위 아래로 기어가다가 긁힌 거고. 또 이 상처는," 워시보드가 돌아서서 무릎 쪽을 가리키며 말했다. "바닥에 있는 온갖 나무뿌리에 걸려 넘어지다가 생긴 거지." 워시보드의 무릎은 마치 야구방망이로 가격을 당하기라도 한 듯 온통 벌겋고 시퍼런 멍으로 뒤덮여 있었다.

나는 워시보드가 준 경고에 감사를 표하고 계속해서 나아갔다. 날씨는 더웠지만 이 정도면 괜찮았다. 난 일곱 개의 봉우리를 넘어 약 20킬로미터를 이동한 후 리틀 리버 쉘터Rattle River Shlter에서 텐트를 쳤다. 그리고 해 질 무렵 뉴햄프셔 북부와 메인주의 트레일 지도를 펼쳐놓은 채 돼지고기와 누들, 파스타를 끓였다.

이 속도를 유지한다면 하루나 이틀 뒤엔 메인주에 도착할 테고, 3주 뒤엔 마운트 카타딘의 정상에 서게 될 것이다.

"너와 나, 우리 둘이서 꼭 해내는 거야." 무스에게 말했다.

무스가 컹 하고 짖었다. 그날 밤의 고독은 트레일에 나선 첫 며칠간의 고독과는 달랐다. 이제 내겐 날 보호해주는 개가 있다. 더 이상 배나 곯고 다니는 멍청한 아이도 아니다.

"이봐, 루카스." 나는 조용한 텐트 안에서 별들로 반짝이는 밤하늘에 대고 속삭였다. 루카스가 날 내려다보며 웃고 있는 게 느껴진다. "꼭 마운트 카타딘의 정상에 설게, 친구." 귀뚜라미 우는 소리와 나무 사이로 바스락거리는 바람 소리에 어느새 나는 잠이 들었다.

다음 날 아침 눈을 떠보니 주변은 조용했다. 나는 오트밀을 만든 뒤 땅콩버터 두어 숟가락을 넣고 휘저었다. 그러고는 기대에 부풀어 꼬리를 흔들고 있는 무스에게 조금 퍼주었다. 무스는 오트밀을 먹은 뒤에도 여전히 배고픈 눈으로 날 쳐다봤다. 나는 배낭을 뒤져 론섬 레이크에서 얻은 마지막 개 비스킷을 꺼내주었다. 무스는 마지막 남은 부스러기까지 순식간에 먹어 치웠다.

무스도 먹였으니 이제 길을 나설 시간이다. 근처 강에서 취사도구를 씻은 뒤 물병을 채우고 겉에 묻은 물기를 셔츠로 닦았다. 이어 침낭은 침낭 가방에 쑤셔 넣고, 공기를 뺀 슬리핑 패드는 배낭에 밀어 넣었다. 마지막으로 텐트는 걷어서 배낭 바깥쪽에 묶었다. 그리고 무스를 부른 뒤 함께 출발했다.

우리는 한 시간도 채 안 되어 도로에 도달했다. 지도를 꺼내서 살펴보니 2번 국도다. 이제 서쪽으로 3.2킬로미터쯤 가면 고햄(미국 메인주 컴버랜드 카운티에 있는 도시-역주)이다. 배낭이 가벼워진 걸 보니 거기서 다시 배낭을 채워야 할 듯싶다.

무스와 나는 고햄으로 가는 진짜 도로를 따라 걷다가 컴버랜드 팜스(미국의 지역 주유소 및 편의점 체인-역주)에 들렀다. 무스에게 밖에 있으라고 말한 뒤 나는 안으로 들어가 에너지 바, 파스타, 라이스 앤 빈 몇 상자, 그리고 1.4킬로그램짜리 엠앤엠즈를 집어 들었다. 반려동물 코너가 보이길래 무스에게 먹일 4.5킬로그램짜리 퓨리나 간식도 카트에 담았다. 또한 일전에 앤디가 준 지도는 뉴햄프셔주 지도라 메인주의 트레일 지도도 담았다.

계산대에서 20달러짜리 세 장을 지불하자 점원이 거스름돈 67센트를 내주었다. 그사이 카운터에 '마치 오브 다임즈(엄마와 아기의 건강 개선을 위해 노력하는 미국의 비영리 단체-역주)'의 플라스틱 기부 박스가 눈에 띄었다. 문득 음식 무게도 만만치 않은 마당에 이 묵직한 동전을 다 들고 갈 필요가 있을까 하는 생각이 들었다.

무게에 대해 내가 이 정도로 따질 수 있게 되었다니 감회가 새롭다. 내 안에서 자그마한 자부심이 샘솟았다. 난 지금 윙잉 잇, 그러니까 스루 하이커처럼 생각하고 있었다.

나는 기부 상자에 동전을 넣고 밖으로 향했다. 그러고는 속을 가득 채워 묵직해진 배낭과 함께 무스를 데리고 트레일로 돌아왔다. 무거운 배낭을 메고서도 난 약 20.9킬로미터나 더 하이킹한 후 쉘터에 도착해 텐트를 쳤다. 나는 지금 아주 잘해내고 있다.

다음 날, 울창한 가문비나무 숲을 거쳐 올라가다 보니 어느새 워시보드가 알려준 표지판이 나왔다. 머지않아 트레일은 온갖 바위투성이 길로 변했다. 그 바위 중 몇 개는 집채만 한 크기였다. 그렇게 우리는 죽음의 코스인 마후석 노치 Mahoosuc Notch로 들어섰다.

갑자기 기온이 20도가량 뚝 떨어졌다. 심지어 7월인데도 꽁꽁 언 바위들 아래로 얼음 조각들이 구석구석 눈에 띄었다. 발치엔 마치 거인들이 바위로 눈싸움을 벌인 듯 부서진 바위들도 드문드문 보인다. 곳곳에 쓰러진 나무의 진흙투성이 뿌리는 꿈틀대는 지렁이와 썩은 껍질로 둔덕을 이루고 있었다.

왠지 오싹한 기분이 들었다. 새들마저 이곳을 등진 채 따뜻한 곳을 찾아 떠난 듯했기 때문이다.

이제 트레일은 계속 좁아져 떨어진 바위들이 폭포 모양을 이룬 지점으로 이어졌다. 까마득히 쌓인 바위들 아래로 경로를 표시한 갈색의 굵은 화살표가 보이자 워시보드와 그의 몸에 긁힌 상처, 멍이 떠올랐다.

구름 낀 안개가 짙게 드리워지고 석회암 절벽들이 우뚝 솟은 이곳에 있으려니 마치 바위 거인이 날 손아귀에 쥔 채 쥐어짜고 있는 느낌이 들었다.

나는 자동차 크기만 한 두 바위 사이를 꿈틀거리며 걸어갔다. 그러다가 배낭 옆구리가 바위에 부딪히면서 물병이 바닥에 떨어졌다. 얼른 집어 배낭 옆 주머니에 쑤셔 넣으니 머지않아 또 떨어졌다. 난 멈춰 서서 물병 두 개를 배낭 안쪽에 욱여넣었다.

트레일 곳곳에 도사리는 들쭉날쭉한 바위 날 때문에 걷는 게 점점 더 버거워졌다. 무스가 종종걸음을 치며 앞으로 나아가다가 마치 춤을 추듯 몇 번이고 되돌아왔다. 때로 녀석을 가파른 바위 위로 번쩍 들어올려려야 할 때도 있었는데 이런 일에 서툰 나는 녀석을 두어 번 떨어뜨릴 뻔했다. 나름대로 트레일에서 적잖은 힘을 길렀건만 녀석은 갈수록 무거워졌다. 보아하니 무스의 전 주인보다 내가 훨씬 잘 먹이고 있는 게 분명하다. 게다가 컴벌랜드 팜스에서 산 음식과 캠핑 장비도 배낭을 뚱뚱하게 만든 주범이었다. 덕분에 모퉁이를 돌 때마다 배낭은 영락없이 바위에 부딪혔다.

그로부터 세 시간 후, 우여곡절 끝에 마후석 노치의 1.6킬로미터 구간을 통과하자 이제 트레일은 텐트 칠 만한 마른 곳 따윈 하나 없는 습지와 수렁으로 이어졌다. 그렇게 일몰의 마지막 빛이 희미해질 무렵, 우리는 쉘터에 도착했다.

다음 날, 트레일을 따라 걷다 보니 텅 빈 주차장이 나타났다. 무스에게 퓨리나 간식을 조금 부어주자, 녀석이 게걸스럽게 먹어 치웠다. 나도 스니커즈 한 개를 걸신들린 듯 먹어 치웠다. 그런데 물병으로 손을 뻗다가 문득 물병에 물이 두 모금밖에 남지 않았다는 사실을 깨달았다.

도로 옆에는 강이 있었다. 나는 물병에 물을 채운 뒤 요오드 알약을 찾기 위해 배낭 위쪽의 수납 공간을 뒤졌다.

그런데 웬일인지 요오드 알약이 없었다.

소지품을 다 꺼내놓고 확인하고, 확인하고, 또 확인해봤지만 아무리 찾아도 요오드 알약은 없었다.

마운트 워싱턴 정상에서 내가 이미 극복했다고 생각한 그 끈질긴 의심의 목소리가 갑자기 되살아났다. *네가 정말 불운에서 벗어난 줄 알았어?* 목소리가 귓가에 대고 속삭였다. *당연히 잃어버린 거지.*

난 그 목소리를 무시하려고 애썼다. 적어도 지금은 도로에 있으니 차를 얻어 타고 시내로 들어가 요오드 알약 병을 하나 마련하면 될 일이었다. 나는 지도를 꺼내 위치를 확인하고 다시 소지품을 전부 배낭에 넣은 뒤 엄지손가락을 치켜세웠다.

33

네 시간 후, 히치하이킹을 만만히 본 나 자신이 얼마나 바보였는지 깨달았다. 지도에 따르면, 내가 히치하이킹을 하려고 하는 도로에서 가장 가까운 마을까지의 거리는 약 16.1킬로미터였다. 하지만 여태 지나간 차는 겨우 세 대뿐이었다. 그마저도 앙상한 개와 낡고 닳은 커다란 배낭 옆에 선 꾀죄죄한 열두 살짜리 아이를 태워주진 않았다.

또 한 시간이 지나갔다.

거의 저녁이 되어갈 무렵, 막 포기하려던 찰나 차 한 대가 경적을 울렸다. 비싸 보이는 번드르르한 검은색 외관에 선팅이 되어 있는 차였다.

운전석 쪽의 창문이 내려가고 희끗희끗한 머리에 기름을

발라 뒤로 넘긴 중년 남자가 어두운 불빛 속에서 날 향해 고개를 돌렸다. 남자는 반사 선글라스를 끼고 있어 눈이 잘 보이지 않았다. "애야." 남자가 말했다. "탈래?"

남자의 말투엔 재미있는 구석이 있었다. 마치 여기저기 수면에 뜬 지저분한 기름처럼 어딘가 엉성하고 흐리멍덩한 말투랄까. 무스가 짧게 한번 짖는다. 그러더니 다시 한번 크게 짖는다. 이번엔 웬지 경고가 담겨 있는 눈치다.

"애야, 이리 와보렴." 남자가 이렇게 말하고는 선글라스를 벗었다. 남자의 눈은 낯설고 꽤 충혈된 상태였다.

문득 어찌해야 할지 감이 안 왔다. 하지만 이내 이 낯선 자의 호의를 받아들이는 쪽으로 생각이 기울었다. 남자의 생김새는 내키지 않았지만 내겐 요오드 알약이 필요했다.

남자가 집게손가락을 구부려 날 부르는 시늉을 했다. "애야. 오라니까. 어서." 마치 최면을 거는 듯한 명령조의 목소리였다.

나는 차로 걸어갔다. 가까이서 보니 목 끝까지 채운 셔츠 겨드랑이로 땀자국이 보였다. 입가로 누리끼리한 이빨도 보인다. 담배에 찌든 냄새와 뭔가 다른 냄새도 확 풍겨왔다. 차에는 남자 혼자였다.

"얼른 타, 당장." 남자가 나를 노려보더니 조수석 문손잡이로 손을 뻗었다.

순간 그 냄새가 무슨 냄새였는지 감이 왔다. 술이었다. 남자에게선 술 냄새가 났다.

내가 뒤로 물러나자 무스가 미친 듯이 짖어댔다. 남자가 차 문을 여는 동시에 난 돌아서서 뛰기 시작했다. 내려놓았던 배낭도 손을 뻗어 재빨리 낚아챘다. 배낭은 숲에서 내 생명줄이다.

하지만 그때 남자가 차에서 내리더니 빠른 속도로 뒤쫓아오기 시작했다. 무스가 이빨을 드러내고 으르렁거리며 남자의 앞으로 달려들었다. 그러자 남자는 욕을 퍼부으면서 무스의 옆구리를 세게 걷어찼다.

무스가 깽깽거리면서 휘청휘청 내게로 돌아왔다.

나는 배낭을 내팽개치고 무스를 안아 들었다. 그러고는 녀석을 가슴에 안은 채 어둑어둑한 숲속으로 전력 질주했다.

"애야! 애야!" 남자가 소리쳤다.

나는 남자의 말을 무시한 채 가시로 뒤덮인 울창한 들장미 숲으로 허둥지둥 달려갔다. 들장미 가시가 바지로 파고들었지만 이를 악물고 요리조리 피해가며 계속해서 달렸다. 마침내 트레일에서 벗어난 나는 남자가 찾지 못할 숲속에 들어가 숨으려고 애썼다.

남자의 목소리가 점점 희미해지더니 어느새 완전히 사라졌다. 나는 속도를 늦춘 채 숨을 헐떡이며 귀를 기울여봤다.

다행히 아무 소리도 들리지 않았다. 무스 녀석은 지금 내 품에서 떨고 있다.

길을 가로질러 쓰러져 있는 나무 몸통이 보였다. 나뭇가지가 마치 천사의 날개처럼 쭉 뻗어 있는 거대한 너도밤나무였다. 나는 무스를 나무 밑에 살며시 내려놓은 뒤 몸을 꼼지락거려가며 녀석의 옆에 가 앉았다.

"짖지 마, 무스." 내가 무스에게 가만히 속삭였다. "조용히 해. 괜찮을 거야, 무스."

무스와 난 꽁꽁 얼어붙은 채 꼼짝 않고 누워 있었다. 나무 사이로 보이는 일몰의 마지막 빛이 사라지고 우리를 보호해주는 칠흑 같은 밤이 숲을 뒤덮을 때까지 계속 그러고 있었다.

이제 남자의 흔적은 어디에도 없었다. 손전등의 빛도, 발소리도, 그 어떤 것도 없었다. 난 안전했다.

나는 무스를 데리고 방금 도망쳐 온 발자취를 되짚어봤다. 하지만 밤이 깊어질수록 현재의 내 위치조차 가늠하기 어렵다는 걸 깨달았다.

내 발에 밟히는 나뭇가지 소리에도 두려워 가슴이 터질 지경이었다. 나는 무턱대고 달리기 시작했다. 달리는 동안 눈에 안 보이는 각종 바위와 뿌리에 걸려 계속 넘어졌다. 내가 나무에 쿵 부딪히자 무스가 끙끙거렸다. 그제야 내가 지금 이렇게 허둥댈 때가 아니란 걸 깨달았다.

나는 발걸음을 멈췄다. 완전한 어둠 속에서 무언가를 깨달았다. 무스는 날 의지하고 있다. 그리고 지금 이 순간 나 또한 나 자신에게 의지해야 했다. 무스와 날 위해서. 지금은 침낭 속에 들어가 신세 한탄이나 하고 있을 때가 아니다. 난 우리를 이 위기에서 구해내야만 했다.

"생각 좀 해, 토비. 제발 생각 좀 하라고." 난 혼잣말로 중얼거렸다. "살아 있으려면 어떻게 해야 하지?"

내겐 음식이 없다. 물도 없다. 텐트도 없다. 날 지켜줄 쉘터도 없다. 게다가 지금은 칠흑같이 어두운 밤이다. 난 내 철칙 목록의 어떤 것도 지키지 못했다.

하지만 내겐 아까 그 나무가 있었다. 아울러 숲을 부드럽게 비추며 떠오른 달도 있었다.

난 이제 체온도 유지할 수 있었다.

창백한 유령 같은 달빛 속에서 나는 죽은 너도밤나무로 되돌아갔다. 거기서 나뭇잎 더미를 긁어모아 나무 몸통 옆으로 간 뒤 무스를 그 안에 들여놓았다. 그러고는 나도 썰룩썰룩 무스 옆으로 옮겨가 녀석 위로 몸을 웅크리고 앉았다.

나뭇잎이 바스락거리며 움직이더니 날 덮어주었다. 여긴 그다지 편안하지 않고, 잠도 제대로 자기 어려웠다. 하지만 새벽 미명이 밝아올 때까지 우리는 여전히 잘 살아 있었다.

34

아침이 되자 무스는 옆구리가 부어 아파했지만 다행히 걸을 수는 있었다. 우리는 배낭과 안에 든 물건들을 찾으러 되돌아갔다. 먼동이 트며 시커멓던 하늘이 납빛으로 변했다. 대낮이 되니 어제의 내 발자국을 알아보기가 좀 더 수월했다. 이제 내가 어디로 도망쳐 울창한 관목을 통과했는지 잘 보였다. 하지만 마침내 진짜 도로로 돌아왔을 때, 눈앞에 펼쳐진 광경에 피가 거꾸로 솟았다. 어찌나 분노가 치밀던지 침을 다 뱉을 지경이었다.

배낭은 찢어진 채 열려 있었고, 내용물은 도로에 흩어져 있었다. 가방에서 반쯤 나와 있던 침낭은 들어 올리자 웬일인지 무거웠다. 아니나 다를까 지퍼로 닫힌 침낭 안엔 흙과

돌이 가득 차 있었다. 그 옆에 슬리핑 패드는 옆면이 난도질 당해 너덜너덜해진 상태였다.

루카스의 스탠스포트 텐트는 애처롭게 퍼덕이는 상처 입은 새처럼 나무 몸통 주변에 둘둘 감겨 있었다. 텐트에 구멍이나 찢어진 덴 없는지 살피며 텐트 위로 손을 대봤다. 다행히도 나일론 재질의 천과 지퍼는 거친 공격을 잘 버텨낸 듯했다. 하지만 안타깝게도 텐트의 폴대들은 심하게 구부러지거나 부러져 있었다. 나는 마치 보자기로 싸듯 텐트 천으로 폴대들을 감쌌다. 수리는 불가능할 것 같지만 이대로 버려둘 순 없었기 때문이다.

조리 기구와 헤드램프도 나동그라져 있었지만 다행히 망가지진 않았다. 구급상자는 지퍼가 열려 있었고, 안에 든 반창고는 반으로 찢어져 있었으며, 거즈, 테이프, 가위, 붕대는 사라지고 보이지 않았다.

지도들도 갈가리 찢어져 있었다. 길옆 어린 단풍나무들의 낮은 가지에 걸려 지도 조각들이 펄럭이고 있는 것만 봐도 알 수 있었다. 배낭 또한 마치 차를 후진했다가 밟고 지나간 듯 온통 타이어 자국투성이었다. 배낭은 망가지고 더러워졌지만 못 쓸 정도로 구멍이 나진 않았다.

어제 새로 산 음식들도 하나같이 껍질이 벗겨진 채 흙바닥에 나동그라져 있었다. 도로의 아스팔트 위에선 새들이 쌀알을 쪼아 먹고 있었다. 스니커즈의 일부를 가지고 달아나는 다람쥐 한 마리도 보인다.

마지막으로 그것도 보였다. 내 요오드 병 말이다. 아간 충분히 찾아보지 못한 게 틀림없다. 바위에 부딪혀 산산조각 난 그 병이 이제야 보이니 말이다. 하지만 병 속에 요오드 알약은 없었다. 남자가 병을 부수기 전 알약을 쏟아버린 게 분명했다.

하지만 난 울지 않았다. 그 대신 바닥에서 심하게 뭉개지긴 했어도 아직은 먹을 만한 에너지 바 몇 개와 엠앤엠즈 한 줌을 주웠다. 그러고는 흙 묻은 부분을 잘라낸 치즈 덩이와 거의 온전한 채 관목에 버려진 베이글을 주워 아침 식사를 했다.

나는 침낭 안의 흙과 돌을 비운 뒤 최선을 다해 털어냈다. 찢어진 채 땅에 널브러져 있는 물건들도 재빨리 모아 배낭에 넣었다. 그리고 배낭 위쪽 수납 공간의 안쪽 주머니를 확인한 후 작은 안도의 한숨을 내쉬었다. 다행히도 지퍼락에 있던 돈은 전부 그대로였다. 버킷리스트 종이도 마찬가지였다. 어둠 속이라 안주머니까진 확인하지 못한 게 틀림없었다.

이제 결정을 내려야 했다. 나는 전날 밤 지도에서 본 경로와 거리를 떠올려봤다. 트레일을 따라 약 54.7킬로미터를 가면 또 다른 진짜 도로가 나올 터였다. 그곳에서 랭글리(미국 메인주 프랭클린 카운티에 있는 도시-역주)에 있는 마을까진 불과 몇 킬로미터 거리다. 그러니 거기까지 걸어가 필요한 물품을 다시 구해볼 수 있었다. 아니면, 그냥 지금 되돌아온 이 지점에서 다시 히치하이킹을 시도해볼 수도 있었다.

하지만 둘 다 형편없는 방법이었다. 지금 난 곤경에 처해 있다. 하지만 당황한 채로 있고 싶진 않다. 지난 며칠간 트레일에 있으면서 난 더 잘 처신하는 법을 터득했다. 일단 이대로 하이킹을 계속했다간 식량이 떨어질 위험이 있다. 고로 난 신중하게 계획해야만 한다. 지금이야말로 내 생존 능력을 시험해볼 절호의 찬스란 생각이 든다. 굶주린 채 홀로 숲에 남겨진 지금 이 순간 말이다.

그런데 문득 그 어두운 선글라스와 끔찍했던 술 냄새가 떠오르며 정신이 번쩍 들었다. 지금 이 지점에서 가까운 마을까지의 약 16.1킬로미터 도로 구간에 다시는 모습을 드러내선 안 되겠다는 생각이 들었다. 도로에서 히치하이킹을 시도하다 그 남자와 마주칠 위험을 무릅쓰느니 차라리 트레일에 계속 도전하는 편이 나을 듯했다.

나는 배낭을 들고 무스를 불렀다. "이리 와, 무스." 그러고는 트레일을 따라 내려갔다.

난 힘을 아끼며 꾸준히 그리고 조심스럽게 걸어 나갔다. 그러면서 내심 이젠 좀 덜 위험한 또 다른 진짜 도로를 만날 수 있기를 고대했다. 어느 정도 걸은 후 얼마 안 남은 음식들을 떠올려보며 그때까지 사흘 동안 먹을 양을 계산해봤다. 앞으로는 약간의 캔디바 조각과 진흙으로 뒤덮인 엠앤엠즈 한 줌으로 약 48.3킬로미터의 여정을 버텨야 할 듯싶다.

첫째 날, 나는 남은 캔디바 조각을 조금씩 몇 입 먹은 후 나머지 반을 무스에게 주었다. 무스도 이런 상황을 눈치챘는지 더 달라고 떼쓰지 않는다. 그러고는 스토브를 꺼내 물을 끓였다. 이게 내가 지금 물을 소독할 수 있는 유일한 방법이었다. 난 그 물을 내 점심 식사용 핫초콜릿이라고 상상해본다. 푹신해 보이는 커다란 마시멜로가 가득 담긴 핫초콜릿 말이다.

배에서 꼬르륵 소리가 났다.

가끔 천둥이 우르릉대며 위협해 왔지만, 늦은 오후까지도 비는 내리지 않았다. 새벽부터 하이킹을 시작한 우리는 그 무렵 쉘터를 발견했다. 쉘터까지 오는 동안 트레일엔 시종일관 무스와 나 둘뿐이었다. 쉘터에 있는 빗자루로 침낭 안에 남아 있던 흙을 털어낸 뒤 거기서 하룻밤을 보냈다. 얼핏 따져보니 이제 29킬로미터밖에 남지 않았다.

다음 날 거센 빗소리에 잠이 깼다. 장대비가 좍좍 내리는 그야말로 쌀쌀한 날씨였다. 나는 뜨거운 물과 마지막 남은 엠앤엠즈로 빈약한 아침 식사를 때웠다. 그때쯤 비는 엄청난 양의 천둥과 번개를 동반한 상태였다. 정말 '폭포수처럼 쏟아지는 비'란 말이 과언이 아니란 걸 이번에 처음으로 깨달았다.

이런 날씨에 하이킹은 무리였다. 게다가 체온을 유지해줄 충분한 음식도 없었다. 지금 난 그 끔찍했던 도로를 뒤로하고 약 25.7킬로를 걸어온 상태였고, 목표 도로까지는 약 29킬로미터가 남아 있었다.

하는 수 없이 날씨가 좋아질 때까지 기다려보기로 했다. 그동안 빗물을 받을 수 있도록 물병들을 열어 바깥의 바위에 세워두었다. 아무래도 지금은 요오드가 없어 가급적 많은 빗물을 받아둬야 할 듯싶다. 그래야 얼마간 비도 오지 않고 몸이 축날 경우 그 빗물을 끓여 마실 수 있을 테니까. 또 연료까지 바닥날 경우엔 위험을 무릅쓰고 보존 처리도 안 된 연못물을 그냥 마셔야 할지도 모른다.

나는 물병들을 밖에 세워둔 뒤 쉘터로 돌아와 무스를 껴안고 침낭에 들어갔다. 아울러 뜨거운 물을 더 끓여 천천히 한 모금 한 모금 마시며 힘을 비축하기도 했다. 바깥에선 비바람이 매섭게 휘몰아치며 나무껍질에 짙은 빗물 자국이 길게 새겨지고 있었다.

이른 오후, 마침내 하늘은 개었지만 스니커즈 바는 절반만 남아 있고, 연료통은 바닥나 있다. 이제 더는 무스에게 먹일 음식도 없다. 나는 29킬로미터 남짓 남은 하이킹을 위해 배낭을 꾸렸다. 그때 심하게 망가져 쓸모없어진 루카스의 텐트가 눈에 들어오자 문득 망설여졌다.

이제 이 텐트는 두고 가야지 싶다. 쓸데없이 무거운 데다 위험을 초래할 수도 있었기 때문이다. 지금은 워낙 먹은 게 적어 까딱하면 쓰러질 수도 있는 상황이었다. 2.7킬로그램에 달하는 나일론 천과 부러진 텐트 폴들을 짊어지고 갈 경우, 적어도 하루에 스니커즈 두 개만큼의 칼로리를 소모하게 될 터였다.

하지만 난 그냥 부러진 트레킹 폴을 텐트 천 중앙에 놓고 돌돌 감아 배낭에 넣었다. 그러는 동안 트레일을 끝내기로 한 루카스와의 약속도 이 텐트와 함께 고이 간직해두는 느낌이 들었다. 아, 텐트는 무거웠다.

그렇지만 약속도 무거운 법이다.

쉘터를 지나 2.4킬로미터 정도 가니 강이 나왔다. 무스와 함께 강을 건너기는 이번이 처음이었다. 강둑 저편으로 트레일이 보인다. 물살을 버텨주는 돌덩이 몇 개가 놓여 있었지만 젖지 않고 건너기는 불가능했다.

그러나 무스에게 이건 일도 아니었다. 무스는 강물에 뛰어든 지 1분 만에 반대편에 서서 몸을 흔들어 말리고 있었다.

나는 무릎을 꿇고 등산화 끈을 푼 뒤 등산화와 양말을 벗고는 양말을 등산화에 깊숙이 쑤셔 넣은 채 양 신발 끈을 묶어 목에 둘렀다. 그런 다음 바지를 무릎뼈 위 허벅지 중간까지 최대한 걷어 올렸다.

징검다리는 몹시 차가웠다. 나는 본능적으로 발가락을 구부린 채 트레킹 폴에 힘을 실어 버텼다. 얼음장같이 차가운 강물이 발에서 종아리까지 올라왔다. 미끄러운 지점에서 몇 번 비틀거리긴 했지만 절대 넘어지진 않았다.

마침내 강 건너편에 닿은 후, 나는 자리에 앉아 티셔츠로 발을 닦았다. 오른손으로 등산화에서 양말을 꺼내는데 손이 떨려왔다. 새삼 내가 떨고 있다는 사실을 깨달았다.

등산화를 신은 뒤 다시 자리에서 일어나 천천히 조심스럽게 한 걸음 한 걸음 발걸음을 옮겼다. 그러면서 이따금 휴식을 취하기 위해 트레킹 폴에 기대기도 했다. 무스는 내가 앉고 싶을 때면 영락없이 젖은 코로 날 쿡쿡 찔러댔다.

배고프단 생각을 안 하고 있어도 서서히 배가 고파왔다. 지금 트레일은 흙탕물로 뒤덮인 데다 빗물까지 불어난 상태다. 나는 등산화를 망가뜨리는 주범인 웅덩이를 피해 걸었다. 하지만 그러다가 엉뚱하게도 동물의 배설물을 밟았다. 얼른 발을 뺐지만 그 순간 뭔가 안에서 후루룩 빨아들이는 소리가 났다.

아까부터 꼬르륵거리던 배가 지금은 잠시 조용했다. 걱정이 이만저만이 아니다. 아무리 배가 꼬르륵거린다 한들 남은 음식이 없었기 때문이다. 아무리 신중히 계획해도 굶어 죽을 수 있단 걸 처음으로 깨달았다. 시간이 좀 지나면 과연 이 배고픔이 사라질까. 먹을 것에 대한 생각을 멈출 수 있다면 얼마나 좋을까. 지금 머릿속엔 온통 내 옆 호주머니에 든 절반짜리 스니커즈 바 생각뿐이다. 스니커즈 바의 맛있는 초콜릿과 달콤한 캐러멜에 든 아름다운 땅콩 조각들이 날 유혹하며 놀려대고 있었다. 입에 침이 고이며 10분마다 손가락이 자꾸 그쪽으로 갔다.

잠깐만. 그때 마음의 소리가 들려왔다. *음식이 정말 필요할 때까지 기다리자.*

이제 트레일은 완만한 비탈길로 이어지다가 다시 가문비나무와 소나무로 뒤덮인 내리막 숲길로 이어졌다. 난 다시한번 강을 건너는 지점과 맞닥뜨렸다. 이번은 좀 더 깊고 차갑지만 처음보단 덜 두려운 마음으로 강을 건넜다.

트레일은 다시 가파른 오르막길로 이어졌다. 배낭끈이 어깨를 짓누르는 가운데 나는 작은 신음 소리를 참으며 앞으로나아갔다.

그렇게 계속해서 위로, 위로 올라갔다. 작고 울퉁불퉁한봉우리 꼭대기에 이르자 잠시 아래를 내려다본 뒤 다시 내려갔다.

또다시 트레일이 오르막길로 이어질 무렵, 나는 스니커즈바를 꺼내 야금야금 먹었다. 이제 스니커즈 바는 3분의 1 크기로 줄어든 상태다.

옆 산 정상의 작은 바위들과 그 아래 계곡이 눈앞에 펼쳐졌다. 나는 자리에 앉아 경치를 구경했다. 눈앞의 절경에 눈물이 왈칵 쏟아질 뻔했다. 옆 계곡의 바닥으로 진짜 도로가 보였다. 도로는 부드러운 은빛 생명선처럼 서쪽에서 동쪽으로 미끄러지듯 이어져 있었다.

35

자리에서 일어나는데 무릎 아래로 힘이 쫙 빠졌다. 난 가쁜 숨을 몰아쉬며 팔을 구부려 바위에 잠시 몸을 기대고 누웠다.

이제 때가 왔다. 나는 마지막 남은 스니커즈를 꺼내 초콜 릿 안에 든 캐러멜과 누가, 땅콩을 입안에서 천천히 녹였다. 그러고는 작은 땅콩 알갱이가 맨살을 다 드러낼 때까지 기다 렸다가 씹었다. 무스에게 그중 두 조각을 주자 녀석이 통째 로 씹어 삼켰다.

약 3.2킬로미터 지나 우리는 반짝이는 금속 지붕과 오랜 세월 비바람에 씻긴 낡은 통나무로 이루어진 소형 간이 쉘터 를 발견했다. 나는 거기서 잠깐 낮잠을 청했다. 17번 국도는 여기서 약 8킬로미터 거리다.

그래, 우리는 해낼 수 있다.

6.4킬로미터 정도를 걸으니 세 번째 강이 나왔다. 빠른 물살 위로 거품 낀 하얀색 물결이 휘몰아치는 사나운 강이다. 징검다리도 없다. 이틀간 폭풍우로 온갖 진흙과 나뭇가지가 소용돌이치는 게 마치 성난 물벽 같다고나 할까.

나는 등산화를 벗고 양말도 벗었다. 그리고 목덜미에 신발 끈을 둘렀다. 바지도 무릎 위로 걷었다. 이제 강을 건너는 데도 요령이 생겼다. 내가 준비를 마치고 강가에 설 무렵, 이미 무스는 반대편에서 날 기다리고 있었다.

강물에 발을 담그는데 하마터면 다리가 휩쓸려 갈 뻔했다. 이번 물살은 지난 두 번의 물살보다 훨씬 더 강력하다. 나는 이를 악물고 버티면서 발을 질질 끌며 걸어갔다. 점점 물이 정강이를 지나 무릎까지 차올랐다.

갑자기 깊어진 물은 어느새 허리까지 차올랐고, 덩달아 배낭의 바닥까지 흠뻑 젖었다.

그때 어디선가 우지끈 갈라지는 소리가 들려왔다.

상류 쪽을 보니 쓰러진 커다란 떡갈나무가 강물에 휩쓸려 떠내려오고 있었다. 떡갈나무는 그 가지에 얽힌 풀과 진흙을 질질 끌고서 곧장 내 쪽으로 향하고 있었다.

난 물살 때문에 빨리 움직일 수가 없었다. 떡갈나무의 짙고 두꺼운 뿌리가 그물처럼 펼쳐져 있는 게 보인다. 왠지 저

나무가 날 꼼짝 못 하게 할 것 같은 느낌이 든다. *넌 죽게 될 거야.* 불길한 생각이 머리를 스쳤다.

그때 강기슭에 있는 무스가 날 향해 크게 짖어대는 모습이 보였다. "아니, 죽긴 왜 죽어." 난 혼잣말로 중얼거렸다.

나는 손목에 걸어놓았던 트레킹 폴의 고리를 푼 뒤 폴을 강물에 내던졌다. 이어 배낭도 내던졌다. 배낭은 내 생명의 은인이지만 배낭을 멘 채 불어난 물에 떠도는 나무 밑으로 빨려 들어갔다간 그대로 익사할 가능성이 컸다. 나무가 날 휩쓸고 지나가려는 찰나 나는 한입 가득 공기를 들이마신 뒤 머리를 쑥 끌어내렸다.

순간 속을 뒤집는 역겨운 물이 콧구멍으로 한꺼번에 밀려왔다. 물을 잔뜩 머금은 등산화는 올가미처럼 내 목에 둘러져 있었다. 나는 반은 수영으로 반은 허우적대며 버텼다. 불현듯 나무뿌리가 내 옆구리를 갈퀴처럼 긁는 게 느껴졌다. 얼른 몸을 살짝 트는 사이 그 나무의 몸통이 간발의 차이로 내 머리를 아슬아슬하게 비껴갔다.

그런데 이번엔 그 나뭇가지가 팔과 다리에 엉키면서 갈비뼈를 긁어놓고 배까지 툭 치며 지나갔다. 그 바람에 입에 머금었던 공기까지 덩달아 내뱉을 뻔했다. 나는 끈적끈적한 점액으로 뒤덮인 미끄러운 돌멩이 위에서 허우적대다가 이내 강바닥을 세게 걷어찼다.

그러고는 양팔로 물살을 헤치며 수면으로 헤엄쳐 올라 달콤한 공기를 들이마셨다. 이제 나무둥치가 날 지나간 듯했다. 마침내 내가 해냈다.

충격이 너무 컸던 터라 난 제대로 수영도 못 한 채 버둥거리며 얕은 물 쪽으로 갔다. 그러다 마침내 강바닥이 나와 발을 디뎠다. 강기슭이 보이는 이쪽은 물살이 덜 사나웠다.

그런데 그때였다. 다 지나간 줄만 알았던 그 나무 위쪽의 빗나간 나뭇가지 하나가 내 어깨에서 등산화 끈을 낚아채 위로 쑥 들어 올렸다.

나는 등산화 끈 구멍의 밑 가죽을 움켜잡은 뒤 고래고래 소리쳤다. "안 돼!" 그러고는 이내 몸을 세워 자세를 가다듬었다. 곧이어 난 떡갈나무와 줄다리기를 벌였다. 절대 지고 싶지 않았다.

등산화 끈이 점점 팽팽해지더니 순간 내 팔이 전기 콘센트에서 쑥 뽑혀 나가는 느낌이 들었다. 그때 나뭇가지가 탁하고 부러졌다. 물방울이 여기저기 튀는 가운데 난 등산화를 가슴 쪽으로 잡아당겼고, 나무는 강 아래로 계속해서 흘러갔다.

나는 등산화를 움켜잡고 강기슭까지 물을 헤치며 힘겹게 걸어갔다. 무스가 반가워하며 내 얼굴을 핥았다. 나는 강물에 뒤섞인 진흙, 썩은 나뭇잎, 흠뻑 젖은 이끼를 몸에서 털어냈다. 또 셔츠와 바지를 벗어 물을 짜내고, 여전히 등산화에 꽂혀 있던 불룩해진 양말도 꺼내 물을 짜냈다. 그런 다음 7월 초 햇살에 데워진 바위 빗면에 모두 널어놓았다.

나는 옷이 마르기를 기다리면서 배낭과 트레킹 폴을 찾아 강 쪽으로 갔다. 별 희망은 없었지만 자세히 보니 가까운 강 둑 쪽에 파란 나일론이 햇빛을 받아 반짝거리고 있었다.

무슨 기적인지 몰라도 내 배낭은 소용돌이 속에서 떠오른 상태였다. 나는 강둑 아래로 들어가 배낭을 끄집어냈다. 물에 젖어 무거워진 배낭이 땅 위로 축 늘어졌다.

나는 옷을 널어둔 바위까지 배낭을 끌고 가 덮개를 열었다. 소지품은 다 젖었지만 그래도 모든 게 배낭 안에 그대로 있었다. 아무래도 이 상태로 도로까지 가는 건 무리였다. 배고픔과 강물로 인해 너무 지친 상태라 이 젖은 배낭을 들고 다시 1.6킬로미터를 갈 순 없었다.

하지만 정신이 혼미해질 정도로 배고픈 것만 빼면 오늘은 참 화창한 날이라는 생각이 들었다. 햇볕이 쨍쨍 내리쬐는 그런 화창한 날 말이다. 나는 지친 몸을 이끌고 침낭, 루카스의 텐트, 여벌의 옷 등을 모두 바위에 널어 말렸다. 작동하지 않는 헤드램프도 배터리를 꺼내 말렸다. 부디 햇볕을 좀 쬐고 나면 배터리가 다시 작동하기를!

오후의 햇볕이 강하게 내리쬐고 있었다. 나는 물건들을 널어둔 바위 옆쪽에 웅크리고 누워 얼굴만 텐트 덮개로 가렸다. 그렇게 7월의 따뜻한 햇살이 내 뼈 구석구석 스며들도록 했다. 피곤하고 배도 고팠다. 하지만 두렵지는 않았다.

어느새 늦은 밤이 찾아왔다. 등산화는 아직도 좀 축축했다. 나머지 물건들은 햇볕에 바짝 말라 감자칩처럼 바삭바삭한 상태였다. 강가의 부드러운 풀 위에 펼쳐놓은 슬리핑 패드와 침낭을 제외하고 모든 소지품을 모아 배낭 속에 집어넣었다. 엊그제, 난 쉘터 없이도 무사히 밤을 보냈다. 그러니 오늘 밤도 쉘터 없이 견딜 수 있다.

침낭에 들어가자 무스가 다가왔다. 옆에 머리를 누인 무스와 함께 나는 별 아래서 잠이 들었다.

다음 날 아침, 일어나 보니 피부가 화끈거렸다. 온몸이 심하게 타 짙은 분홍빛을 띠고 있었다. 팔의 한 부위를 누르자 흰색이 되더니 손을 떼자 바로 랍스터 색으로 변했다.

배낭을 메자 바로 통증이 밀려왔다. 배낭끈이 가슴으로 파고들면서 마치 빨갛게 달아오른 부지깽이가 피부로 파고드는 느낌이 들었다.

도로까지 가야 해. 시내까지 가야 해. 나는 걸으면서 머릿속으로 계속 외쳤다. *도로까지 가야 해. 시내까지 가야 해.*

이제 그 도로까지는 1.6킬로미터도 채 안 남은 상태다. 온 몸이 욱신욱신 고통스러웠다. 게다가 너무 굶주려 위가 걸신 들린 듯 그 자체를 스스로 먹어 치우는 느낌이다.

나는 마음을 가라앉히고 트레일의 고통을 받아들였다. 하 지만 절망하거나 굴복하진 않았다. *도로까지 가야 해. 시내 까지 가야 해.*

이제 마지막 언덕을 내려가 숲에서 벗어나자 마침내 도로 가 보였다. 기다리고 기다리던 17번 국도 말이다!

비록 몸은 따라주지 않을지언정 나는 머릿속으로나마 덩 실덩실 승리의 춤을 추었다. 그러나 승리의 자축도 잠시뿐이 었다.

시내까진 불과 몇 킬로미터 거리였지만 과연 내게 단 한 걸 음이라도 나아갈 힘이 있는지 확신이 안 섰다. 나는 어찌할 바를 모른 채 비틀거리며 서 있었다. 그런데 바로 그때 자그 마한 빨간색 도요타 픽업트럭 한 대가 도로를 따라 덜커덩거 리며 내려왔다. 트럭은 속도를 늦추다가 도로를 벗어난 몇 미 터 앞에 섰다. 이내 조수석 쪽 창문이 내려가자 그을린 얼굴 에 주근깨투성이 십대 소녀가 창밖으로 얼굴을 내밀었다. "이 봐, 마을까지 태워다줄까?"

난 마지막 히치하이킹 시도 후 경계하는 상태였지만, 소녀 의 얼굴에는 친절함이 묻어났다. 어딘가 믿을 만해 보인다고 나 할까. 나는 고개를 끄덕였다. "개도 함께 데려가도 될까?"
내 목소리에서 쇳소리 같은 이상한 소리가 났다.

"그래." 소녀가 무스를 내려다봤다. "허! 재밌네."

"뭐가?" 나는 바로 경계 태세를 취했다.

"장담컨대 전에 본 적이 있는 개야."

"오, 난 무스가 강아지였을 때부터 데리고 있었어." 나도 모
르게 거짓말이 술술 새어 나왔다. 무스를 보호하는 일이라면
뭐든 다 할 참이었다.

소녀가 어깨를 으쓱하고는 엄지손가락으로 운전석을 가리
켰다. 배꼽까지 내려오는 회색 턱수염의 나이 든 남자가 운
전대를 잡고 있었다. "난 세이디고, 이쪽은 우리 아빠 짐이야.
우리는 랭글리에 있는 식료품점으로 가는 중이야. 거기까진
데려다줄 수 있어."

"쇼핑을 마치면 다시 이쪽으로 돌아올 거야?"

"물론이지. 원한다면 다시 여기로 데려다줄 수 있어." 여자아
이가 엄지손가락으로 위가 트인 짐칸을 가리켰다. "뒤에 앉아."

내가 짐칸의 문을 아래로 당기자 무스가 짐칸으로 뛰어올
랐다. 배낭을 던진 후 나도 짐칸에 올라탔다. 내가 쓰러지듯
배낭에 기댈 무렵, 트럭은 시동을 걸고 아침 더위를 뚫으며
마을을 향해 출발했다.

36

차가 식료품점의 주차장에 멈추자 무스가 낑낑거렸다. "쉿." 내가 무스를 달래며 말했다. "배고프지. 좀만 기다려. 곧 먹을 걸 줄게."

트레일에 나선 지 몇 주 만에 식료품점의 눈부신 형광등 불빛과 번쩍번쩍 광을 낸 바닥을 보자 당황스러웠다. 눈앞에 펼쳐진 인공조명과 온갖 냄새에 잠시 움찔했지만 지금은 그 어떤 것도 날 막을 수 없었다. 난 계산대로 달려가 사탕 진열대에서 스니커즈 두 개를 낚아챘다. 말총머리의 십대 점원이 계산할 때쯤 난 이미 그중 한 개의 포장지를 뜯고 있었다. 그러고는 점원의 찌푸린 눈살을 무시한 채 스니커즈를 게 눈 감추듯 먹어 치운 뒤 배낭을 뒤져 돈을 꺼냈다.

첫 번째 스니커즈는 내가 거스름돈을 받기도 전에 사라졌다. 두 번째 스니커즈도 내 쇼핑카트가 농산물 코너를 떠나기 전에 사라졌다. 선반은 각종 리틀 데비 스낵과 호 호스(미국의 식품 회사인 호스티스의 초콜릿케이크 브랜드-역주), 트윙키(호스티스의 크림케이크 브랜드-역주), 땅콩 바 그리고 열두 개들이 한 팩의 파우더 도넛으로 가득했다. 나는 선반을 휘젓고 다니며 정신줄을 놓지 않으려고 애썼다. 이미 끼니도 때웠겠다 이젠 무스의 먹거리를 생각할 때였기 때문이다.

나는 반려동물 코너를 찾아 무스를 위해 4.5킬로그램짜리 퓨리나 간식 봉지를 집어 들었다. 그러고는 방향을 바꿔 며칠간 트레일을 하는 데 필요한 물건들을 쇼핑하기 시작했다. 그렇게 저녁 식사용 음식 외에도 1.4킬로그램짜리 엠앤엠즈 봉지와 패밀리 사이즈 대형 너티 바, 0.91킬로그램짜리 땅콩버터 한 통을 집어 들었다. 그런데 쇼핑을 거의 마칠 무렵, 불현듯 내 쇼핑 카트가 컴벌랜드 팜스에서 본 쇼핑 카트와 거의 똑같이 생겼다는 걸 깨달았다. 식료품비를 두 번 내야 하는 현실에 문득 짜증이 밀려왔다.

나는 돌돌 말린 20달러짜리 두 장을 펼쳐 계산대에 올려놓았다. 그러고는 날 차에 태우려 했던 그 선글라스 남자에게 혼잣말로 욕설을 퍼부으며 너티 바를 먹어 치웠다. 내가 음식을 먹는 게 아니라 마치 코라도 후비고 있는 양 이젠 아주

공공연히 날 노려보고 있는 그 말총머리 십대 점원을 난 이번에도 무시했다.

난 모든 물건을 배낭의 빈 공간에 집어넣은 뒤 덮개를 닫았다. 그러고는 남은 달러를 다시 지퍼락에 넣으면서 다시 한번 세어볼 요량으로 잠시 멈췄다. 이제 지퍼락에는 82달러가 남아 있었다. 나는 비장한 마음으로 침을 꿀꺽 삼켰다. 정말 절약한다면 두 번 정도는 더 먹을 걸 살 수 있는 금액이었다. 앞으로는 돈을 쓰는 데 신중해야겠다. 지난번엔 괜히 식료품점에서 67센트를 기부했나 싶었다. 그걸 아꼈다면 거의 스니커즈 바 한 개 정도는 살 수 있었을 텐데 말이다.

남은 돈을 내려다보고 있는데 주차장에서 개 짖는 소리가 들려왔다. 몹시 흥분한 듯 격렬한 소리였다. 나는 모든 걸 내려놓고 미닫이 유리문을 연 뒤 더운 여름 공기 속으로 돌진했다.

밖으로 나가보니 한 남자가 빨간색 트럭의 짐칸에 올라타고 있었다. 키가 크고 체격이 다부진 그 남자는 곰보 같은 얼굴에, 입에는 반쯤 태운 담배를 물고 있었다. 불룩한 모양으로 축 처진 배엔 굵은 버클이 달린 실버 벨트가 걸쳐져 있었다. "버스터!" 남자가 소리쳤다. "닥쳐, 버스터!"

무스가 슬금슬금 뒷걸음질 치더니 짐칸의 휠웰(자동차의 바퀴가 들어가는 공간-역주) 뒤에 웅크렸다. 그렇게 남자로부터 가급적 멀리 떨어진 구석으로 기어들어가려고 할 때 무스의 발톱이 짐칸의 플라스틱 바닥을 미끄덩거리며 긁어댔다.

"겁주지 마요!" 나는 트럭에 다가가 한쪽 손은 짐칸 바닥을 짚고 한 발은 바퀴 위에 올려놓았다. 하지만 반쯤 올라가다가 팔 힘이 떨어지면서 이내 주차장 바닥으로 나동그라졌다. 아스팔트 바닥에 손을 딛자 양 손목을 타고 통증이 전해지면서 냅다 비명이 터져 나왔다.

트럭 짐칸의 상단 높이로 어림잡아 보건대 남자의 키는 적어도 나보다 30센티미터는 더 컸다. 게다가 남자는 덩치도 크고 얼굴도 비열해 보였다. 커다란 주먹을 꽉 쥔 남자의 소시지만 한 굵은 손가락엔 털도 수북했다.

"이것 봐, 꼬마야!" 남자가 험상궂은 목소리로 말했다. "여기 있는 버스터는 내 개야. 네가 지금 버스터와 뭘 하고 있는진 모르겠다만, 내가 버스터한테 뭐라고 하든 뭔 상관이야."

"저 개는 아저씨 개가 아니에요!" 나도 모르게 대담한 말이 튀어나왔다. "저는 녀석을 여기서 몇 킬로미터나 떨어진 숲에서 발견했어요. 지금까지 먹이고, 목욕시키고, 돌봐왔단 말이에요. 녀석은 저랑 같이 지내고 있어요."

"잘 들어, 이 쥐새끼 같은 녀석아. 나는 버스터를 2년 동안이나 키워왔어. 녀석이 도망쳤다고 해서 버스터가 네 것이 될 수 있는 건 아냐."

"무슨 일이야, 루이스?" 짐이 쇼핑 카트에 식료품을 가득 담은 채 돌아오며 말했다.

"이 녀석이 내 개를 훔치려고 하잖아. 바로 저 개 말이야!" 루이스가 소리쳤다. "그런데 저 녀석이 왜 자네 트럭 뒤에서 얼쩡대는 거야?"

"아빠, 무슨 일이에요?" 때마침 세이디도 나왔다. 세이디의 한 손엔 3.8리터짜리 우유가, 다른 손엔 감자 한 봉지가 들려 있었다.

"세이디, 상점에 들어가 있으렴." 짐이 말했다. "루이스, 당신이야말로 내 트럭에서 뭐 하는 거야?"

루이스가 가슴을 펴고 똑바로 섰다. "내 개를 되찾고 있지!" 그러고는 짐칸에 올라타 손을 뻗어 무스를 움켜잡았다. 무스가 비참하게 울부짖었다.

"루이스, 진정해." 짐이 쇼핑 카트를 밀던 손을 들어 진정하라는 손짓을 보냈다.

"짐, 진정하라니! 난 버스터를 데리고 농장으로 돌아갈 테니 당신과 이 쪼끄만 히피 계집애는 날 말리려 들지 않는 게 좋을 거야." 루이스가 무스의 멍든 옆구리를 팔로 짓누르며 짐칸에서 뛰어내렸다.

"무스를 놓아줘요!" 내가 소리쳤다. 루이스는 내 덩치의 두 배였지만 그런 것 따윈 상관없었다. 나는 루이스에게 돌진했다. 루이스가 짧고 흉측한 웃음소리를 내며 밀쳐내자 나는 그대로 아스팔트 주차장 바닥에 나동그라졌다.

내가 일어설 때쯤, 루이스는 녹슨 포드 픽업트럭으로 걸어가 무스를 트럭 안에 아무렇게나 내동댕이친 뒤 운전석에 올라 엔진 시동을 걸었다. 끼익 소리를 내며 주차장을 빠져나간 루이스의 차가 트레일을 따라 내려갔다.

"미안해." 아빠가 한 말을 무시한 채 바로 내 뒤에 서 있던 세이디가 식료품을 내려놓고 내 어깨를 머뭇머뭇 토닥거렸다.

배낭이 갑자기 돌덩이처럼 느껴졌다. 나는 휘청거리다가 짐칸 뒷문에 기대 중심을 잡고서 뒤 범퍼에 배낭을 기대어놓았다. 눈을 감자 마음 깊은 곳에서 분노와 증오가 뒤섞여 꿈틀거렸다.

잠시 후 눈을 뜬 나는 이제 뭘 해야 할지 감이 왔다.

"무스를 다시 데려와야겠어요." 내가 말했다.

짐은 픽업트럭 뒤에 식료품을 싣기 시작했다. "그건 좋은 생각이 아니야. 루이스는 고약한 자야. 순순히 버스터를 뺏길 인간이 아니지."

"무스가 도망친 데는 분명 이유가 있을 거예요." 나는 이미 나만의 전략을 세우고 있었다. "제가 무스를 발견했을 때 녀석은 정말이지 끔찍한 상태였어요. 잔뜩 굶주린 데다 털은 지저분하게 엉켜 있었죠. 물론 어느 정돈 트레일에 있다 보니 그랬을 수 있지만, 애초에 무스에겐 좋은 주인이 없었다는 뜻이죠."

"얘 말이 맞아요, 아빠." 세이디가 감자와 우유를 차 안에
실으며 말했다. "루이스가 버스터를 하찮게 여기는 건 마을
사람 모두가 아는 사실이잖아요."

짐이 고개를 저었다. "그래도 안 돼. 루이스와 그 개 사이
에 끼어드는 건 적절치 않아."

"전 지금 도와달라는 게 아니에요." 이번만큼은 진심이었
다. 무스는 내 책임이었다. 어쩌다 보니 무스의 악덕 주인, 그
러니까 무스가 도망쳐 나오려 했던 바로 그 전 주인에게 무스
를 되돌려준 꼴이 되고 말았다. 이제 무스를 되찾는 건 순전
히 내게 달려 있었다. "루이스가 어디에 사는지만 알면 돼요.
절 루이스의 집 근처에만 내려주세요. 그뿐이에요."

짐이 팔짱을 끼며 물었다. "네가 거기 도착해서 할 수 있는
게 뭔데?"

"아이디어를 짜볼 거예요."

짐이 잠시 망설이더니 긴 한숨을 내쉬었다. "올라타."

나는 다시 한번 트럭의 짐칸에 올라탔다. 차가 주차장을
빠져나올 때쯤 난 트럭의 뒷창문에 머리를 기대고 휴식을 취
했다. 무스를 구출할 수 있는 오만 가지 방법을 떠올려보느
라 머리가 윙윙거렸다. 우선 루이스의 집을 잘 봐뒀다가 한
밤중에 다시 가서 뒷마당의 개집이나 나무에 묶여 있는 무스

를 풀어주는 장면을 그려보았다. 또 창문을 통해 무스를 불러 무스가 루이스를 벗어나 내게로 돌아오는 장면을 그려보기도 했다.

그때 천천히 기어가던 트럭이 낯익은 길에 멈춰 섰다.

"저기요. 여긴 아저씨가 절 태워줬던 곳이잖아요." 내가 뒷창문을 통해 소리쳤다.

짐이 창문을 내리고 고개를 내밀었다. "맞아. 이제 그만 가보렴. 네가 그 개를 위해 할 수 있는 일은 아무것도 없어."

맙소사, 늘 그랬듯 무력감이 엄습해오길 기다렸다. 마치 망치로 내리치듯 '난 불운한 아이고 그것에 대해 내가 할 수 있는 건 아무것도 없다'는 사실을 강력히 알려주는 그 불운의 패배감과 절망감 말이다.

하지만 웬일인지 그런 느낌은 오지 않았다. 그 대신 처음으로 다른 느낌이 날 휘감았다. 묵직하고, 빠르고, 강력한 느낌이었다.

바로 분노였다.

"그건 모르는 일이죠!" 빽 소리를 지르며 나는 주먹으로 뒷창문을 세게 내리쳤다. "루이스가 제 몸집의 두 배라도 상관없어요. 전 무스를 구해야겠어요. 돌아가주세요. 절 거기로 데려가달라고요!"

"얘야." 짐은 침착했다. "네 처지를 생각하면 나도 참 안타

깝단다. 하지만 루이스의 개를 훔칠 수 있도록 그 미친 사람의 집으로 널 보내진 않을 거야."

"무스는 제 개예요!" 나는 악을 쓰며 말했다. 이번에는 주먹으로 픽업트럭 지붕을 세게 내리쳤다. "절 거기로 데려가 주세요!"

짐은 아무 말도 하지 않았다. 내가 지붕을 쾅쾅 내리칠 때 픽업트럭은 시동만 켜놓고 공회전을 하는 중이었다. 난 화가 머리 꼭대기까지 치밀어 픽업트럭에 구멍이라도 낼 태세였다.

마침내 난 배낭을 옆으로 내던지고 트럭에서 뛰어내렸다. 짐이 태워다주지 않는다면 내 발로 직접 가서라도 무스를 찾아올 작정이었다. 난 배낭을 어깨에 짊어진 채 마을로 돌아가기 시작했다.

짐이 트럭을 내 옆에 갖다 댔다. "얘야." 짐이 말했다.

나는 짐을 쳐다보지 않은 채 도로에 시선을 집중했다.

"얘야, 네 갈 길을 가렴. 아니면 널 경찰서로 데려갈 거란다. 그 개를 쫓아갔다간 목숨을 잃을 수도 있어. 넌 그 결과도 책임져야 할 거야."

그 말에 난 멈춰 서고 말았다. 경찰서에 갔다간 모든 걸 잃게 될 터였다. 무스도. 트레일도. 루카스와의 약속도.

전부 다.

나는 두 손으로 얼굴을 감싸고 손톱으로 관자놀이를 누르며 소리쳤다. 나무 위의 새 떼가 허둥지둥 날아갈 만큼 큰 소리로 비명을 내질렀다.

결국 나는 돌아섰다. 그렇게 마을과 무스, 그리고 무스를 구할 모든 기회로부터 멀어졌다.

"하이킹 잘 마치렴, 얘야." 짐이 말했다.

세이디는 날 쳐다보지 않았다. 종이에 뭔가 휘갈겨 쓰느라 꽤 바쁜 눈치였다.

"태워줘서 퍽이나 고마웠네요." 나는 비꼬듯이 말했다.

짐과 세이디의 도요타 트럭이 출발할 무렵, 조수석 쪽 창문 밖으로 꾸깃꾸깃한 종잇조각이 하나 떨어졌다.

나는 다가가 그 종잇조각을 주워 성냥과 버킷리스트 종이가 든 지퍼락에 담은 뒤 배낭 옆구리에 쑤셔 넣었다. 그 종잇조각은 다음에 불을 지필 때 불쏘시개로 쓰면 좋을 듯싶었다. 지금 같아선 숲이라도 홀랑 태워버리고 싶은 심정이다.

37

나는 무스에게 돌봐주겠노라고, 내게 의지할 수 있노라고, 이젠 안전할 거라고 약속했다.

하지만 난 그 약속을 지키기는커녕 무스를 굶기고 학대했던 사람에게로 되돌려 보냈다. 굵은 손가락에 굵은 버클 벨트를 찬 남자, 무스를 트럭 짐칸에 던진, 아니 실제론 아무렇게나 내동댕이친 남자에게로 말이다.

나는 트레일에 멈춰 서서 나무에 기댄 채 울지 않으려고 안간힘을 쓰며 짧은 숨을 몰아쉬었다. 루카스가 죽었을 때도 이런 느낌이었다. 순간 4리터 정도의 끈적끈적한 점액이 목구멍 아래로 쏟아지는 듯한 묵직한 아픔이 되살아났다. 속이 뒤틀리며 울렁거렸다.

이렇게 또 하나의 친구를 잃었다.

난 불운한 아이일 뿐 아니라, 친구들을 나쁜 상황에 몰아넣는 아이였다.

시간이 얼마나 지났을까. 문득 정신을 차려보니 내가 이마를 나무 몸통에 들이받고 있었다. 그렇게 루이스가 무스를 트럭에 내동댕이치던 기억에서 벗어나려고 발버둥 치고 있었다. 하지만 아무리 자학해봤자 과거를 되돌릴 순 없는 노릇이었다.

마침내 나는 나무에서 물러섰다. 그러고는 멍하니 앞쪽을 바라보다가 다시 하이킹을 시작했다. 다시 걷는 것 외엔 달리 방도가 없었기 때문이다.

이제 트레일은 도로를 기점으로 울창한 가문비나무 숲을 가로지르는 오르막길로 이어졌다. 가파른 경사로가 내 속도를 늦출 만도 했건만 난 오히려 거의 달려갈 정도로 속도를 높였다. 나는 지금 무스로부터, 그리고 내가 무스에게 한 짓으로부터 벗어나야 했다. 누가 뭐라 하지도 않았는데 그렇게 난 거대한 산을 뛰어오르며 점점 더 속도를 높였다.

트레일은 진흙투성이에 온통 나무뿌리와 바위 천지였다. 그래서인지 하이킹은 정말 재미가 하나도 없었다. 어느덧 산 정상에 거의 다다랐다. 그때였다. 큰 키에 마른 체격의 남자가 긴 팔다리를 휘저으며 내 쪽으로 오고 있었다. 찌든 때와

곰보 자국으로 지저분한 얼굴, 땀과 기름으로 뒤범벅된 짙은 갈색 머리카락, 진흙투성이의 등산화와 종아리 등으로 미루어 볼 때, 어딘가 스루 하이커의 냄새가 짙게 풍겨오는 남자였다.

나는 남자가 지나가도록 트레일 옆으로 바싹 비켜섰다. 남자의 눈은 걸음걸이와 마찬가지로 범상치 않았다. 남자는 앞을 응시하며 까다로운 트레일 코스의 움푹 파인 부분과 급강하지점을 마치 10억 분의 1초 단위로 계산하며 나아가는 듯했다. 그 와중에 마치 없는 사람인 양 날 쳐다보지도 않았다.

쉘터에 도착하자 날은 이미 어두컴컴해진 상태였다. 나는 절망 속에서 혼자 뒤척이며 잠을 청했다.

난 홀로 남겨져 마땅한 아이였다.

다음 날 네 개 봉우리의 정상에 올랐다. 하늘은 파랗고 화창했지만 날씨 따위엔 관심도 없었다. 무스를 잃어버린 마당에 날씨가 아무리 좋은들 무슨 상관이랴. 저녁이 되자 바위투성이의 긴 언덕을 내려와 나무숲에서 벗어난 뒤 진짜 도로로 나아갔다. 트레일 한쪽에 차 한 대가 주차된 게 보였다. 차뒷문을 젖혀놓은 스바루 아웃백(특유의 스포티함, 널찍한 실내공간, 편리한 짐칸 등으로 기능성을 고루 갖춘 스바루 자동차의 크로스오버 차량-역주)의 뒷자리엔 남녀 둘이 앉아 발을 흔들며 한가한 한때를 보내고 있었다. 둘 사이엔 낡아 빠진 빨간색 콜맨 아이스박스가 놓여 있었다.

밝은 파란색 눈 남자의 턱엔 희끗희끗한 수염이 나 있었고, 부드러운 갈색 눈 여자의 통통한 몸은 햇볕에 진하게 그을려 있었다.

내가 가까이 다가가자 아이스박스에 덕트 테이프로 붙인 종이 한 장이 보였다. 종이엔 유성펜으로 두 단어가 쓰여 있었다. 트레일 매직(트레일을 거쳐 간 하이커들이 더 이상 필요 없는 음식이나 장비를 다음 하이커들을 위해 놓고 가는 관행-역주).

남자가 나를 보고 손을 흔들더니 아이스박스를 열었다. 아이스박스 안의 쟁여놓은 얼음에는 음료수 캔이 드문드문 보였다. 나는 콜라 쪽으로 손을 뻗어 한 모금을 마셨다. 거무스름한 액체가 혀에 부딪히자 눈물이 다 나올 지경이었다. 오랜만에 인스턴트 설탕이 들어가니 머리가 가벼워졌다. 그렇게 난 천천히 콜라를 마시며 트림으로 고맙다는 인사를 대신했다.

여자가 내게 샌드위치를 건네며 말했다. "이거 좀 먹어보렴." 참깨와 귀리가 가득한 홈 메이드 빵 조각 사이로 칠면조 고기와 마요네즈, 토마토, 양상추가 눈에 띄었다. 나는 눈을 깜박이며 샌드위치를 베어 물었다.

남자가 내 모습을 지켜봤다. "마샤, 샌드위치를 더 가져와 야겠어." 내가 하나를 다 먹자 남자가 말했다.

여자가 내게 샌드위치를 하나 더 건넸다. 나는 두 번째 샌드위치도 게 눈 감추듯 먹어 치웠다.

내가 콜라 한 캔을 다 마시자 남자가 3.8리터짜리 물병을 꺼내 건넸다. "목이 몹시 말라 보이는구나."

"고맙습니다."

남자가 고개를 끄덕이며 말했다. "난 클라이드야."

"토니예요." 클라이드와 마샤에게 감사한 마음이 들었지만, 그렇다고 무턱대고 내 본명을 노출할 순 없었다. "두 분께 감사드려요."

"우리가 할 수 있는 최소한인걸 뭐. 실은 우리 아들 알렉스가 두 달 전에 스루 하이킹을 시작했거든. 너도 아마 그 또래거나 조금 아래일 듯싶네. 몇 살이니, 열다섯?"

그 말을 듣자 내가 길을 떠나온 건 겨우 몇 주 지났을 뿐인데 원래 나이보다 훨씬 들어 보인다는 걸 깨달았다.

여기서 진짜 나이를 노출할 마음이 없었던 나는 그냥 고개를 끄덕였다.

"알렉스는 열일곱 살이야. 우리는 알렉스가 하이킹을 마칠 때까지 매주 일요일 트레일 매직을 마련하겠다고 약속했어.

그게 알렉스한테 행운을 가져다줄 거라고 생각했기 때문이지." 클라이드가 내게 건넨 물병을 가리키며 말했다. "다 마셔도 돼. 우리는 아직 19리터나 더 있는 데다 한 시간쯤 후에나 짐을 쌀 거거든. 그러니 걱정하지 말고 천천히 마시렴."

나는 그 커다란 물병의 4분의 1이나 되는 물을 단숨에 마셔버린 뒤 내 빈 물병도 채웠다.

"어머, 세상에." 살짝 팔을 스치기만 했는데도 내가 움찔하자 마샤 눈살을 찌푸리며 말했다. "너도 아주 심하게 탔구나. 내게 바를 만한 게 좀 있어." 마샤가 마법의 뒷좌석으로 손을 뻗더니 알로에 베라 젤 한 병을 꺼내 내게 건네주었다.

나는 그 끈적끈적한 녹색 액체를 손으로 조금 떠서 붉게 탄 피부에 펴 발랐다. 그러자 화끈거림을 완화해주는 시원한 느낌이 온몸에 퍼졌다.

"가져가 쓰렴. 음식도 원하는 만큼 가져가고." 클라이드가 말했다.

"혹시 오늘 밤은 트레일 밖에서 묵는 게 어떻겠니?" 마샤가 물었다. 나를 쳐다보는 마샤의 눈빛이 느껴졌다. 그 눈빛은 마치 엄마의 눈빛처럼 따뜻했다. 마샤는 도로 아래쪽의 집을 가리켰다. 초록색 덧문이 있고 베란다에 방충망이 쳐진 흰색 나무집이었다. "바로 저기가 우리 집이야. 원한다면 오늘 밤 함께 묵어도 좋아."

나는 몹시 피곤했다. 몸도 욱신거렸다. 다음 쉘터는 여기서 8킬로미터 거리에 있었다. 게다가 한 시간쯤 후면 날도 어두워질 터였다. 정말이지 지금은 제대로 된 진짜 침대에 웅크리고 들어가 울고 싶을 뿐이었다.

하지만 도움을 받고 싶진 않았다. 무스를 잃어버린 내가 무슨 도움받을 자격이 있단 말인가. 난 배낭을 내려다보며 클라이드와 마샤에게 괜찮다고 말할 참이었다. 그런데 문득 장비를 고치기 위한 휴식을 갖지 않으면 분명 곤경에 처할 거란 생각이 들었다. 우선 메인 숲을 가로지르는 트레일의 외딴 쉘터에 갈 수 없을 경우를 대비해 텐트를 수리해야 했다. 깊이 베이고 찢어진 침낭도 꿰매야 했다. 요오드 알약도 더 사야 했다. 아마 음식도 좀 더 필요할 듯싶다. 고로 난 현명하게 행동해야 했다.

결국 난 절충을 택하기로 마음먹었다. "친절한 말씀 감사해요. 하지만 너무 귀찮게 해드리는 건 싫어서요. 오늘 밤 제가 베란다에서 자도 될까요?"

"물론이지." 마샤가 웃었다. "먼저 가 있으면, 우리도 한 시간 안에 도착할 거야. 문은 열려 있으니 화장실이든 뭐든 편하게 쓰렴."

나는 두 사람에게 감사를 표하고 그 집으로 향했다. 황혼이 내릴 무렵 그 집에 다다른 나는 베란다에 배낭을 내려놓고 베란다 불을 켠 후 소지품들을 챙겨 마룻바닥에 책상다리를 하고 앉았다. 내 슬리핑 패드의 가방에 달린 작은 주머니엔 패치 키트(구멍 난 데를 때우거나 장식용으로 덧대는 데 쓰이는 물건 세트-역주)가 들어 있었다. 우선 나는 거기서 얇은 튜브 형태의 접착제와 원형 패치를 꺼냈다. 그러고는 슬리핑 패드의 길게 베인 틈에 접착제를 바르고 패치를 덮은 뒤 마르도록 뒀다.

다음으론 텐트 폴을 살펴봤다. 텐트 폴들은 정말 심하게 망가져 있었다. 나로선 이 폴들을 고칠 방도가 없었다. 이 폴들이 얼마나 중요한 텐트의 일부였는지 새삼 와닿았다. 그동안 난 이 폴들 덕분에 비 맞는 일 없이 쾌적하게 지낼 수 있었다.

난 루카스의 텐트를 포기할 수 없었다. 내가 마운트 카타딘에 도착했을 때, 루카스가 지녔던 물건이 필요했기 때문이다. 나는 부러진 텐트 폴들을 가져와 텐트 천으로 돌돌 감쌌다. 그러고는 텐트 가방을 열어 그 안에 모두 집어넣었다. 난 이 텐트로 야영할 방법을 찾을 작정이었다. 어떻게든.

텐트 가방의 입구를 조이고 있는데 성냥과 더불어 세이디가 던졌던 그 꾸깃꾸깃한 종이가 담긴 지퍼락이 눈에 들어왔다. 나는 지퍼락을 열어 성냥부터 확인했다. 성냥은 아직 축축하지 않은 상태다. 다행이었다.

종이도 괜찮았다. 나는 꾸깃꾸깃한 종이를 다시 네모반듯하게 접어둘 요량으로 지퍼락에서 꺼내 주름을 폈다. 그런데 바로 그때 종이에서 뭔가가 눈에 띄었다.

맙소사, 세이디가 버린 건 그냥 종이가 아니었다. 거기엔 내가 무스한테 갈 수 있는 지도가 그려져 있었다.

38

그건 랭글리 식료품점을 중심으로 그 주변이 상세하게 그려진 지도였다. 지도에서 4번 국도는 식료품점을 지나 몇 킬로미터를 동쪽으로 향하다가 옆길로 빠진 후 다시 여러 갈래의 뒷길로 이어졌다.

세이디가 나무집을 그린 뒤 '버스터'라고 급하게 휘갈겨 쓴 지점도 바로 이 뒷길 중 하나에 있었다. 종이엔 전화번호도 적혀 있었다.

그 종이를 응시하는데 이제 선택권은 내게 있단 걸 깨달았다. 여기서 트레일을 계속하면 루카스와 내가 함께 시작한 걸 끝낼 수 있었다. 버킷리스트 10번 항목에 체크를 하고 죽은 내 절친과의 약속을 지킬 것인가, 아니면 이길로 무스를 구하러 돌아갈 것인가.

아, 나로선 가장 어려운 결정이었다. 나는 루카스도, 무스도 포기하고 싶지 않았다.

잠시 루카스의 목소리가 다시 들릴지 궁금해졌다. 내가 뭘 해야 할지 일러주고, 날 올바른 선택으로 이끌어주던 그 목소리 말이다. 하지만 더는 아무 소리도 들리지 않았다.

그때 밤의 고요함 속에서 불빛이 하나 깜박이는 게 보였다.

그리고 또 하나의 불빛이 보였다. 그리고 또 다른 하나.

반딧불이었다. 반딧불이가 들판에 나타나선 마치 크리스마스라도 된 듯 마법의 작은 깜박거림으로 들판을 밝히고 있었다.

내가 마지막으로 반딧불이를 봤던 날이 떠올랐다. 그날 루카스와 난 루카스네 뒷마당에 텐트를 치고 트레일 계획에 관해 함께 이야기하며 반딧불이가 나오는 걸 지켜보고 있었다. 그러니까 그날은 돌산 로프 스윙으로 사고가 나기 불과 며칠 전이었다.

그때 난 일이 잘못되면 어쩌나, 버킷리스트를 못 끝내면 어쩌나, 모든 게 엉망이 되면 어쩌나 노심초사하는 중이었다. 그런 내게 루카스가 말했다. "너 그거 알아, 토우? 우리가 마운트 카타딘에 도착하는 건 중요한 게 아니야. 중요한 건 너와 나, 두 친구가 일생일대의 모험을 함께 한다는 거야."

나는 반딧불이를 내다봤다. 반딧불이는 밤을 비추는 작은 희망의 섬광과 같았다.

바로 그거였다. 루카스는 내게 매우 소중한 사람이었다. 하지만 그걸 루카스에게 증명하기 위해 억지로 트레일을 완주할 필요는 없었다. 그냥 여기 있는 것만으로, 그냥 이 모험에 임하는 것만으로 충분했다.

나는 종일 나를 짓눌렀던 죄책감을 극복하기 위해 지난여름부터 이 하이킹을 시작했다. 그 과정에서 손과 덴버를 만났다. 두 사람은 내게, 덴버가 해리의 사고에 책임이 없듯이 나도 루카스의 죽음에 책임이 없다는 걸 가르쳐주었다. 루카스는 자신의 선택을 했고, 나 역시 마찬가지였다. 나는 언제까지나 루카스를 그리워할 것이다. 하지만 물속에 뛰어든 건 루카스의 선택이었다.

윙잉 잇과 그가 들려준 이야기도 생각났다. 그의 친구는 어째서 윙잉 잇에게로 되돌아갔을까. 친구란 바로 그런 것이었기 때문이다.

이제 내가 뭘 해야 할지 감이 왔다.

나는 종이를 접어 주머니에 쑤셔 넣었다. 이 집 진입로 옆엔 나무 창고가 하나 있었고, 그 안엔 큰 철제 쓰레기통이 몇 개 있었다. 나는 루카스의 망가진 텐트를 집어 들고 베란다에서 나와 창고로 걸어갔다. 그러고는 그 쓰레기통 중 하나에 조심스럽게 텐트를 넣어두었다.

집으로 다시 돌아가자 클라이드와 마샤가 진입로로 들어왔다. 나는 마샤에게 전화를 써도 되겠는지 물은 뒤 전화를 걸었다. 벨이 다섯 번 울린 후 한 소녀가 전화를 받았다. "여보세요?"

"안녕, 세이디. 토비야. 네 지도를 봤어. 지금 무스를 데리러 가려고 해."

"잠깐만," 잠시 침묵이 흐르더니 다시 세이디의 목소리가 들려왔다. "언제쯤 올 수 있어?"

"지금 난 랭글리에서 약 40킬로미터 떨어진 지점에 있어. 아마 내일이면 거기에 도착할 수 있을 거야."

그때 전화기 너머로 고함 소리가 들려왔다. 세이디가 잔뜩 낮춘 목소리로 다급하게 말했다. "토비, 나 가봐야 해. 가능하면 내일 근처에 와서 다시 전화해."

"해볼게." 나는 전화를 끊고 마샤에게 휴대전화를 돌려주었다. 저녁이 끝날 무렵, 나는 베란다에 꺼내놨던 짐을 다시 싼 뒤 뜨거운 물로 샤워를 했다. 그러고는 클라이드로부터 다음 날 아침 랭글리까지 태워다주겠다는 약속을 받아낸 뒤 침낭 안으로 기어들어가 귀뚜라미 소리와 함께 잠이 들었다.

그날 밤 나는 무스가 이빨을 드러낸 채 으르렁대는 울버린 (북유럽, 북미 등에 서식하는 작은 곰처럼 생긴 야생동물-역주)으로 변하고, 루이스가 약 3.7미터에 달하는 트롤(스칸디나비아 신화와 스코틀랜드 전설에 등장하는 인간과 비슷한 모습의 거인족-역주)로 변하는 꿈을 꿨다. 두 괴물은 끈적이는 검은 피가 흐르는 나무들로 뒤덮인 어두운 숲을 지나 부러진 텐트 폴들이 흰 뼛조각처럼 흩어져 있는 트레일을 따라 날 사냥했다. 그렇게 둘은 죽은 나무의 썩은 뿌리 쪽으로 날 몰아넣었다. 그때 루이스가 내 심장에 쇠스랑을 겨누며 버럭 소리쳤다. "이건 내 개라고!" 나는 땀범벅이 된 채 잠에서 깼다. 그 뒤 다시 잠들기까지 오랜 시간이 걸렸다.

다음 날 아침 베이컨과 달걀 냄새에 잠에서 깼다. 클라이드가 문을 열고 날 내려다봤다. "어서 와 아침 먹어야지." 클라이드가 거의 명령하듯 말했다. 나는 안으로 들어갔다.

"잠은 잘 잤니?" 마샤는 스토브 앞쪽의 주방에 있었다. 마샤가 버터로 조리해 반들반들하고 바삭바삭해진 베이컨과 스크램블드에그를 접시째 포크와 함께 건넸다.

"네." 난 굳이 어젯밤 꾼 악몽에 대해 말하지 않고 식탁에 앉았다.

마샤가 긴 유리컵에 오렌지 주스를 채워 내 앞에 놓았다.

"일단 식사를 마치면 클라이드가 시내로 데려다줄 거야. 클라이드는 9시쯤 떠날 예정이야."

한 시간 후 나는 부릉거리는 클라이드의 차를 타고 랭글리로 향했다. 날씨는 맑고 따뜻했다. 클라이드가 내린 창문에 손을 내밀자 바람이 손가락 사이로 스쳐 지나갔다.

시내에 도착할 무렵, 나는 클라이드의 휴대전화를 빌려 세이디에게 전화를 걸었다.

"지금 어디야?" 세이디가 물었다.

"랭글리에 있는 식료품점이야." 내가 말했다.

"그럼 킵스 코어 카페에서 보자. 서쪽 방향 16번 국도를 타고 1.6킬로미터쯤 오면 보일 거야."

5분 후 우리는 그 카페에 도착했다. 나는 트럭에서 뛰어내려 운전석 쪽으로 갔다. 클라이드가 내게 악수를 건네며 말했다. "행운을 빈다, 토니."

나는 몸을 숙여 창문을 통해 클라이드를 껴안았다. "여러 가지로 감사해요, 클라이드."

"몸조심하렴." 클라이드가 트럭에 기어를 넣은 뒤 덜커덩 소리를 내며 떠났다.

나는 다시 혼자였다. 하지만 이 상태가 오래 지속되진 않을 터였다. 무스를 되찾을 것이었기 때문이다. 그 일이야말로 지금 가장 중요하고도 유일한 나와의 약속이었다.

39

한 시간 뒤 세이디가 카페 안으로 들어왔다. 세이디는 커피를 마시고 나는 핫초콜릿을 마셨다. 우리는 시나몬 롤 두 개를 주문한 뒤 의자 두 개를 끌고 와 테이블에 앉았다.

나는 세이디에게 꼭 묻고 싶은 게 있었다. 루이스의 집으로 안내하는 쪽지 지도를 발견한 후 계속 신경이 쓰였다. "그런데 왜 날 도와주는 거야?"

세이디가 롤빵을 뜯어 먹으며 말했다. "여기는 북쪽 마을이야. 여기선 이웃을 내버려 두라고 가르치지. 심지어 뭔가 잘못된 것을 봐도 참견하지 말라고 가르치거든. 각자의 사생활과 권리를 존중하는 거지. 하지만 루이스는 개를 데려온 후로 계속 학대해왔어."

"처음 자전거를 타고 루이스의 집을 지나가던 때가 기억 나. 그때 루이스는 버스터의 목덜미를 잡은 채 미친 듯이 화를 내며 현관 밖으로 나오고 있었어." 세이디의 안색이 어두워졌다. "그러고는 버스터를 냅다 흙탕물에 내동댕이쳤지."

"난 그날 버스터가 아파서 낑낑대던 모습은 물론이고, 루이스가 나동그라진 버스터를 다시 집으려고 내려왔을 때 녀석이 두려움에 깨갱대던 모습을 잊을 수가 없어. 그때 난 자전거를 멈추고 루이스에게 소리쳤지. 개를 그렇게 대해선 안 된다고 말이야. 그랬더니 루이스는 집 안에 오줌을 싸는 개는 당해도 싸다고 말하더군. 그래서 내가 강아지들은 으레 그렇다고, 아직 철이 덜 들어서 그런 거라고 말해줬지. 그랬더니 루이스는 다음번엔 녀석을 꼭 철들게 해줄 거라면서 남일에 신경 끄지 않으면 나도 그렇게 해줄 거라고 협박했어."

세이디가 커피를 한 모금 마셨다. "너도 봤듯이 루이스가 한 덩치 하잖아. 당시 난 무서웠어. 그래서 바로 페달을 밟고 땅바닥에 누워 있는 버스터를 뒤로한 채 그냥 떠나왔지. 그게 2년 전이야. 난 그 후로도 루이스가 욕설과 발길질 외에 말 한마디 친절하게 하는 꼴을 못 봤어. 만약 버스터를 거기서 데려가줄 사람이 있다면, 난 그 사람을 도울 거야. 근데 그 사람이 아무래도 너인 것 같아."

나는 고개를 끄덕였다. "루이스의 사정을 좀 아니?" 내가 물었다. "그러니까 지금 루이스가 집에 있을까?"

세이디는 내게 그 쪽지 지도를 펴보라고 말했다. 내가 지도를 펴 보이자 세이디가 선으로 대충 스케치한 집 그림을 가리켰다. "루이스는 자기네 집 앞 도로 건너편에서 옥수수를 재배하거든. 그래서 보통은 낮에 트랙터를 몰고 나가."

"그러니까 지금 바로 가면 집은 비어 있을 거란 얘기네. 루이스가 돌아오기 전에 어서 버스터를 찾아 데려오자." 세이디가 카페 문 쪽으로 고개를 끄덕이며 말했다. "내가 사륜 바이크를 밖에 세워났거든. 준비됐니?"

나는 어깨에 배낭을 둘러멨다. "응."

우리는 커피를 마저 들이켜고 음식 찌꺼기가 묻은 접시를 갈색 플라스틱 통에 넣은 뒤 목적지로 향했다. 세이디의 사륜 바이크는 길 건너편에 주차되어 있었다.

세이디가 번지 점프용 굵은 줄을 몇 가닥 가져오더니 한 손으로 빙빙 돌렸다. "배낭 이리 주고 잠깐 쉬고 있어." 배낭을 건네자 세이디가 사륜 바이크 뒤쪽의 금속 받침대에 그것을 묶었다. 내가 배낭 쪽으로 고개를 돌리자 세이디가 물었다. "버스터를 되찾은 다음엔 뭘 할 거야?"

난 이 질문에 대해 많이 생각해봤다. "사실 한편으론 애팔래치아 트레일을 완주하고 싶기도 해. 난…… 내 친구 루카스와 한 약속을 지키고 싶거든." 그러다 고개를 가로저었다.

"하지만 그냥 집에 가려고. 지금 무스에겐 내 사랑과 관심이 필요하거든. 진짜 개 사료랑 휴식도 필요하고. 그래도 무스가 준비되면 다시 트레일에 나설 거야. 무스가 준비되면, 나도 준비될 테니까."

세이디가 사륜 바이크 앞쪽에 걸터앉으며 말했다. "올라타."

나는 세이디 뒤에 올라탄 후 팔을 뒤로 뻗어 배낭 밑 금속 받침대를 움켜잡았다. 세이디가 고개를 돌렸다. "아니, 허리를 잡아야 돼. 꽉 잡아. 앞길이 험해."

세이디가 엔진 스위치를 켜는 순간 나는 세이디의 허리에 팔을 감았다. 부르릉 엔진 소리와 함께 시동이 걸리고 우리는 덜컹거리며 출발했다.

몇 킬로미터 지나 도로를 벗어난 우리는 좁은 비포장도로에 멈췄다. 세이디가 엔진 스위치를 끄자 둔탁한 소리와 함께 엔진이 꺼졌다. "루이스의 집은 여기서 0.8킬로미터쯤 떨어져 있어." 세이디가 말했다.

나는 사륜 바이크에 배낭은 두고 내리기로 했다. 그래야 무스를 구하는 발걸음이 가벼워질 것 같아서였다. 세이디와 함께 도로를 따라 내려가다 보니 금방이라도 무너질 듯한 낡은 농가가 나타났다. 빛바랜 흰색 페인트칠이 되어 있는 농가는 빗물을 흘려보내는 홈통은 물론 구석구석 담쟁이덩굴로 둘러싸여 있었다.

나는 길 건너편 들판을 바라보았다. 마치 비단이 나부끼듯 여름 바람에 옥수수가 수염을 휘날리며 들판을 가득 메우고 있었다. 일렬로 죽 서 있는 옥수수밭의 한가운데엔 커다란 밀짚모자도 보였다. 루이스였다.

내가 세이디를 쿡 찌르며 모자를 가리키자 세이디가 고개를 끄덕였다. 우리는 옥수수밭에서 보이지 않는 농가 뒤쪽으로 피했다. 농가 뒤쪽엔 반쯤 주저앉은 헛간이 있었다. 그 지붕은 가운데가 푹 꺼져 있고, 곰팡내 나는 지붕널은 썩어가고 있었다.

드디어 녀석이 보였다. 두꺼운 쇠사슬로 기둥에 묶인 채 그늘도 물도 없는 뙤약볕 아래서 헐떡이고 있는. 땅에 쓰러진 채 간신히 숨만 쉬고 있는. 무스였다.

나는 숨는 것도 잊은 채 집 한쪽에서 뛰쳐나와 무스에게로 달려갔다. 무스가 일어나 움직여보려 했지만 한쪽 다리에 이상이 있는 듯했다. 녀석은 오른발을 치켜든 채 절뚝거리고 있었다.

내 눈이 분노로 벌겋게 달아올랐다. 나는 쇠사슬에서 무스의 목줄을 벗겼다. "이리 와, 무스. 내가 꺼내줄게."

"지금 말이냐?" 나는 목소리가 들려오는 쪽으로 돌아섰다. 루이스가 농가 안에서 열린 창문을 통해 날 보며 히죽히죽 웃고 있었다.

잠시 난 그게 루이스라는 사실을 믿지 못했다. 난 루이스의 밀짚모자를 봤다. 그러니까 길 건너 옥수수밭에서 루이스가 고개를 까딱거리고 있는 모습을 봤단 말이다.

그러다가 뒤늦게 알아차렸다. 옥수수밭의 허수아비들에게도 밀짚모자를 씌워놓는다는 걸.

루이스가 한 손을 아래로 뻗었다. 그가 다시 손을 들어 올렸을 때, 그 손엔 엽총이 들려 있었다. 루이스는 긴 총신을 창유리에 걸친 채 내게 총부리를 겨눴다. "넌 무단침입이야, 이 개 도둑놈아. 난 널 날려버릴 모든 권리가 있어."

"루이스, 멈춰요!" 세이디가 소리치며 뛰어나와 나와 총 사이에 섰다. "우리가 떠날게요, 약속해요. 더는 귀찮게 하지 않을게요."

"이봐요, 루이스." 심장이 엄청난 속도의 잭래빗처럼 어찌나 빨리 뛰던지 거의 가슴에서 튀어나올 지경이었다. 하지만 웬일인지 내 손은 차분했다. "이봐요, 루이스, 그럼 저와 거래를 하는 게 어때요?"

나는 호주머니에 손을 넣어 내 트레일용 돈이 담긴 지퍼락을 꺼냈다. 그러니까 배낭을 두고 나올 때 미리 챙겨둔 그 지퍼락 말이다. 난 무스와 보기 좋게 도망쳐 나오기를 바랐다. 하지만 이젠 플랜 B를 제시할 때였다. 나는 돈을 들어 흔들어 보였다. "제가 무스를 산다면요? 제겐 지금 82달러가 있어요.

이 돈을 모두 지불하면 녀석을 제게 줄래요?"

루이스가 잠시 총을 내리는가 싶더니 고개를 저으며 다시 세이디와 내게 총을 겨눴다. "우선 여기 이 개의 이름은 무스가 아니고 버스터야. 둘째, 네 돈은 꽤나 끌린다만 너한테 내 개를 내줄 생각은 없어. 녀석은 내 거야." 루이스는 마지막 말이 떨어지기가 무섭게 엽총의 안전핀을 제거했다. 그러자 엽총의 공이치기(방아쇠를 당기면 용수철이 늘어나 공이를 쳐서 뇌관을 폭발하게 하는 부분-역주)에서 찰칵하는 소리가 났다.

플랜 C, 플랜 C, 플랜 C!!! 머릿속 목소리가 다급하게 플랜 C를 외쳐댔다. 애초부터 플랜 C 같은 건 없었지만 순간 알아서 말이 술술 나오기 시작했다. "그럼, 이건 어때요. 대결을 벌이는 거예요. 우리 둘 사이에 무, 아니 버스터를 놓고 녀석을 부르는 거예요. 만약 녀석이 제게로 오면 녀석은 제 거고, 반대로 아저씨에게 가면 녀석은 아저씨 거예요. 물론 이 돈도 함께요."

루이스는 지금 머릿속으로 요모조모 따져보는 눈치다. 그러는 동안 잠시 시간이 걸렸다. "그러니까 버스터가 내게로 오면 내 개는 물론 네 돈까지 다 내 거란 얘기지?" 루이스가 엽총을 내리며 씩 웃었다. "거래 성사됐다, 꼬맹아."

40

우리는 농가 뒤편에서 대결을 벌였다. 세이디가 발가락을 이용해 흙바닥에 선을 그은 뒤 내게 선 뒤로 가 있으라고 말했다. 그러고는 거기서부터 열 걸음 걸어가 중심점을 표시한 뒤 다시 열 걸음을 갔다. 세이디가 또 다른 선을 긋자 루이스가 그쪽으로 으스대며 걸어갔다.

세이디가 부드럽게 무스의 목줄을 잡고는 흙바닥에 표시한 중심점까지 끌고 갔다. "제가 셋을 세면 녀석을 놓아줄 거예요. 두 사람 모두 녀석을 자기 쪽 선 안까지 요령껏 끌어들여야 해요. 단, 조금도 선을 넘어선 안 되고요. 자, 준비되셨나요?"

"하나, 둘, 셋!"

그래, 난 할 수 있다. 나는 쪼그려 앉은 뒤 팔꿈치를 무릎에 얹고 말했다. "이쪽이야, 무스! 자, 이리 온!"

반대쪽 끝에서는 루이스가 크게 호통쳤다. "버스터! 그 더러운 엉덩이를 쳐들고 냉큼 이리 오지 못해!"

무스가 우리 둘 사이에서 갈팡질팡 왔다 갔다 했다. 그사이 무스의 애꿎은 꼬리는 연신 바닥을 쳤다.

"버스터!" 루이스가 발을 동동 구르며 소리쳤다.

무스가 귀를 바짝 눕히고는 낑낑거렸다.

루이스가 손가락을 홱 움직여 옆에 있는 바닥을 가리켰다. "냉큼 이리 와!" 분노와 증오로 들끓는 루이스의 끔찍한 시선에 순간 무스가 다리를 휘청거리며 바닥에 웅크렸다.

사실 난 이 대결이 쉽게 끝날 줄 알았다. 하지만 지금 난 두려움이란 게 얼마나 강력한 것인지 깨닫는 중이다. 맙소사, 무스가 루이스를 너무 두려워한 나머지 그 말에 꼼짝도 못 하면 어쩌지? 난 정말이지 무스가 날 두고 다른 데로 갈 가능성은 생각해보지도 않았다!

하지만 내게 포기란 없다. "자, 무스. 여기 봐봐." 내 목소리는 루이스만큼 강력하지 않았다. 루이스 같은 명령조도 아니다. 난 최면을 거는 루이스의 눈빛에서 무스의 주의를 딴 데로 돌리기 위해 손뼉을 쳤다.

무스가 마치 내 말을 알아듣는 듯 한쪽 귀를 쫑긋 세웠다.

그렇지만 무스의 표정을 보니 그저 저 멀리 바다에서 들려오는 희미한 소리쯤으로 여기는 듯했다.

"이 벼룩 덩어리 꾀죄죄한 잡종 개야!" 루이스가 소리쳤다. "냉큼 이리로 오지 않으면 살아 있는 걸 후회하게 만들어줄 테다."

무스가 낑낑거렸다. 루이스의 독설이 고스란히 무스의 귀에 꽂혔다. 반드시 폭력을 가할 거라는 압박과 함께. 녀석이 루이스 쪽으로 슬금슬금 움직이기 시작했다.

"그럼 그렇지, 이 못생긴 똥개 녀석! 이리 와." 루이스가 손을 뻗었다.

"무스, 안 돼!" 지금 난 모든 걸 잃을 판이었다. 내 모든 약속 그리고 내 모든 희망까지 전부. 나는 한 걸음 앞으로 나아가기 시작했다.

"선 뒤로 물러서, 이 구더기 같은 녀석아!" 이제 무스의 목줄에서 루이스의 손톱까지는 겨우 몇 센티미터밖에 안 남았다. 루이스가 날 째려봤다.

루이스는 더 이상 무스를 보지 않았다.

이제 내 발은 선으로부터 약 2.5센티미터 앞쪽에서 서성이고 있었다.

"뒤로 물러서라고!" 루이스가 날 향해 고함쳤다.

나는 선 뒤로 물러서서 휘파람을 불었다. 그때 루이스에게

서 시선을 뗀 무스가 귀를 쫑긋 세우며 내 쪽으로 고개를 돌렸다. 무스의 흰자위가 보였다. "무스." 내가 말했다. "내 친구, 무스, 내 말 잘 들어. 여긴 네가 있을 곳도, 네 집도 아냐. 내가 바로 네 집이야." 목이 메어 목소리가 갈라졌다. "여기 좀 봐, 무스, 사랑해."

순간 무스가 돌아섰다. 무스는 몸을 곧추세우고는 나와 내 마음을 향해 다시 움직이기 시작했다. 그때 루이스가 무스를 붙잡았다. 하지만 무스는 몸을 홱 돌려 루이스의 큰 손을 피했다. 그러고는 몇 번을 절뚝거리며 힘겹게 내게로 뛰어왔다. 나는 무스의 목에 팔을 두르고, 녀석의 털에 얼굴을 묻었다.

"잘했어, 무스." 내가 말했다. "아주 잘했어."

"무스가 토비를 선택했어요!" 세이디가 소리쳤다. "자, 이제 약속을 지키시죠."

루이스가 대답도 없이 농가를 향해 돌아섰다. 물론 난 루이스가 약속을 지키고, 나와 무스와 세이디도 무사히 보내주리라 믿고 싶었다. 하지만 난 지금 루이스가 엽총을 가지러 가는 중이란 걸 알았다.

나는 무스를 들어 안은 뒤 세이디에게 말했다. "뛰어."

우리는 농가를 지나 비포장도로를 따라 도망갔다. 내 팔에 안긴 무스는 무거웠다. 하지만 그런 사실이 태어나서 가장 빨리 달리고 있는 내 달음박질을 멈추진 못했다. 뒤에서 욕지거리가 들려왔다. 화염방사기로 내 귀를 태워버릴 듯한 심한 욕지거리였다. 뒤를 돌아보자 루이스가 현관에 서서 엽총의 개머리판을 엉덩이에 댄 채 펌프 액션(외부의 총신 덮개를 뒤로 당겨 탄피를 빼낸 뒤 다시 앞으로 밀어 탄환을 장전하여 발사하고 다시 장전하는 방식-역주)을 하고 있었다.

나는 머뭇거리고 있는 세이디를 낚아채 얼른 몸을 숙였다. 그러면서 행여나 넘어져도 무스보다 내 어깨가 먼저 그 충격을 흡수하도록 무스를 안은 팔을 동그랗게 굴렸다.

루이스가 총을 발사했다. 굉음이 울렸고, 약 6미터 떨어진 곳에서 흙먼지가 일었다. "내 개 내놔!" 루이스가 꽥 소리를 지르더니 총을 내려놓고 우리를 향해 달려왔다.

세이디가 머뭇거리는 날 잡아끌며 말했다. "얼른 가자."

순간 혈관을 타고 아드레날린이 폭발했다. 어깨 통증도 거의 느껴지지 않았다. 나는 도로에 집중했다. 내 숨은 고른 상태였고 다리는 피스톤처럼 움직였다. 몇 주 동안 트레일에서 단련한 지구력과 힘 덕분에 나는 9킬로그램짜리 무스를 팔에 안고도 끄떡없이 안정적으로 전력 질주할 수 있었다.

마침내 우리는 사륜 바이크 앞에 도달했다. 루이스는 우리보다 약 30미터 뒤에 있었지만, 재빨리 가까워지고 있었다. 세이디가 시동을 걸기 위해 스타터 로프를 홱 잡아당겼다. 하지만 엔진은 털털거리다 이내 꺼져버렸다.

세이디가 또다시 확 잡아당겼다. 이번엔 시동이 걸려 부르 릉거리다가 엔진이 작동하기 시작했다. 세이디가 운전자석 에 털썩 앉고는 소리쳤다. "어서 타!" 어느새 루이스는 약 10 미터 코앞까지 따라붙은 상태였다.

나는 한쪽 팔로 무스를 안은 채 급히 뒷좌석에 올라탄 뒤 다른 쪽 팔을 세이디의 허리에 둘렀다. 세이디는 사륜 바이 크의 기어를 1단에 놓고 가속 페달을 밟았다. 그런데 그 순간 뒤를 힐끗 쳐다보니 살찐 손이 뒤쪽에 묶어둔 내 배낭을 덮치 고 있었다.

"더 빨리!" 세이디가 기어를 2단으로 높일 때 내가 소리쳤 다. 뒤를 돌아보니 이제 루이스는 내 배낭을 넘어 사륜 바이 크에 올라타고 있었다.

아, 생각할 시간이 없었다. 나는 세이드의 허리에서 팔을 빼낸 뒤 몸을 비틀어 배낭을 고정해둔 번지 점프용 줄을 풀었 다. 그러자 줄이 뒤쪽 받침대 사이로 완전히 풀어지면서 내 배낭과 함께 루이스가 사륜 바이크 밑으로 굴러떨어졌다.

세이디가 기어를 3단으로 올리고 악당 같은 무스의 전 주 인이 시야에서 사라지자 마침내 내 심장 박동도 느려지기 시 작했다.

내 입에서 거친 승리의 함성이 터져 나왔다.

드디어 내 개를 되찾았다!

사륜 바이크를 타고 험한 길을 내려오면서 나는 무스를 내려다봤다. 그러고는 루카스를 떠올렸다. 트레일도 떠올려봤다. 루카스와의 약속도. 지키기로 했지만 결국 다른 약속으로 탈바꿈한 그 약속 말이다.

중요한 건 트레일을 완주하는 게 아니다. 중요한 건 삶에서 소중한 걸 찾고 그걸 위해 싸우는 것이다. 중요한 건 우정과 모험을 통해 우리가 얼마나 강해질 수 있는지 깨닫는 것이다.

나는 세이디의 집으로 돌아간 뒤 전화를 써도 될지 물었다. 그러고는 내가 외우고 있는 전화번호로 전화를 걸었다.

"여보세요?"

"할머니, 잘 계셨어요?" 목이 메어 목소리가 거의 끊겨 나왔다. "이젠 집에 갈 준비가 됐어요."

전화를 끊은 뒤 할 일이 하나 더 있었다. 나는 호주머니를 더듬거리다가 버킷리스트 종이를 꺼냈다. 종이는 비바람에 닳고 매우 꾸깃꾸깃한 상태지만 거기 적힌 글들은 여전히 또렷이 남아 있었다. 그 글 중 대부분 항목엔 완료의 줄이 그어져 있었다.

세이디네 집 주방 조리대엔 펜이 잔뜩 담긴 컵이 하나 있었다. 나는 그 펜 중 하나를 집어 든 뒤 무스와 함께 밖으로 나가 온통 숲으로 둘러싸인 지점까지 걸어갔다. 여기서 보이는 거라곤 온통 여름의 푸르른 잎을 지닌 나무와 길 안내 표지판 하나 없는 땅뿐이었다. 애팔래치아 트레일과는 달리 이곳엔 따라갈 길도, 길을 안내해주는 화이트 블레이즈도 없었다.

나는 주머니에 넣어뒀던 버킷리스트 종이를 다시 꺼내 오래된 떡갈나무 껍질에 받치고 펜을 들었다. 그리고 펜 끝이 '싸10 : 애팔래치아 트레일 걷기(벨벳 락스 쉘터→마운트 카타딘)'에 닿자 길게 줄을 죽 그었다.

이제 나만의 길을 개척할 시간이다.

■ 감사의 글

　예리한 눈과 불굴의 교정용 펜으로 이 책에 생명을 불어넣어 준 편집자 에밀리 시프에게 큰 감사를 전한다. 에밀리 덕분에 토비의 이야기가 훨씬 더 풍성해질 수 있었다.

　매일 같이 토비의 여정을 꼼꼼히 챙기며 표시해나갈 수 있도록 애팔래치아 트레일 지도를 제공해준 베스 와이크와 애나 시스코에게도 고마운 마음을 전한다.

　직접 조사차 트레일에 나섰을 때 하이킹과 배낭여행의 내 충실한 파트너가 되어주고, 산악 모험 내내 무거운 텐트(그리고 그 성가신 0.5킬로그램짜리 땅콩버터 병)를 들어준 에밀 할레즈에게도 깊은 감사를 표한다.

　마지막으로 아버지 토시오 하시모토에게 깊은 감사를 전한다. 아버지는 내게 영원한 감사 대상인 '산'을 선물해주었다.

천혜의 절경만큼이나 험난한
애팔래치아 트레일이 선사하는 힐링의 묘미!

어릴 적 친구들과 싸워 부모님께 꾸지람을 들을 때면, 오빠는 잔뜩 기죽은 막냇동생을 집에서 두어 정거장 거리의 인근 산으로 데려가곤 했다. 산속 푸르른 숲길에서 우리는 숲이 선사하는 자연의 청량감을 한껏 누리며 잠자리를 잡기도 하고, 맑은 계곡물에서 가재를 잡기도 했다. 그렇게 피톤치드 향으로 가득한 초록 숲에서 서너 시간을 보내고 나면 어느새 마음속 근심은 사라지고 가재와 잠자리로 가득한 플라스틱 통만큼이나 마음 가득히 새로운 희망이 샘솟곤 했다.

그런데 사회 초년병 시절, 험한 산세로 유명한 '운악산'에서 처음으로 암벽 등반을 경험한 후 그동안 내게 '힐링의 원천'이던 산행은 어느새 '고생바가지'로 전락했다. "적어도 운악산 같은 돌산 정도는 정복해야 정상 정복의 쾌감과 함께 제대로 된 절경을 맛볼 수 있다"는 직장 선배의 말에 혹해 타고난 저질 체력은 생각도 않고 섣불리 암벽 등반에 나선 게 화근이었다. 그날 난 제대로 된 절경은커녕 제대로 된 지옥 훈련만 잔뜩 경험했고, 그 일을 계기로 그나마 실천해오던 소소한 산행마저 모두 끊게 됐다. 그래서일까. 천혜의 절경만큼이나 험준하기로 유명한 애팔래치아 트레일에 나선 의문의 소년 토비와 처음 마주했을 때 머릿속에 떠오른 첫마디는 '오, 대단한 아이네!'란 감탄사보다 '애가 왜 고생을 사서 한담!?'이란 자조 섞인 편잔이었다.

하지만 때론 곰이 출몰해 간이 콩알만 해지기도 하고, 세찬 비바람에 저체온증으로 쓰러질 뻔하기도 하고, 위협적인 강물 살에 죽을 뻔하기도 하는 그 벅찬 트레일 여정을 토비가 하나둘 헤쳐나갈수록, 신기하게도 산에 대한 좋은 이미지도 하나둘 되살아나기 시작했다. 그건 '힘든 일이 있을 때면 늘 힐링을 선사해주던 산 본연의 모습'이었다. 일찍이 헨리 데이비드 소로는 월든 호숫가에서 오두막 생활을 하며 기록한 책 『월든』에서 "자연 속에서 자유롭게 된 뒤에야 진짜 나의 일이 시작되었다. 사회 속에서 하는 일들은 마음속에서 우러나오는 '나의 일'이 아니었다. 그것은 어쩔 수 없이 생계를 위해 반복하는 '남의 일'에 불과했다."라고 말했다. 그렇다. 산은 그 목적이 힘겨운 정상 등반에 있든, 아니면 비교적 손쉬운 하이킹에 있든, 언제나 그 산을 찾는 이들이 그 산에서 뭔가를 시도한 만큼 힐링으로 되갚아주는 곳이었다.

천혜의 절경만큼 험난한 애팔래치아 트레일 여정에서 대자연이 뿜어내는 힐링의 묘미를 제대로 누리는 토비의 모습은 이 책의 가장 청량감 넘치는 볼거리다.

세상에서 가장 고귀한 책임감의 의미를 일깨워준
생사고락의 동반자, 무스의 등장!

토비의 여정에는 남다른 스케일만큼이나 남다른 공포, 놀람, 웃음을 자아내는 여러 야생 동물과의 만남이 등장한다. 이 중 그냥 스쳐 지나갈 줄 알았던 '어느 괴상망측한 야생 개와의 만남'은 중후반을 거칠수록 반전을 거듭하며 가장 감동적인 끝자락을 선사하는 만큼 가장 인상적인 만남이라 할 수 있다. 사실, 소설 초반 '잔뜩 곤두선 털', '날카로운 이빨', '악에 받친 듯 매섭게 쩨려보는 눈빛' 등으로 묘사되는 이 괴상망측한 녀석이 가뜩이나 부족한 토비의 저녁 식사거리를 와장창 뒤엎을 때만 해도, 난 녀석을 그냥 한 번 등장하고 말 '일회성 골칫거리' 정도로만 여겼다.

하지만 예상과 달리 녀석은 트레일 여정이 하나둘 펼쳐질수록, 상처받은 영혼 토비에게 '처음으로 날 필요로 하는 존재'라는 설렘을 안겨주는가 하면, 그 설레는 책임감의 불씨에 불을 지피기라도 하듯 위기의 순간에 토비를 구해주기도 하고, 어느 순간부턴 아예 토비 곁에 바짝 붙어서 든든함과 애달픔, 심쿵의 매력을 아낌없이 선사하는 진정한 '볼매' 캐릭터로 발전해간다. 가령, 숲에서 만난 어미 무스의 갑작스러운 공격으로부터 토비를 구해낸 뒤 '무스'란 이름을 얻게 되는 모습에선 '든든함'을, 스컹크가 발사한 악취 나는 분비액을 맞아 고통스러워하는 모습에선 '애달픔'을, 토비에게 먹을 걸 구걸하며 세상 불쌍한 강아지 같은 눈길을 보내오는 모습에선 '사랑스러움'을 물씬 풍긴다.

이런 무스의 영향 때문일까? 토비는 트레일 막바지에 다다를수록 '따라쟁이에 불운한 아이'라는 초반의 자아관을 벗고, 점점 담대하고 자립적인 소년으로 성장해나간다. 특히 이런 토비의 변화된 모습은 어느새 영혼의 단짝이 된 무스를 악당 같은 전 주인에게 어이없이 빼앗긴 뒤 득달같이 되찾으러 간 모습에서 더욱더 빛을 발한다. 얼핏 보기에도 자신의 몇 배는 돼 보이는 커다란 덩치의 루이스와 맞서 싸우는 토비의 모습이 마치 거인 골리앗과 맞서 싸운 꼬마 다윗을 떠오르게 할 만큼 담대하고 강인해 보이기 때문이다.

사실, 루이스는 『플랜더스의 개』에서 '파트라슈'를 혹사한 후 내다버린 파렴치한 이동 철물상 주인처럼 무려 2년이나 개를 학대한 장본인일뿐더러, 뻔뻔스럽게도 불현듯 데려간 무스를 되찾으러 온 어린 토비에게 무시무시한 엽총까지 겨 눠대던 그야말로 찐 악당이었다. 하지만 이제 무스 없는 세 상은 생각할 수도 없는 토비에게 그런 위협 따윈 통하지 않 는다. 위협에 주눅이 들기는커녕 루이스에게 '남은 돈 전부 와 무스를 걸고 무스가 먼저 다가가는 쪽이 이기는' 그야말 로 배짱 두둑한 대결을 제안했던 것. 자, 과연 이 대결의 승자 는 누구였을까? 사실 난 심장이 쫄깃해지는 이 장면에서 토 비의 예상처럼 당연히 무스가 토비에게 먼저 다가갈 줄 알았 다. 그런데 웬걸, 의심할 것도 없이 토비를 먼저 찾을 줄 알았 던 무스는 마치 오래된 학대의 목소리에 길들여지기라도 한 듯 전 주인 루이스에게 먼저 다가가려고 한다. 하지만 바로 이 위기의 순간, 토비가 무스에게 말한다. "내 친구, 무스, 내 말 잘 들어. 여긴 네가 있을 곳도, 네 집도 아냐. 내가 바로 네 집이야. 여기 좀 봐, 무스, 사랑해." 이는 여태 소중한 것을 잃 고만 살아온 토비가 처음으로 용기를 내어 '다시는 소중한 것 을 잃지 않겠다는 간절한 소망을 표현한 말'이기에 그만큼 벅 찬 감동을 선사한다. 아울러 나처럼 동화는 늘 행복한 결말 로 끝나는 줄 알았다가 『플랜더스의 개』에서 어른들의 탐욕 과 무관심에 목숨을 잃는 '네로'와 '파트라슈'를 보고 가슴 아 픈 상처를 느낀 독자가 있다면, 이 해피엔딩 스토리로 그 상 처마저 말끔히 날려버릴 수 있을 듯하다.

레베카 애인즈가 쓴 『착한 엄마가 애들을 망친다고요?』를 보면 이런 대목이 나온다. "일단 작은 포대기에 싸인 아기의 눈을 보는 순간, 독자가 살아갈 앞으로의 삶은 이전과는 절대 같지 않을 것이다…… 베이비 로션 냄새, 솜털로 뒤덮인 아기 머리가 목에 와닿는 느낌, 처음 마주하는 옹알이와 걸음마 같은 경험이 사랑스러운 기억으로 남는 순간, 이 작은 아이를 어른이 될 때까지 양육하는 일은 자신의 책임이란 걸 깨닫게 되기 때문이다." 엄마 경험이 전무한 여성이 어느 순간 사랑하는 아이의 온갖 모습을 눈에 담으며 그 아이가 오롯이 자신의 책임인 걸 느끼게 되듯, 결국 토비가 무스에게 느낀 책임감도 바로 이런 고귀한 사랑의 결정체가 아니었을까 싶다.

험준한 트레일 여정에서 토비와 생사고락을 함께하며 토비가 한 뼘 한 뼘 성장할 수 있도록 늘 든든한 동반자가 되어주는 무스의 사랑스러운 모습 또한 이 책의 가슴 벅찬 또 하나의 볼거리다.

죄책감에서 벗어날 계기를 선사해준
보석 같은 인연, 숀과 덴버!

토비의 트레일 여정에는 상처받은 토비의 영혼을 따뜻하게 감싸주는 소중한 인연은 물론, 숲속에서 토비의 유일한 생명줄인 배낭을 갈가리 찢어놓는 치 떨리는 악연도 등장한다.

인적 드문 험난한 트레일 여정에서 언제 어떤 사람을 어떻게 만날지 모를 두려움 때문일까. 마치 〈정글의 법칙〉 속 병만 족장이 처음 아프리카 오지에 나선 병만족들을 살뜰히 챙겨주듯, 최악의 날씨에 먹을 것 하나 없이 저체온증으로 쓰러진 토비를 구해주기도 하고, 여러모로 서툰 토비에게 소중한 동행이 되어준 숀과 덴버는 단연 돋보이는 등장인물이다.

물론, 토비와 이 둘의 관계도 처음부터 편한 건 아니었다. 얼핏 숀은 차갑고 무뚝뚝했고, 덴버는 따뜻한 이면에 어딘가 모를 아픔이 보이는 인물이었다. 게다가 토비는 토비대로 절친을 잃은 죄책감에 빠져 마음의 벽을 겹겹이 쌓아둔 상태였다. 그럼에도 따뜻한 덴버와 츤데레 숀과의 관계가 지속되는 가운데 어느덧 세 사람 간에 진정한 우정이 싹트는 결정적인 계기가 있었으니, 바로 한없이 평탄하게 지냈을 듯 보이는 덴버가 친형 해리의 인생을 망쳤다는 죄책감으로 벼랑 끝에 섰을 때다. 그때 토비는 누구보다도 그 마음을 이해하는 당사자로서 덴버를 위해 치부와도 같은 자신의 이야기를 털어놓고 덴버의 다친 마음을 열어놓는다. 게다가 덴버가 실수로 절벽에서 미끄러졌을 땐 젖 먹던 힘까지 동원해 숀과 협력해 덴버를 구해낸다.

그런데 사실 이때 토비가 구해낸 건 덴버뿐이 아니었다. 그동안 부모님의 이혼과 절친 루카스의 죽음을 겪으며 늘 모든 불행의 원인을 자신에게서 찾던 어두운 생각의 구렁텅이에서도 자신을 구해냈다. 그렇게 "나쁜 일은 자신의 불운이나 자신의 잘못이 아니어도 얼마든지 일어날 수 있다"는 것과, 결국 "인생에서 중요한 건 행운이나 불운 같은 그런 '운'이 아니라, 힘들 때 누군가에게 기댈 수 있고 그 보답으로 남에게도 어깨를 내어줄 수 있는 것"임을 깨닫는 토비의 모습은 절로 응원의 박수가 터져 나오는 대목이다.

여러 소중한 만남, 특히 숀과 덴버의 만남 속에서 스스로 용기 내어 죄책감을 벗고 건강한 자아관을 쌓아가는 토비의 모습 역시 엄마 미소가 절로 나오게 하는 가슴 벅찬 볼거리다.

열두 살배기 토비가 가르쳐준 '진정한 자신을 찾는 법'!

사실 과거의 상처로 아파하던 어린 토비와 마찬가지로 우리는 모두 과거의 상처를 가슴에 안고 사는 존재다. 하지만 홀로 애팔래치아 트레일에 도전해 온갖 어려움을 헤쳐나가며 상처받은 자신과 정면으로 마주한 토비와 달리, 우리는 바라는 것을 향해선 물불 안 가리고 달려가면서도 정작 자신의 상처 앞에선 늘 뒷걸음질 치기에 바쁘다. 그러나 여기서 우리에게 정작 필요한 건 어린 토비가 그랬듯 '용기 내어 상처받은 자신과 마주하고 진정한 자신을 찾아 한 걸음 한 걸음 나아가는 것'이다.

처음 트레일에 나선 토비의 모습은 어떠했는가? 그때만 해도 토비는 부모님의 이혼은 물론 절친 루카스의 죽음이라는 깊은 상처 속에서 모든 불행이 자신 때문이라는 자책감에 빠져 있었다. 하지만 토비는 험난한 트레일 여정에서 벅찬 고비와 함께 상처받은 자아가 불쑥 찾아올 때마다 외면하지 않고 용기 있게 맞서 싸웠다. 그 결과 토비는 마침내 '불운한 아이'라는 죄책감에서 벗어나 자립적으로 자신의 운을 만들어 가는' 진정한 자아를 찾을 수 있었다.

그렇다면 우리의 모습은 어떠한가. 우리는 모두 나의 꿈이 아닌 누군가의 트로피를 위한 끝없는 경쟁 속에서 자신도 모르는 열등감과 상처에 억눌려 살아왔다. 하지만 자신의 상처를 당당히 드러내며 진정한 자신을 찾아간 토비와 달리, 우리는 상처받은 자아는 외면한 채 남의 시선과 인정에 매여 외부 지식을 아는 데에만 몰두했다. 그 결과 어느새 우리는 오로지 '충족으로만 몰아가는' 삶 가운데 '나는 없고 상대만 있는' 공허감과 마주하고 있다.

그러나 지금 우리가 진정으로 알아야 할 건 '외부 지식'이 아니라 '자기 자신'이다. 헤르만 헤세는 데미안의 입을 빌려 이렇게 말했다. "인간은 자기 자신과 하나가 되지 못할 때 두려움을 느껴. 자기 자신을 전혀 알지 못하기 때문에 두려움을 느끼는 거야." 또 심리학자 브레네 브라운은 『진정한 나로 살아갈 용기』에서 "진정한 소속감은 불완전한 진짜 자신을 세상에 드러낼 때만 생긴다."라고 말하며, 남의 시선을 벗어나 진정한 자신으로 살아가는 삶의 중요성을 일깨워줬다.

토비가 애팔래치아 트레일 여정을 통해 과거의 상처를 벗고 진정한 자아를 찾은 것처럼, 독자도 이 책을 통해 진정한 자아를 찾을 자기만의 숲으로, 트레일로 나설 수 있기를 바란다.

따사로운 여름 햇살 아래
초록이 우거진 숲길을 기다리며,
김진희

김진희 옮김

연세대학교에서 경영학 석사학위를 받고 UBC 경영대에서 MBA 본 과정을 수학했다. 홍보 컨설팅사에 재직하면서 지난 10여 년간 삼성전자, 한국 P&G, 한국 HP 등의 글로벌 브랜드 뉴미디어 광고 및 홍보 컨설팅을 수행했다. 출판 편집자와 출판 기획자로 활동하고 있으며, 광고, 홍보, 미디어 및 대중문화 분야에서 글을 쓰고 있다. 주요 역서로는 '소설 분야'의 『집시여 안녕』, 『비밀의 크리놀린』, 『별난 분홍색 부채』, 『기묘한 꽃다발』, 『사라진 후작』, 『구름사다리를 타는 사나이』, '자기계발 및 경제경영 분야'의 『착한 엄마가 애들을 망친다고요?』, 『내 시간 우선 생활습관』, 『진흙, 물, 벽돌』, 『프로젝트 세미콜론』, 『펀치 오브 넘』, 『이것이 경영이다』, 『4차 산업혁명의 충격』, 『크러싱 잇!』, 『왓츠 더 퓨처』 등이 있다.

트레일

초판 1쇄 발행 2021년 11월 26일

지은이 메이카 하시모토
옮긴이 김진희 **펴낸이** 김요안
편집 강희진 **디자인** 이명옥

펴낸곳 북레시피
주소 서울시 마포구 신수로 59-1
전화 02-716-1228 **팩스** 02-6442-9684
이메일 bookrecipe2015@naver.com ｜ esop98@hanmail.net
홈페이지 www.bookrecipe.co.kr ｜ https://bookrecipe.modoo.at/
등록 2015년 4월 24일(제2015-000141호) **창립** 2015년 9월 9일

ISBN 979-11-90489-47-8 43840

종이 화인페이퍼 ｜ **인쇄** 삼신문화사 ｜ **후가공** 금성LSM ｜ **제본** 대흥제책